明
室
Lucida

照亮阅读的人

うきぐも

浮　云

林　芙　美　子

〔日〕林芙美子　著

吴菲　译

北京联合出版公司
Beijing United Publishing Co.,Ltd.

译者序

林芙美子的终章

　　早在二十世纪三十年代，出身寒微的林芙美子就凭着一支笔，赢得了著名女作家的声名。日记体自传小说《放浪记》就是这一时期的代表作。战争结束的前一年，林芙美子突然停止写作，与家人避居长野乡间，直到一九四六年一月才回归文坛，创作出《浮云》《河虾虎》《晚菊》等一系列优秀的长篇和短篇小说。

　　一九四五年九月八日，日本战败后还不到一个月，林芙美子在给川端康成的明信片中写道：

　　　　很欣慰从此可以写不说假话的好作品了。仅此而已。我想仅以此活下去。

　　寥寥数句，渗透着作家企盼自由创作的急切心情。

　　战后林芙美子的创作可以用"井喷"来形容。

　　据研究者调查统计，自一九四六年一月复出文坛到一九五一年六月末的五年半里，林芙美子在报刊连载和发表长短篇作品共计四百一十四篇（每回连载按一篇计算），出版著作八十八部（广畑研二，《林芙美子全文业录》，论创社，二〇一九年六月）。最忙碌的时候，林芙美子在不同的报刊上同时连载着七部作品。这种对写作的贪欲也招来不少同行的白眼，但林芙美子并不介意他人的眼光，只管埋头笔耕，将自己对战争的反思和反省都融汇于作品之中。

一九五一年六月二十八日凌晨，林芙美子因心脏病发作突然去世，享年四十八岁。有人写闲文嘲笑说，她是因贪吃鳗鱼而引发了心脏病。也有人认为，她在生命的最后几年中写作太过拼命，过度劳累才是她真正的死因。从林芙美子生命中最后几年作品的数量和质量来看，显然后一种看法更具说服力。

概观林芙美子战后的小说创作，多是通过描写生活中小人物的挣扎来刻画现实与人性的纠葛。对人物的刻画细腻精准而又满含着温情，这是出身贫寒的林芙美子与生俱来的视角，也是她自年少时代就随母亲辗转各地，大起大落的人生经历的映现。

短篇小说《河虾虎》创作于一九四七年。主人公千穗子是东京近郊农家的媳妇，在丈夫出征期间，身不由己地与公公陷入乱伦关系，并生下一个女儿。在得知丈夫即将归来时，她的惶惑达到了极限。自始至终，作者没有高高在上的道德批判，而是以冷彻的笔触客观呈现底层小人物的悲哀与困顿。

在桥上蹲得太久了，千穗子的小腿肚开始发麻。她一跃身跳到桥下的草丛里，用鞠躬的姿势解了手。她觉得很惬意。

小说收尾于此，故事的结局如何、人物关系的是非对错，都任由读者去想象去思考。

《晚菊》无疑是林芙美子战后短篇小说的最高杰作之一。年老色衰的艺伎阿欣满怀着期待迎来了旧情人田部的来访。见面后阿欣才发现对方不过是为借钱而来。当年的纯情少年田部已被生活打磨成一个冰冷市侩的男人。整部作品犹如一部紧凑的室内剧，戏剧冲突都发生在男女主人公丝丝相扣的对话和精当的细节描写之中。当阿欣意识到重叙旧情已毫无意义时，便干脆利落地打发了旧情人。在最后的场面中，阿欣趁田部没注意的时候，不动声色地把多年来珍藏的旧照片扔进了火盆。为了掩盖照片烧焦的味道，她顺手把一片奶酪也扔进火里。小说是这样收尾的——

白色烟雾里一股黑烟升腾而起，电灯罩一下子变成了云中的月亮。屋里充斥着油脂烧焦后的刺鼻气味，阿欣被烟呛得直咳嗽，她起身用力打开所有的隔扇和拉窗。

无须说明，人物内心的决断已清晰地呈现在读者眼前。

在谈及《晚菊》的创作时，林芙美子写道："突破观念，突破形而上，我只想捕捉人内心深处的东西。"

如果说战后的短篇小说最能体现林芙美子作为小说家的圆熟技巧的话，长篇小说《浮云》则可说是林芙美子的集大成之作，充分体现了其对生活的敏锐洞察和高超的创作手法。

《浮云》的故事不只是大时代背景下的一出恋爱悲剧，情节之外细节之中凸显的是动荡的时代背景下人性的丑陋与悲哀。如果把男女主人公看作是作者的不同侧面的话，也可把《浮云》当成一部"私小说"来阅读。女主人公对人情冷暖的洞察、对生活的绝望，男主人公脑海里时时浮现的自我审视和自我剖析，显然都是林芙美子的切身感悟。在描写男主人公的内心活动时，作品反复提及陀思妥耶夫斯基《群魔》中的情节，由此也可看出俄国文学对作者影响之深。另外，除了主要人物之外，作品中出现的配角们也个个形象鲜明，拥有各自的魅力，仿佛任选其一都可扩展出一部新作品。还有战后数年的历史事件如东京审判、朝鲜战争爆发等都如实地反映在日常描写之中。印度支那和屋久岛的章节也可当作纪行文学来阅读，宏大的景观描写与故事情节融为一体，很难看出前一部分其实参照了前人的纪实作品，而屋久岛的部分则源自作者在连载期间亲自前往当地取材获得的实际经验。

《浮云》于一九四九年十一月开始连载，完成于一九五一年三月，并于同年四月出版了单行本。在单行本的作者后记中，林芙美子对创作过程的回顾仿佛也是对自己人生的总结。

> 这部作品亦是某个时代的我的体现。是好还是坏，应该由读者来评判，但我在写完这部《浮云》之后觉得非常疲惫。周围环境变化万端，速度飞快。在孜孜不倦地做着如此朴素的工作时，历史不断地旋转变化而去。不过，这部作品对我而言，也是最为艰难的工作，所以我一直心无旁骛地沉潜于其中。我想写的是那种流动在被众人忽视的空间中的人的命运，没有条理的世界，无法说明的小说之外的小说，不受任何人影响的、经我思考的道德。这些才是我所意图的。

所以，不需要两位主角生来的履历、家世或故乡之类的描述，这些都被故意舍弃了。对我而言，重要的是两位主角相遇之后的事情。神就在近旁，却不断摸索着神的所在。我在这部作品中想要描绘的是我自身的生的虚无。社会的道德感只在毁灭人世的审判之时起作用。我感觉这二十世纪越来越衰老疲惫了。

走到一切幻灭的尽头，从那里再次萌生的东西，就是这部作品的主题，"浮云"这个标题由此而生。

在写下这篇作者后记三个月之后，林芙美子因心脏病发作离开了人世。据说在葬礼当天，众多读者和民众自发前来吊唁，甚至堵塞了林家门前的交通。

井上厦在林芙美子的评传话剧《吹笛打鼓》初次上演前夕写道："我们不论谁都会犯错。但林芙美子明确地直视着自己的错误，在战后写下了真正的好作品。"

依然是凭着一支笔，林芙美子为自己写下了扎实而耐人寻味的终章。

吴菲
二〇二一年初夏于山口市

倘若理性为万物之依据且万物即理性

假如放弃理性并憎恶理性为最大之不幸……

——舍斯托夫

一

　　为了尽量选乘深夜抵达的火车，雪子离开滞留了三天的收容站，特意在敦贺街上闲逛了一天。在收容站与六十多个女人告别之后，她在海关仓库附近找了一间兼营杂货店的客栈。在那里，雪子才得以独自一人在久违的故国的榻榻米上躺下来。

　　客栈的人都很和气，为客人烧好了洗澡水。或因人少，洗澡水未曾换过。水是浑浊的，但对挨过了漫长船旅的雪子来说，这浸透过他人肌肤的白浊温水仍令她感到惬意。冷雨夹着湿乎乎的雪花拍打着浴室昏暗蒙尘的窗户，在雪子孤独的心里引发了万千思绪。起风了。雪子打开污迹斑驳的玻璃窗仰望阴沉的天空，那是多年不见的故国的萧瑟天空。雪子屏住呼吸，对着窗外的风景看入了迷。她两手搭在椭圆形浴盆的边缘上，左臂上那道深深的刀疤像蚯蚓一般凸起，让雪子不由得心悸。她用热水清洗着疤痕，种种难以忘怀的往事又萦绕心头。从今日起，雪子将不得不认命，开始一种无奈而压抑的生活。只有厌倦。高潮退去之后余下的厌倦。雪子用污浊的汗巾慢慢擦洗身体。在这狭窄陈旧的浴室里洗澡这件事本身就像一场梦幻。冷风从窗口吹进来，刺痛着肌肤。只因长久以来，已忘却了寒风的冷彻，雪子更加深深地感受到冬天的气息。洗完澡回到房间，发黄的榻榻米上已经铺好了被褥。简陋的方形火盆里，火苗热烈地跳动着。火盆旁边放着一个托盘，上面放着满满一小碗腌藠头。铝壶里的水咕嘟咕嘟地沸腾着。雪子取过铝壶，给自己冲了茶，嚼了一个藠头。纸窗外头的走廊上，传来两三个女人的声音，她们好像进了隔壁房间。雪子竖起耳朵。听声音，在仅隔一重隔扇的邻室里的，是同船而来的几个艺伎。

"能回来就不错了。回到了日本，这身子就是自己的啦。对吧……"

"真冷啊！冷得叫人心里发慌……人家一件冬衣都没有啊。接下来，置办冬衣就是件头疼事！"

她们说话口无遮拦，却有种出人意料的开朗。也不知有什么好笑的事，只听她们咯咯笑个不停。

雪子木然躺在被窝里，一时不知身在何处，满心的沮丧郁结无法消解。邻室的嘈杂总也不见停止。在脏兮兮的旧床单上，伸展温暖的身体竟然如此舒服。接下来又将踏上漫长的火车之旅，雪子有些惶惶不安。到现在，亲人的面容也不是那么有吸引力了。

雪子还是想直接去东京，去探望一下富冈。富冈于五月幸运地离开了海防[1]。他说好先回去，准备好一切等着她。然而雪子抵达日本，让现实的寒风一吹才明白过来。两人若不见上一面，那般许诺不过像浦岛太郎跟乙姬的约定[2]一样，终究难以确定。船一靠岸，雪子就往富冈那里发了电报。在撤退人员收容站过了三天，检查一结束，船客们就各自朝着故乡出发了。三天里，富冈不曾发来回电。反之换成自己，估计也会是同样的状况。这么一想，雪子不由得放弃了痴望。一觉醒来，时间却没过去多久。纸窗渐渐昏暗，房间里的灯点亮了。隔壁好像在吃饭。雪子也觉得饿了。她把枕边的背包拽过来，掏出船上派发的食盒。茶色的小盒子里，整齐放着四支装的骆驼香烟、卫生纸、干面包、速溶汤粉以及土豆猪肉罐头，等等。从里面拿出一块巧克力，雪子就那么趴着吃起来，味道一点都不好。

——涂山湾浊黄的海水犹在眼前。涂山海岬的白色灯塔、吉婆岛浓郁的绿色，这辈子大概都无缘再见了。雪子从船上眺望那些景色时，只想把它们刻印在脑子里。而现在，异乡风景全然褪色，甚至都懒得回想。邻室的女人们大概为了赶乘夜车，刚吃完饭就去找客栈老板娘结账。听着邻室嘈杂的声响，雪子将一包速溶汤粉倒入茶杯，用沸水冲开了喝下，又把剩下的罐头全吃了。不一会儿，女人们跟在老板娘身后，异口同声地说着"多谢照顾"，

1　海防，越南北部的沿海城市。——本书注释皆为译者注
2　日本民间传说。浦岛太郎因救助神龟被带去龙宫，在那里他受到了龙女乙姬的款待。在他要离开时乙姬送给他一个玉匣，并嘱咐他不可打开。然而回到陆地的浦岛太郎最后却未能遵守与乙姬的约定，打开玉匣的他一瞬间从年轻人变成了年迈老者。

从走廊上闹哄哄地走了过去。听着女人们的声音，想到她们将各自返回故乡，雪子也不禁有些动心。在船上时听说，艺伎们原本在金边的餐馆做工，为期两年。名为艺伎，其实是军方召集的慰安妇。

聚集到海防收容站的女人们，除去一部分是护士、打字员、办事员这样的职业，其余大多是慰安妇。她们从各大城市聚集到海防，直叫人惊叹那里怎么会有如此众多的日本女人。

幸田雪子在巴斯德研究所的一处金鸡纳栽培试验所做打字员，试验所位于大叻和德兰之间。雪子于一九四三年秋去到大叻。那里海拔约一千六百米，气温最高二十五度，最低六度左右。大叻地处气候宜人的高原地带，非常适宜居住。那里有许多经营茶园的法国人。在高原明澈的天空下，听着甜美的法国话，雪子感到十分新奇。

雪子忽然想给富冈写封信。虽不知写什么才好，但一边写着，兴许能理出个头绪。想到现时与富冈踏在同一片土地上，海防收容站里惶恐、颓丧的一颗心仿佛稍有振作。雪子让店家的孩子买了信纸和信封。

二

雪子渐渐改了主意，打算到东京后直接去找伊庭。只要他家还没被烧毁，见到富冈前，先借宿在伊庭那里也不赖。虽然只有不快的回忆，却也没有办法。不曾往静冈老家捎过一封信，应该不会有人在等待自己归来。

乘坐深夜的火车，雪子离开了敦贺。在昏暗的站台上，她见到两个一同乘船归来的男人。雪子故意避开他们，上了后面的车厢。站台上拥挤不堪，人们都从车窗往车里钻。雪子好不容易才从车窗爬上了车。所有这一切都让人像俊宽[1]一样心惊胆寒。雪子没穿冬衣，一看即知是刚从南方回来的撤退人员。周围的人都偷偷盯着她看。雪子站在拥挤的人丛中，茫然眺望着周围，看着这战败惨象。或是因为夜色阴暗，每一张脸都显得那么苍白，那么无力。无数了无生气的面孔在车厢中叠加，这简直像一趟搬运奴隶的列车。雪子也感受到一丝丝来自这些面孔反射的不安。日本究竟是怎么了……那些往日在彩旗飘扬中被送上战场的士兵们，如今已不知去向。连车窗外灰暗的山河，也只是连绵不断地延伸着，呈现出一派惨烈的景象。

到达东京是在次日夜里。下着雨。雪子在品川下了车。站在省线[2]站台前，从舞厅的后窗，能看见昏黄灯光下转圈起舞的几对舞者的脑袋。感伤的爵士乐飘荡在闪亮的毛毛细雨中。雪子冷得直发抖，抬头仰望峭壁之上的舞厅窗口，两个高大的宪兵戴着明晃晃的白帽子，站在站台的尽头。站台上挤满了邂逅的人群。倾听着爵士乐的旋律，雪子紧绷的神经松弛下来，渐渐生出一股自暴自弃的情绪。然而从明天起，能否生存下去还都是个未知数，一丝忧虑掠过心头。站台上聚集的人们大多背着背包。偶尔有女人涂着突兀的红唇，跟外国人手牵手从台阶上走下来。雪子就像看到了稀罕之物似的，紧盯着那些打扮妖艳的女人。往日东京的

1　俊宽,《平家物语》中的悲剧人物。

2　省线，日本国营铁道的旧称。

生活已经改天换地。

雪子在西武线的鹭宫下车时，电车已是最后一班。穿过铁道口，雪子顺着大路往那座熟悉的发电站方向走去。三个年轻女人行色匆匆地走在雨里，从雪子身边走了过去。三人都头裹鲜艳的印花头巾，竖着长外套的衣领。

"今天我一直送到横滨去了。反正嘛，对方也是有老婆的人……不过，人这东西，真是只顾眼前啊。倒也无妨……说什么去了要介绍朋友给我，是不是有点奇怪呢？明明是自己的女人，却又要把朋友也拉来，日本人还真弄不明白他们……"

"嘿，那也不错啊。反正一拍两散，从今往后也见不着他这个人了。心总是要变的。你看我，过不了多久，那个人就该回去了……所以啊，成天跑厚木¹也太辛苦了。看着差不多了，我也要找下一个……"

女人们热闹地谈论着，雪子加快脚步，紧随在她们身后。从女人们高声的谈话里，雪子知道日本已经变了样，觉得很不可思议。

不久，女人们在邮筒那里向右转了进去。雪子让雨淋成了落汤鸡，浑身疲惫不堪。跟出发去南方时相比，这一带毫无变化。在一个姓细川的接生婆家的招牌前向左拐，位于窄巷尽头的第二栋房子就是伊庭家。看到自己这副惨相，他们一定会大吃一惊。雪子站在院门外，就着昏暗的路灯平整了衣服。头发和肩膀全湿了，实在是狼狈不堪。按着门铃，雪子恍然觉得自己到印度支那走这一遭就像一场梦。门厅的玻璃透着灯光，随即有个高大的人影下到外间来。雪子心里一阵悸动。然而这男人并不是伊庭。

---

1 厚木，位于神奈川县中部。附近有美军航空基地。

“哪位？”

“我是雪子……”

“雪子？您是哪家的雪子？”

“从印度支那回来的，我叫幸田雪子。”

“啊……您找哪位？”

“伊庭杉夫在家吗？”

“伊庭先生啊。他疏散到乡下还没回来。”

只能看见模糊身影的男人带着些许不耐烦，但总算打开了门闩。男人已经换上了睡衣。眼前这个背着背包的年轻女人，淋得像落汤鸡似的，连外套都没穿。他惊讶地打量着雪子。

“我是伊庭的亲戚，今天刚回来……”

“唉，进来吧。伊庭先生他差不多三年前就疏散回静冈去了。”

“那，伊庭已经从这里搬走了吗？”

“没有，我们只是替伊庭先生住在这里。伊庭先生的行李都已经寄来了。”

听到雪子他们的说话声，男人的妻子怀抱婴儿走到外间来。雪子讲述了从印度支那撤退回来的大致情况。伊庭和这个男人之间，因为房子的问题，好像正在闹纠纷。他脸色虽不好看，却还是招呼说：“这儿太冷，请到里屋来吧。”

雪子自从在敦贺的客栈里吃了一份人家特地给她做的饭团之后，不吃不喝地坐了一路火车，此刻感觉自己的身体仿佛飘在半空似的，一不小心还撞到了放在走廊上的缝纫机。进到里间，是伊庭家一向用作寝室的一个六帖[1]大的房间。里面堆放着捆好的

---

1 帖，即一张榻榻米大小。面积约一点六二平方米。也称“叠”。

行李，把榻榻米都压弯了。看着从印度支那撤退回来的雪子，女人大概是出于同情，为雪子泡了茶，又端出芋头干请她吃。男人看样子四十岁左右，身材魁梧，颇有军人之风。女人娇小白皙，脸上冒着雀斑，一笑就露出两个可人的酒窝。

当晚，雪子借了两床被子，得以在伊庭堆放的行李杂物的空隙间睡上一宿。雪子从背包中拿出两个食盒当礼物送给了男人的妻子。

雪子钻进被窝躺下来，随手戳了戳草席包裹的行李。里层用木头牢牢钉着，完全看不出装了些什么东西在里头。男人的妻子说，伊庭将在年内返京，要求他们必须腾出两个空房间。家里住了六口人，现在要腾出哪个房间都成问题。再怎么说，是一家人在闹空袭那会儿拼命守住了这栋房子。现在突然要求腾地方，一家人也无处容身。这要求未免太过分了，她抱怨道。伊庭大概也不能一直就在乡下住着。雪子从那些早早寄到的行李上，也能觉察出伊庭一家焦灼的心情。看样子大家都活得好好的，得知这一点，雪子反而感到些许的失望。

三

幸田雪子到达法属印度支那的大呦，是在一九四三年十月过半的时候。在农林省[1]的茂木技师一行带领下，四名打字员已经先行抵达了海防。茂木技师受军方派遣，前往法属印度支那进行

---

1 农林省，日本掌管农林水产业的政府部门。现农林水产省的前身。

林业调查，又招募同样在农林省工作的打字员，准备在各个部门分别安排一名。报名的共有五人，幸田雪子也志愿加入了其中。

一行人搭乘伤病船到海防，又乘坐军方的汽车来到河内。三名打字员的工作定在了河内。幸田雪子被安排去高原上的大叻。另一个名叫筱井春子的打字员，得到了在西贡的工作。最不走运的要数幸田雪子。或许因为她生性质朴，长相太不起眼，才会被弄到那样的地方去。雪子是个宽额头细眼睛的姑娘。皮肤白皙，面容却给人一种落寞之感，缺乏惹人注目的魅力。她那张贴在军方证明书上的照片，比实际年龄显老，看上去根本不像二十二岁的样子。除了比较适合穿带白领的衣服之外，她是那种不管穿什么都像是在穿同样衣服的女人。被派到西贡的筱井春子是五个人当中最漂亮的，长得有几分像李香兰。所以对幸田雪子这样的存在，谁都不会多看一眼。

一行人分乘两辆汽车从河内出发，一路经由清化、演州到荣市。第一晚在荣市过夜，住宿在荣市的格兰德酒店。从河内到印度支那南部的荣市，汽车约走了三百五十公里。沿途山野到处是野火烧过后熏黑的痕迹，也有冒着滚滚黄烟正在燃烧的树林。大多是种着油桐和松树的人工林。或许是看腻了一路上延绵不绝的森林地带，筱井春子一次又一次地深深叹息。似乎也有点要故意显得忧心忡忡的意思。雪子不曾经历过如此长途的旅行，已经累得精疲力尽。离开那个名叫清化的地方之后，汽车一直奔驰在黄昏漫长的道路上。到了荣市附近，四周已是一片漆黑，成群结队的飞蛾飞舞着，朝着汽车前灯照亮的路面，犹如碎纸片纷纷聚集而来。

酒店的左边好像是运河，听得见安南船夫的声音在水面上回响。牛蛙聒噪地叫着。在种着槟榔和缅甸合欢的树丛中停好车子，一行人被领进酒店。筱井春子和幸田雪子分到楼下的一间小巧整洁的房间，从那间房可以看见运河。

春子打开窗户，窗外传来运河的水声。点着橙色台灯的桌子上，并排放着两人寒碜的行李箱。桃红色花纹的墙纸，还有盖着浅蓝色毛毯的双人床，一切都那么整洁可爱，是典型的法国趣味。雪子和春子长期生活在战争状态下的日本，过惯了穷日子，对两人来说，这里简直就像童话世界一般。她们洗了脸，到餐厅吃延误的晚饭。手臂上戴着白色宪兵布章的士兵竟特意来检查两个女人的身份证明。在年轻的宪兵眼里，日本女人一定显得珍稀而亲切吧。

那一夜，雪子和春子久久不能入睡。从日本出发时，已是略有寒意的秋天，自海防往河内、清化一路南下而来，季节却急剧地向着夏天回转。两人躺在柔软而有弹性的床上，怎么也睡不着。就像在听粗杆三味线的演奏一般，牛蛙延绵不绝的鸣叫犹如雨声滴答，一直回响在耳畔。

离开东京前夕在伊庭家的那些事，以及与朋友们办的欢送会，在陆军省匆匆忙忙打预防针的日子，都像梦境般重现在脑海。而来到印度支那这件事更是做梦都不曾想到过。这命运连雪子自己都惊讶不已。

伊庭杉夫是雪子的姐夫伊庭镜太郎的弟弟。杉夫已有老婆孩子。对雪子而言，他是她在东京唯一有房子的亲戚。雪子从静冈的女校毕业后，到神田的打字员学校上学，于是寄宿在伊庭杉夫家。杉夫在保险公司的人事科上班，是人人夸奖的好男人。然而雪子寄宿他家刚好一个星期的那天晚上，雪子就被杉夫奸污了。

雪子睡在三帖大的用人房间，那天晚上她怎么也睡不着，迷迷糊糊听到杉夫进厨房喝水的声音，过了一会儿，用人房间的拉门被轻轻打开了。雪子半梦半醒间注意到拉门被悄无声息地关上，然后是榻榻米被踩得咯吱作响的声音。男人的体重从胸口沉甸甸地压下来，雪子一惊，在黑暗中睁开了双眼。一股皮革的臭味飘来，杉夫小声说了句什么，雪子没听明白。男人那皮肤粗糙的腿伸进被窝，贴了上来，雪子这才想到要大声求救，但立刻又感到不能那么做，她紧绷着身子沉默了。

那天夜里的事发生之后，雪子感到无颜面对杉夫的老婆真佐子。可是一到了夜里，雪子却又不禁期待杉夫的到来。杉夫每次来，都用手绢塞住雪子的嘴。雪子觉得不可思议，且不说真佐子漂亮又聪明，杉夫为什么会对毫不起眼的自己表现出如此激烈的情爱？

雪子在伊庭家住了三年。从打字员学校毕业后，她在农林省得到一份工作。真佐子对杉夫和雪子的关系似乎一无所知。偶尔，遇上真佐子带着孩子到横滨娘家过夜的时候，杉夫就会早早睡下，把雪子叫过去。雪子除了屈从杉夫的意志之外别无他法。两人从未对将来做过谈论。对待雪子，杉夫的态度如同玩弄妓女一般。

雪子下定决心前往印度支那，也是成心想让自己挣脱这段不正当的感情。事情最后定下来之前，她一直瞒着伊庭夫妇以及在静冈的母亲、姐姐和弟弟。直到去印度支那的事已成定局，雪子才知会了亲人以及伊庭夫妇。杉夫的脸上看不出一丝变化。

雪子瞥见神色意外冷漠的杉夫，感觉心中的屈辱几乎要炸裂开来。对于自己离开伊庭家这件事，雪子有一种在伊庭的心里敲了一颗大钉子似的快意。对真佐子,雪子反而生出一股憎恶。有时候,真佐子会半开玩笑半讽刺地说:"这一阵雪子转眼就丰满起来了。不赶紧嫁出去可不行啊。"杉夫得知雪子两三天内就要出发去印度支那,立刻去采购了药品、手提包和内衣之类的东西。杉夫为自己做这些事,雪子只觉得十分懊恼。而在真佐子看来,杉夫对雪子的悉心照料显得非常奇怪,并且让她有种抵触的情绪。

四

天快亮的时候,雪子梦见了杉夫。或许因为路途太过遥远,令人分外想念肌肤相亲的温暖,那是一种犹如缓缓落入深渊的寂寞。虽然已来到这里,却还是抑制不住地想回日本。往自己嘴里塞手绢的时候,杉夫那急迫的喘息声仿佛就在耳边。雪子对杉夫向来抱有反感,然而来到这个遥远的地方,却突然莫名其妙地想念起他来。雪子不停地回想着与杉夫在一起的情景。杉夫一定也感觉到失落。他寡言少语,从未说过什么缠绵的话,但两人的关系一直持续到雪子出发那天。那种关系持续了三年,居然没有怀上孩子……讽刺的是,这三年里,真佐子倒生了一个男孩。

往事绵绵不绝地涌上心头,让雪子一时难以消受。她悄悄起身,打开通往阳台的玻璃门。迎面就是波光粼粼的运河。高大的缅甸合欢树在运河沿岸排列成行,叫不出名字的小鸟在枝头啾啾鸣啭。薄雾笼罩的运河上面,停泊着许多安南人的小船。雪子凭靠阳台的石栏,任晨风轻拂,浑身有种说不出的惬意。原来地球上竟然还有这么美好的国度。雪子听着小鸟鸣啭,茫然眺望运河,水面上燕子正成群飞过。所有的一切仿佛都被海防那汪浑浊的海水隔绝在了缥缈的远方。接下来，会是怎样的人生在等待着自己？雪子无从预测。

匆匆吃完早饭，一行人又坐上汽车，向着南印度支那的古都顺化出发。隔着道旁的木麻黄树，看得见运河沿岸的茅草房上袅袅升起的炊烟。黄色的雪铁龙行驶在宽阔的殖民地大道上，轮胎被沥青路面粘着，发出"嘶嘶"的声音。

荣市是个人口约两万五千人的城市，北部安南的重镇之一。同行的男人们谈论着荣市的话题，不久来到一个岔路口。其中一条路通往老挝的高原。右边的森林里，野火正冒着浓烟。汽车在广阔的森林地带之间，顺着通往顺化的殖民地大道行驶了相当长的路程之后，道路周围才开始有微弱的阳光照进来。夜色退去，露出明朗的晴空。在阳光的照射下，空气变得干爽，天空越发高远，到处呈现着清凉的夏季景色。

第二晚住在顺化。在这里，一行人仍投宿在格兰德酒店。相当数量的日本兵也驻扎在这里。宽阔的香江从酒店门前流过。钱场桥就在附近。雪子觉得无法相信，为什么连这样的地方也有日军进驻。看来是一种强行占据。这对他们来说未免过于幸运了。即使这么想，对于日军能否长久占领这座宝库，雪子终究无暇考虑。除了任人摆布地坐着汽车前行之外别无他法，她仅仅是以这种单纯的心态在旅行而已。

日本兵在这片土地上显得异常羸弱。他们穿着不合身的军服，大脑袋上随便扣着战斗帽，看起来就像来自未开化地区的军队。街上往来着安南人，偶尔也有法国人经过。他们的身姿与周围的街景更加相配。华侨的街市也富有文化气息。市中心街道两旁的樟树色彩明丽，上午强烈的阳光照射下，新发的树芽像喷了金粉一般。在红砖建成的王宫附近，年轻的安南女学生们穿着条纹袜在踢足球。这情形让雪子觉得非常稀罕。河畔的小公园里，火焰树和美人蕉正在开花。河水浑浊而丰沛，腥湿的河风朝着清晨的城市吹来。

也许是出门在外的缘故，一行七个人都仿佛得到了解脱，露出一副无拘无束的模样。矿山班有个姓濑谷的老头，从河内出发以来就一直往女人们乘的这辆车里挤，而且总要坐在筱井春子旁边。他故意把身子贴着春子的肩膀或膝盖，也不顾自己满头大汗，厚颜无耻地大谈下流话题。

听说西贡是个时髦的城市，有小巴黎的美誉。雪子妒忌筱井春子，自己也想在那座美丽的城市拥有一个职位。然而已经决定下来的事叫人无可奈何。雪子非常清楚，对女人来说，这样的命令其实跟容貌的美丑有关。大叻地处高原深处，是个从未听说过的地方。去那里做一份平凡的工作，雪子不禁为自己的命运感到莫名的沮丧。对一个年轻女子来说，没有比平凡更痛苦的事。想到无论如何都必须在大叻工作一年，雪子心上就像压了一块大石。

离开东京的时候，杉夫曾开玩笑说，印度支那是好地方，你干脆把我们也弄去算了，好让我们从本土的战争局势中解脱出来。雪子也空想过，要是杉夫能辞了保险公司的工作，自愿到印度支那来也不错。

一行人在顺化住了一晚之后，从海边的沱囊车站坐上了前往西贡的火车。火车小巧可爱，二等车厢设施豪华得出乎意料。有沙发和小桌子，小小的电风扇始终不停地往车厢里送凉风，包厢隔壁还设有淋浴设备，条件比汽车旅行好了许多。他们点了咖啡让安南人侍者送来，咖啡盛在形似花瓶的深口杯子里。来到这里，雪子终于与筱井春子在可以两人独处的房间里安顿下来。火车摇晃得很厉害，她们这才明白，原来咖啡杯做成花瓶状是为了对付车厢的晃动。让两人都吃不消的是，车内尘土飞扬的状况跟坐汽车旅行时并无二致。无论设备多么奢华，黄色沙尘飞扬的列车仍是不够清洁。春子换上丝袜，跋着一双漂亮的胶底皮鞋。也不知她是什么时候，用什么办法弄来的。雪子从刚坐上火车的时候就注意到，春子抹了浓郁的香水。而雪子穿着学生时代的哔叽制服改制的长裤，脚上是沾满灰尘的黑皮鞋，鞋尖已经撑得走了形。雪子为自己的惨败懊丧不已。经过漫长的旅途，深蓝色的长裤也穿脏了。看着春子越来越浓的妆，雪子怀着妒忌对她说：

"筱井你可以在西贡安顿下来，真幸福啊。"

"唉，是好地方还是鬼地方，要去了才会知道。幸田要去的那个巴斯德的金鸡纳园，不也很新潮嘛。你那么好学，法语、安南语肯定很快就能学会。难道不是一流的去处吗？反正我是这么想的。听说那是个凉爽的好地方呢……"

雪子知道，心满意足的春子这是在安慰她。

"不过，人少的地方太冷清了。一路同甘共苦地熬过来，却要跟你们分别，到谁也不认识的山里去，这尤其让我难过。那里真不知会有多憋闷呢……"

火车剧烈地摇晃着，在连绵起伏的山野间行了一程又一程。

抵达西贡是在夜里。

五

雪子仍不适应这样的旅行，累得精疲力尽。也不知为什么，有时会在一天之内一次又一次地发烧。在西贡预计停留约五天时间，必须向军方办理的手续相当繁杂，连一个人到街上去逛一逛的闲暇都得不到容许。在西贡住的是军方指定的旅馆。自离开海防以来，雪子第一次住进了与身份相符的破旧旅馆。第四天，筱井春子被一个任职于军方报到部、名叫中渡的男人领着，搬去了工作部门的宿舍。雪子他们的住处过去是华侨的住宅，内部没有任何装潢，房间全都空荡荡的，只放了一张折叠床。两个安南女人每天懒洋洋地依次打扫各个房间。茂木技师、黑井技师和濑谷，都是要和雪子一起前往大叻的同伴，所以餐厅的一角总是聚着这帮人。蓝色的灰浆墙上贴着一幅简陋的大型地图。室内摆着三张紫檀木的高脚桌。肩负不同任务而来的住客们就在这里用餐。出现在食堂的面孔总是不停地变化着。

在这间重复着聚散离合的餐厅里，只有一张不变的面孔总是出现在窗边凉爽的位置上。雪子的视线不经意地落在这个男人的身上。即使在吃饭的时候，他也总在读书或看报。看样子他并没有同伴，总是一个人在固定的时间坐在固定的位置上。青黑的皮肤，浓密的头发，长脸。读书的时候，他一动不动的侧脸就像死人一样毫无生气。每到夜里，也不知从哪里回来，总能见到他在空无一人的餐厅里，放了一瓶威士忌在面前独饮。他身穿雪克斯金短袖衫和咖啡色长裤，这身打扮让雪子觉得他很像安南人。雪子因为发烧，不时要到餐厅去取冰块，总看见那个男人坐在那里喝酒，双脚粗野地支在椅子上。对走进餐厅的雪子，他似乎并不留意，只管喝他的酒，神思缥缈地享受着孤独。这家旅馆附近有许多华侨开的饮食店，夜里仍播放着唱片或开着收音机。有时候，"父亲啊你多么坚强"之类的日语歌也会乘着风，依稀地传到餐厅里来。雪子在餐厅角落里喝药，不禁被乐曲煽动。她渐渐大胆起来，想跟那个喝酒的男人若无其事地搭讪几句。雪子认为男人都有杉夫那样的脾性。也因为出门在外，她觉得即使无人引介，前去搭个话也无伤大雅。她拿起桌上散乱的日本报纸，慢悠悠地读了起来。

男人一副漫不经心又目中无人的样子，一边看书一边喝酒。白色短袖里露出健壮的手臂。喝了酒，手臂变得有些发红。那肤色吸引了雪子的眼光。他看上去三十四五岁的模样。想着跟这个不知姓名、职业的人终究会各奔东西，直到独自躺在狭窄的单人床上，那个男人的影子依然在雪子的脑海中挥之不去。

第五天，说是有了去大叻的便车，雪子跟着茂木技师一行又收拾起了行装。——西贡在古时曾被高棉人命名为"普利安哥"，意为"森林之都"。从卡车上眺望西贡的大街，巨大的榕树亭亭并立在道旁，一种类似三轮摩托的小型车，在树下光滑的柏油路上像昆虫一般地跑着。繁华的卡蒂纳大街上种着成行的罗望子树，一群穿着浅蓝色衣服的法国孩子正在树下玩耍。那光景美得像一幅画。罗望子树结着形似梨子的果子，累累的果实给人以置身田园的感觉。巨大的行道树下，安南人以及华侨们正悠然往来。雪子看惯了日本的寒碜衣着，不禁对他们的服装惊异不已，随即又开始羡慕筱井春子。单凭能留在如此美丽的都会，就足以令人妒忌。郁郁葱葱的行道树挡住了阳光，树下行走着日本兵。他们的身影里丝毫不能让人感受到故乡日本以及军队的背景，仿佛只是一群孤独无靠的行人。与其说他们是走在路上，倒不如说是被扔在那里更为恰当。一行人坐在卡车上，长途旅行的疲惫之下，人人都是一副满脸油汗的潦倒之相。雪子想到自己也是其中之一，就好像沦为了毫无体面的贫家女，一股酸楚的愁绪掠过心头。雪子实在想返回本土。大叻是个什么样的地方，已经无所谓了。在一片孤寂冷清中前往大叻的高原，恐怕难以久留。矿山班的濑谷自打跟筱井春子分别后，就像变了一个人似的，对雪子摆出一副笑脸。

"你看上去太消沉了。要打起精神来！不管去到哪儿，都有日本的军队在。什么都不用担心。你可是我们这里唯一的女性，责任重大啊！必须好好跟皇军一道工作，你说是不是啊……"

六

从距大叻还有十六公里的一个名叫普伦的村落开始，道路变得蜿蜒起伏。通往兰比安高原的车道九曲十八弯，卡车喘息着爬行在路上。时近黄昏，沿途的树荫下不时有白孔雀翩然飞起，一行人对此惊讶不已。

高原上暮霭缭绕，道旁栽种的寒樱不时从卡车外掠过，阶梯状台地的树林里，零星分布着别墅式样的宅邸。有的别墅里盛开着深红色的三角梅，也有的在网球场周围种着一圈金合欢树。盛开金色花朵的金合欢散发着若有若无的香气，在一旁经过的卡车上也闻得到。雪子犹如身在梦境。这壮丽的高原让雪子感受到一种森林之都西贡也无法比拟的气度。不时也遇见头戴三角形笠帽，挑着扁担的安南乡村女子在道旁给卡车让路。

大叻市区位于高原之上，在雪子看来，那就像映射在空中的海市蜃楼一般。看着眼前这背山面湖建在阶梯形台地上的大叻，雪子的不安和空想飞到了九霄云外。卡车开进一处建有白垩洋楼的庭院，据说这里曾经是市政部门的所在地。刚一进门，就看到日章旗飘扬在庭院正中。一块写着"地方山林事务所"的新招牌钉在大门上。招牌下面还挂着一块小小的招牌，上面是用毛笔书写的安南文和法文。在看得见湖景的接待室里，一行人见到了事务所的所长牧田。雪子将在这里工作一段时间。她一个人让安南人的女佣领着，去了分配给她的房间。房间位于二楼的尽头，虽看不见湖景和街景，但从北面的窗口望出去，眼前就是兰比安的群山。庭院里的三角梅盛开着，一只毛茸茸的白狗正在草坪上嬉戏。

雪子经过长途跋涉，终于在自己的房间里安顿下来。柚木地板上没铺地毯，倒显得非常凉爽。不知从哪里搬来了简陋的床、高脚桌和椅子。窄小的衣柜涂着白油漆，破坏了房间的色调。归巢的小鸟们在黄昏的暮色中叽叽喳喳地叫着。茂木技师和濑谷他们坐上牧田所长的车，去了大叻最高级的兰比安酒店。牧田喜三年纪四十出头，身材矮胖，是从鸟取的林业局升迁到农林省的人物。一九四一年底，他由军方派遣来这里工作。牧田只有四名下属，都到各自负责的山区考察去了。另外还有两个做翻译的安南人、一个林务官，以及一个据说是混血儿的女办事员。

雪子已累得不想动弹。虽然也接到与一行人到兰比安酒店共进晚餐的邀请，但浑身的不适打消了她的兴致。躺在床铺上，卡车的颠簸似乎还在持续，耳朵仿佛被严实的耳塞塞住一般，难受极了。雪子感觉昏昏欲睡，可是一闭上眼睛，森林的低啸有如蝉鸣一般，在耳际萦绕着久久不散，衣柜的油漆味儿也直往鼻子里冲。

晚上，在宽敞的食堂里，雪子独自吃了一顿日式晚餐。那是安南人女佣为她做的。食堂中央是岩石般的暖炉。靠近出口的地方有一架光可鉴人的钢琴。雪子把手搁在浆得笔挺的桌布上，自己黄色的手看起来比安南人女佣的手更肮脏。玻璃洗指钵里浮着三角梅的花朵。形似香肠的红黑色鱼糕和豆腐汤，对雪子来说都非常稀罕。女佣三十出头的样子，有一双美丽的眼睛。她发际线很高，扁平的浅棕色面庞化了妆，像喷了一层粉似的。耳朵上戴着一对人造玉石做的蓝色耳环。女佣能说一点日语。宽大的窗户上安着纱窗，成群的白蛾紧贴在外面。饭快吃完的时候，从前院方向突然传来一阵汽车的引擎声。牧田所长他们这就回来了？未免太早了一些。雪子这么想着，不由得竖起耳朵。女佣跑了出去，用甜腻的声音对着庭院门口说了声"bon soir[1]"。随着一个男人的说话声和脚步声传来，一个人急匆匆地走了进来，正是在西贡旅馆遇见的那个曾经吸引雪子视线的男人。身材高大的他迈着大步走进食堂，一进门就看见了雪子，脸上稍有些吃惊。他向雪子略微行了个注目礼，立刻又走到外面的走廊上去了。

雪子吃完饭，总也不见女佣回食堂来。虽然刚才红着脸对那个男人点头回了礼，他离开后却没有再返回的迹象，雪子不由得烦躁起来。之前如死水般沉寂的心境忽然像吹进了火苗似的，生出一股感伤的情绪。雪子蹑手蹑脚赶回房间，就着衣柜上的镜子，

1　法语，"晚上好"。

涂了厚厚一层口红。梳妆完毕，又急忙回到食堂里。除了白蛾急促地振动翅膀扑打纱窗的声音，宽敞的食堂里一片冷清。过了一会儿，女佣端来了咖啡，立刻又搁下咖啡走了。等来等去，男人最终也没有出现在食堂。雪子怀着沮丧的心情回了房间。听到有人顺着空旷的楼梯走上来的声音，雪子克制住剧烈的心跳，把耳朵贴在门上。待声音一消失，雪子又下楼进了食堂。一时无聊，便随手打开钢琴盖，用单手断断续续地敲击键盘，弹了一曲在女校时常弹的《海滨之歌》。墙上的玻璃框里，挂着森林资源的统计图表。卡西亚松、南亚松、榕树、栎树、栲树之类的树木标本图挨个看去，雪子更真切地感受到自己来到了遥远的天边。眼看着不会再有人来，雪子走出食堂来到庭院中。星空宽广而透彻，夜风清凉，吹动了雪子厚重的府绸裙子，那感触仿佛相互摩擦的气球。弥漫的花香不知从哪里飘过来。听见小路那头有女人说"bon soir"的声音。几缕薄云飘浮在星空。看不见湖水。雪子回到房间，凭窗眺望了片刻，听到楼下某处电话铃尖厉地响起。又过了一阵，好像是牧田所长的车子回来了，楼下突然热闹起来，传来几个男人说笑的声音。

七

　　拂晓时分，雪子听见山风中松涛起伏的声音。醒来前梦见跟那个男人在宽阔的草坪上打网球。虽然满怀留恋，梦境却在转瞬间消逝得无影无踪。或许他不久之后又将离开这里……即便如此，能够与他两度邂逅于同一个屋檐下，足以让雪子感到兴奋。雪子一丝不苟地化好妆，穿上一条面料稍嫌粗糙的白色真丝连衣裙，下楼来到清晨的食堂。高大的窗户敞着，纱窗也打开了，牧田所长和那个男人正坐在窗边喝咖啡。红光满面的牧田所长面带微笑道了早安，那个男人却对雪子不理不睬。他把脚搁在窗台上，大大咧咧地坐着，眺望雾气迷蒙的湖面。那模样像是要特意摆出一副不动声色的姿态。雪子从他的做派里感到一种中学生式的倔强。

"幸田小姐，不介意的话请到这边来坐！大老远的，一路上累坏了吧？听说在西贡你们跟富冈君住的是同一家旅馆？"

雪子不安地看了那个男人一眼。牧田所长连忙低声介绍道：

"这位是幸田君，接下来这段时间，将由她来担任打字员。半年以后，想让她再换到巴斯德那边……"

男人这才把身子转向幸田雪子这边，仍然坐着，说道："我叫富冈。"

"哎呀！你们是第一次见面？还以为你们已经认识了。这位是富冈兼吾君，也是农林省的人，三个月前才从文莱调过来的。——这里日本女性太稀少，肯定会很吃香……咱们这儿，只有幸田小姐一个啊。"

雪子在真皮沙发上远远地坐了下来。昨晚在酒店大堂，濑谷曾说，雪子是个相貌平平的女人，这应该会有利于工作。而留在西贡的那个叫筱井春子的女人，长得颇有几分姿色，倒让人担心会出问题。不过像这样隔一段距离打量幸田雪子整个人，倒也不像濑谷说的那么不起眼。没烫头发这一点尤其令人满意。她看起来谦恭有礼，双脚规矩地并在一起，从裙角伸出来，形状像故国盛产的练马萝卜，叫人会心一笑。雪子溜圆的肩膀、苍白而透明的脖颈，都是同族的女人才有的美，如同榻榻米和纸拉门一般令人怀念，简直让人禁不住想合掌膜拜一番。稍嫌宽大的额头是个缺憾，但也比女佣阿蓉好看许多。她不像混血儿玛丽那样戴一副六角形眼镜，也算是个优点。对牧田所长来说，一个年轻的日本女人，千里迢迢跑到这高原上来，简直让他难以置信。牧田所长向来对往海外跑的女人没有好感，幸田雪子却意外给他留下了好印象。并且她脸上的妆也化得恰到好处。看来雪子并非濑谷所说的那种类型，牧田所长颇觉欣慰。

大桌上装饰着美人蕉的花朵。牧田所长兴致勃勃地跟富冈谈论着专业话题。雪子茫然望着明亮的窗户，任由心绪漫无边际地飘浮着。富冈吸着烟，两手反绕在椅背上，撑着后脑勺。他的左腕上戴了一只手表，黑色表盘上走动着红色秒针。他身上的茶色防暑服熨得十分平整，配一条塑料质地的细腰带，玻璃似的透着一丝凉意。刚剃过的后颈还留着发茬的痕迹。不一会儿，食堂的铃声响了。牧田最先站起来，雪子跟在富冈身后一起进了食堂。白色桌布上，陌生的白色和紫色花朵盛放在玻璃钵中，豆腐大酱汤装在铝制的红色器皿里。煎鸡蛋、桃红色的腌糠虾等，接二连三地端上桌来。雪子跟富冈并排坐在牧田所长对面。茂木、濑谷和黑井等人在酒店过夜，暂时还未出现。天花板上的电风扇吱嘎旋转的声音有些刺耳。牧田所长一边大口喝着酱汤一边对雪子说：

"听说本土的日子越来越不好过了。你看这里是不是像天国一样？"

就算是身处天国，雪子也从未享受过这样的生活，这里只怕比天国还要好，好得反倒让人于心不安。犹如不意闯入空无一人的豪宅，心中渐渐被惶惑不安所占据。

富冈不时地谈论起西贡农林研究所的话题，并谴责日本人对待山林局那位法裔局长的粗暴做法。牧田所长也小声应和着说，寒碜的日本人根本就不适合在欧式酒店里指手画脚地横加干涉。大型酒店拿来当后勤宿舍，被军人弄得一团糟。从占领策略上考虑，恐怕也会招来更多的反感。

"我们实在非常幸运。且不说军方动机如何，我们只需遵守自己的职责，保护好森林就可以了。能在如此优厚的环境下工作，就非常值得感谢啊……"

富冈在西贡住了大约十天。在位于卢梭街的农林研究所，做关于煤气用炭的研究。富冈的主食是面包。雪子伸手为他把装黄油的盘子拿到面前。富冈的视线不经意地落在了雪子手上。他新奇地望着那只圆润的日本女人的手。

一只姣好而又温柔的手。

手上还生着汗毛。

"四五天之内，我想去隆城一趟，去看看竹筋混凝土的研究。加野君已经把薪炭林的中间作业的详细汇报交上来了，您过目了吧？——木炭汽车也不可小瞧啊。听说本土那边也已逐渐转向木炭汽车。我们这里可是早就开始了。——加野君写的东西，请您一定要过目一下。我想去一趟庄崩的研究所，去会一会加野君……"

富冈这么说着，忽然站起来，快步走回客厅去了。

"这位先生真是个怪人呀……"

看着富冈无所顾忌地离开，雪子忍不住对牧田所长说了一句。

"他就是那么个古怪人。不过，别看他那样，他其实是个很重感情的人。人家每三天就要给老婆写一封信……要我可是做不到。而且他责任心很强，一旦承担了工作，就能毫无差错地完成……"

"每三天给老婆写一封信"，不知为什么，这句话重重地敲在了雪子心坎上。

八

第二天傍晚，牧田所长临时因公务上的急事，必须去西贡和金边出差十天左右。他跟归途正好同路的濑谷老头两人一道，乘坐卡车出发了。茂木和黑井在安南人翻译的带领下也到各自负责的片区考察去了。事务所只剩下富冈和雪子。富冈住在二楼中间偏东侧的一个最好的房间。说是最好的房间，其实不过就像一间干净的病房而已。对这位每隔三天就给妻子写一封信的富冈，雪子颇有些兴味索然。在食堂里遇见，富冈也只说一声"早"或"哦"，似乎将打字的工作都交由玛丽在做。打字员玛丽工作累了，就到食堂去弹钢琴。或因高原环境所衬，那琴声格外动人。雪子虽不知曲名，也常常听得入了迷。富冈看起来也喜欢音乐，在办公桌前一动不动地倾听着琴声。玛丽二十四五岁的年纪，因为戴着眼镜，看起来显得老气。听说她是个有家教的姑娘。她有羚羊般修长的双腿，总是穿深蓝短袜配白色鞋子。腰肢纤细，背影有种楚楚动人的美。半长的头发是浅浅的红褐色，烫着大波浪，厚重地披在肩上。一无所长的雪子每每听到玛丽弹钢琴，就会感到人种上的自卑。玛丽能说流利的英语、法语和安南语，工作起来干练麻利。雪子有时不禁会想，有什么必要把自己这样一个无能的女人特地请到这遥远的印度支那高原上来？我的工作是日文打字，这对于制作秘密文件非常重要——雪子只能这么安慰自己，打发着无聊的时间。

因为牧田所长突然离开，富冈的隆城之行只好延期。过了大约五天，加野久次郎带着一个安南人助手，突然从庄崩回来了。

加野刚回来，就在事务所见到了幸田雪子。他露出吃惊的表情，脸立刻红了。在富冈的介绍下，加野与雪子互相问候了一番。年轻人看上去是那种对工作全心全意不遗余力的人。他立刻搬了椅子坐到富冈身边，开始谈论工作的事。

"哦？这次可以多待一段时间？"

"因为在那边总是拉肚子，工作进展也不理想，再加上我开始想念大叻的文明世界。没想到富冈兄已经回来了……"

工作的事谈完之后，两人闲聊起来，让女佣端来咖啡。看得出两人非常要好。加野看起来比富冈年轻，是个白净的小个子男人。他穿着藏青色翻领衬衫，配白色西式短裤，身姿轻捷，像个运动员。跟身材相反的是，他的眼神总是游移不定，眼光怯懦，连正视对方都做不到。

晚餐时分，食堂里开始了一顿久违的热闹晚饭。餐前酒是富冈从西贡带回来的一瓶白葡萄酒。他给雪子也斟了一杯。

"幸田君是千叶人？"

富冈像是醉了，一向沉默的他突然问雪子。

"啊，不是千叶啊。真是的……"

"哦，是吗？我还觉得你是典型的千叶人呢。那你是哪里人？"

"就是东京啊。"

"东京？说谎了吧。东京的人可没有像幸田君这样的哦。有的话，就是葛饰、四木一带吧……"

"你！太无礼了。"

雪子受到侮辱一般变了脸色。

加野看不下去，说：

"富冈兄这人特别刀子嘴，你别介意啊。这是他的老毛病了……"

"真的吗？东京？……要说是老江户，口音又不像。幸田君今年几岁了？"

"几岁了又怎么样……"

"我看有二十四五吧……"

"哎，我今年才二十二岁呢。富冈先生你也太过分了吧！"

"哦，是吗？二十二啊，女人看上去像二十四五，说明长得乖巧。想显年轻其实很愚蠢哦。"

富冈又开了一瓶君度酒。加野同富冈一样毕业于东京高等农业学校，因为安永教授和师兄富冈的关系，才得以到印度支那从事林业研究。富冈和加野都爱好文学，富冈喜欢托尔斯泰，加野则信奉漱石[1]，同时也醉心于武者小路[2]。

"让我们为不远万里光临大叻的幸田小姐干杯！"

加野这么说着，把酒杯凑到雪子面前。雪子强忍着眼泪，心里很想表示反抗。富冈醉眼蒙眬，看到雪子眼里闪着晶莹的泪光。她的眼神里有种不可思议的魔力。妻子的眼里有时也会流露出这样的光芒。在难以理喻的迷茫中，富冈把杯子里的君度酒一饮而

---

1 夏目漱石，日本近代作家。代表作有小说《哥儿》《我是猫》等。
2 武者小路实笃，日本近代作家。代表作有小说《友情》、剧作《人间万岁》等。

尽。雪子不能忍受这种僵局，悄然从椅子上站起来走到室外去了。她本想上二楼回自己的房间，但户外美丽的夜色实在迷人。雪子来到夜露闪烁的大道上，漫无目的地向前走去。

"她赌气出去了……"

加野追着雪子上到二楼，敲打雪子的房门却没有回应。门没上锁，一转门把，门就开了。屋里的电灯明晃晃地照着，床上扔着一条女学生穿的那种黑色短裤。加野顿时呆在原地。

回到食堂以后，加野的脑海里仍不时闪现那条黑色短裤。

"这女人也太忸怩作态了吧？"

富冈不以为然地说。加野想着雪子可能到外面去了，很想去把她找回来。

"你说她像不像那个叫三宅邦子的女演员？"

加野说。

"不认识。一个年轻女人怎么会跑到这种地方来？奇怪！"

"没想到你这么古板啊……我倒觉得大叻对我又多了一分吸引力……"

"幸田雪子跟加野你可是不般配。"

加野一边给自己倒君度酒，一边抬起布满血丝的眼睛，仰望着天花板上静止的白色电风扇扇叶。富冈则头靠椅背，双脚懒洋洋地搭在窗台的金属网上。

"这样的日子要到什么时候……"

富冈叹息道。

"我不认为这场仗能打赢。"

加野满脸惊讶地看着富冈。

"我在西贡就是这么想的。唉，不敢大声说，我看明年春天就该到头了。"

"我一直在山里，什么都不知道，有这种迹象吗？是不是有什么新闻啊？"

"绝对打不赢。就这一条。"

"是吗？我相信没问题。也不知日本海军现在怎么样了……"

"肯定有什么策略在里头吧……不是每天都有捷报吗？"

加野脑海里依然闪现着那条黑色短裤，他焦躁地站起来，到入口去按电风扇的开关。白色的扇片嘎吱转动，然后开始嗡嗡作响。桌上的花被风吹得左摇右摆起来。

九

幸田雪子过了许久也没回来。富冈吹着电风扇，头靠椅背睡着了。

加野关了电扇，悄悄地走出食堂。他打算到屋外去找雪子。寒樱树的林荫道上，从浓密的树丛里传来夜鸟的阵阵啼鸣。润湿的天空仿佛在一瞬间突然静止了。暗淡的灯影从树梢间点点洒落。山林事务所的正下方有一座华侨的别墅式住宅，外形十分张扬。看样子已经很久没有住人，庭院中一片荒芜。树篱是一种似乎叫作南洋蔷薇的植物，簇簇小花白皑皑盛开着。隐隐约约的歌声从树篱里边传出来，是日本歌。一定是雪子在里面。加野连忙绕到草坪那边走进去。虫鸣阵阵。雪子坐在一把椅背弯曲的大椅子上，正唱着歌。

雪子知道来人是加野。她停止了歌唱，像是要避开庭院的幽暗，立刻站了起来。

"你怎么啦？生气了？"

"没什么啊……"

"回去吧，着了凉可不得了。在这地方被蚊子咬到，生了病可就糟了……"

"等一下，我一个人回去……"

"他其实是个好人。就是嘴太刻薄。神经衰弱也是个原因……"

加野把手搭在雪子肩上，隔着薄薄的丝绸，女人异常柔软的肉体让他全身发热。也许是喝了酒的缘故，加野感觉难以自持。他用滚烫的手在雪子肩上捏了两三下。雪子一转身挣脱了加野，她也感到一种难以克制的苦闷，心中本能地涌起一股逆反情绪，只想把刻薄刁蛮的富冈狠狠报复一顿。雪子对眼前这个白胖的男人毫无兴趣。雪子沉默着站在那里。加野又一次笨拙地凑了上来。远处传来隐隐约约的引擎声，那是开往酒店的汽车发出的声响。

今天刚从庄崩回来，就对雪子着了迷，这感情是否只是出于肉欲？这个想法在加野心中倏忽掠过。他知道，要得到这个女人只有抓住眼前的机会。加野再次试着贴近雪子的身躯。雪子用锐利的眼光凝视加野。杂草的热气以及花香弥漫在夜色里。不时还能听到草茎抽芽的声音。

"加野先生，我啊，在本土也是没有办法才志愿到这里来的……加野先生您应该能理解吧？在这场战争里，一个年轻女人，每天凭着'一亿玉碎'的精神怎么活得下去？我可不是一时兴起，才跑到这么远的地方来的……我只想流浪到一个未知的地方去。——可是富冈先生却用那么恶毒的话来挖苦我……我怎么能不伤心？我们三个人，不都是日本人吗？——说什么葛饰、四木，他也太多管闲事了吧？人家含辛茹苦坚持到这里，他却摆出一副高高在上的架势来嘲笑我，这也太欺负人了……"

雪子突然高声说。加野的一腔激情仿佛扑了个空，他注视着雪子野兽般锐利的眼神，想到她所说的含辛茹苦跑到这里来的苦衷，眼前油然浮现的，是本土窘困的状况。

"富冈他喝醉了……"

加野说着，大胆地伸出双手，紧紧抓住雪子的手臂。

"不要！加野先生你也喝多了吧！我，没有那个意思……"

雪子紧绷着身子说道。她闭上了眼睛，但并未甩开加野的手。突然间，加野滚烫的唇触到了她的脸颊，雪子猛地转过脸去。加野的嘴唇虽碰到了雪子的脸，但也只好先作罢。

大路上有人喊"喂——加野君！"，是富冈的声音。加野小声对雪子说：

"你待会儿再回来啊。"

说着，就急急忙忙分开草丛，快步走回大路上去了。富冈看着不声不响地从草丛中出来的加野，突然感到一丝不快。加野也不做辩解，只是默默紧跟富冈的脚步向事务所的方向走去，任不快的气氛蔓延在空气中。

"本土那边快要下雪了吧。"

富冈哈欠打了一半，忽然冒出一句。

"真想回去啊！哪怕就回去一次也行啊！"

加野没搭腔。刚才雪子说的含辛茹苦流落到这里的那些伤心话，这时还哽在他的心里。

"幸田雪子很生气吗？"

富冈悠然掏出香烟，指尖轻敲着带长绳的打火机说。

"嗯，很生气。"

"是吗……"

"她是个好姑娘。"

"哦……好姑娘吗？她还是姑娘吗……"

"当然是姑娘啦。我可是吃了苦头。"

倒不如现在先承认了更好办，加野老老实实地把事情说了。富冈默默地边走边抽烟。

"你在本土没有恋人吗？"

"也不是没有……"

"嗯……"

在拐弯处，加野回头看了一眼。坡道下方看不到雪子的身影。

"对了，明天，要不要开车到飞孟去钓鱼？"

富冈的消遣是钓鱼。在飞孟附近有四处瀑布，那里是富冈爱去的地方。加野没有心思去钓鱼，拿不出那么悠闲的兴致。毕竟难得从深山里回来一次，只想多见几个人，自己可是带着满心翻腾的感伤回到这里来的。见到久违的富冈虽然开心，但与雪子的意外相遇让他的心像野火一般熊熊燃烧起来。看到那条黑色短裤时两脚发软的那种冲动，对现在的加野来说，实在不知如何处置。加野没有回答富冈，而是"咻"地吹了一声唤狗的口哨。车库的方向，远远传来几声狗吠。

"牧田所长真会享福。西贡和金边，那可是难得一遇的绿洲啊……"

"嗯。"

"富冈兄，在西贡有什么趣事吗？"

"怎么可能有趣事！"

"是吗……不会吧？"

"你也一样啊。回庄崩之前，去一趟西贡，弄个一身轻爽地回来……"

"西贡啊……好久没去了……"

加野心想，西贡什么的，已经无关紧要了。在今晚的星光下见到的，雪子那野兽般犀利的眼光令他难以忘怀。怎么也得找机会跟她谈谈。一定要好好抚慰她的寂寞。夜风轻拂，刚才剧烈的心跳渐渐平复，加野不禁为自己的鲁莽草率感到后悔。雪子带着哭腔说，不是一时兴起才跑到这里来。仔细想来，雪子的心情跟自己也有共同之处——来这里总比去当兵强。加野心中已经忘却的创痕被那句话深深刺痛。加野曾经应征加入赤羽的工兵队。参加南京战役时的郁闷此时又在脑海中掠过。曾经在黑夜的湖上，把女人藏在船中，手忙脚乱地玩弄。当时的记忆犹如皮影戏一般恍然浮现在加野的眼前。

十

富冈讨了个没趣，在食堂门口跟加野道别后，立刻上了二楼。一看夜光表，已经十一点多了。走进房间，女佣阿蓉在整理洗过的衣服，正往衣柜里收拾。她的动作非常缓慢。富冈看着她慢腾腾的样子，忽然感到一阵不堪忍受的寂寞。他顺着后楼梯来到楼下标本室，打开标本室的灯，在圆木椅上坐下来。富冈挨个端详着陈列在那里的标本，自己也弄不清楚自己为什么会无所事事地坐在这里。

富冈想，等回了房间，要给久未联络的妻子写封信。自从去了一趟西贡，已经十多天没有往故国寄信了。他感觉内心里深重的寂寞似乎只有跟妻子才说得清楚。想到妻子在物资匮乏的国内，一定独自忍受着言语无法形容的辛劳，她的身影仿佛就在眼前。"在西贡为你买了宝美奇口红和香粉，近日将适时寄出"，在给妻子邦子的信中，富冈还打算加上这句话。

富冈感到口渴，出了标本室来到食堂。加野还在食堂里喝着剩下的君度酒。

"幸田小姐回来了吗？"

"啊，回来了，回自己房间去了。"

富冈喝了水，慢悠悠地上了二楼。阿蓉已不在房间里。富冈锁上门，仰面倒在床上。听着弹簧被压得咯吱作响的声音，富冈一动不动地凝望天花板上磨砂玻璃做的电灯，心中一片空白。如水的寂寞像一块湿手巾一般从头顶压下来。一旦躺下，给妻子写信也成了一件麻烦事。富冈换上黄色的睡衣。那是阿蓉用心洗过，又熨得平平整整的睡袍……难为了阿蓉一片痴心。

富冈踹开毛毯，舒展身体躺在床上。

食堂的门"咯吱"响了一声，然后是加野慢慢走上二楼的脚步声。加野这小子，加野这小子。富冈无意识地在心里默念。幸田雪子年轻结实的身体，跟妻子邦子的有某种相似。而能够传达言语间的微妙之处是个意外发现，这尤其令富冈心动。同一人种的男女之间才能相通的言语以及生活习惯上的亲近感，在此时此地因幸田雪子的到来而显现。

想到加野今夜恐怕难以入睡，富冈露出了笑容。不一会儿，隔壁房间传来拖拉椅子的声音、开关衣柜的声音，听得出加野的心情十分焦躁。

富冈睡不着。想起标本室的电灯好像忘了关，他又挣扎着起了身，来到屋外走廊上。刚下楼，就看到身穿睡衣的阿蓉站在标本室门口。

"我忘了关灯，下来看一下。"

富冈用安南语低声嘟哝。

"我也是来关灯的。"

阿蓉说着，一手提着睡衣长长的前裾，一边踮起脚尖，关掉了墙上的开关。富冈紧搂住撞到怀里来的女人的躯体。阿蓉像是想说什么，富冈匆忙吻住了她的双唇。长吻之后，富冈推开女人娇小的身体，让她紧贴着墙壁，自己转身上了二楼。他仿佛听到她轻笑的声音。富冈一边爬楼梯，一边像团十郎铜像那样瞪大双眼，慢慢走回房间。

这是一个寂静的夜晚。

遇到刮风的日子，阵阵松涛听来犹如大山鸣动。今夜却没有听到松涛的喘息。富冈试着在脑海里描绘松林的样子。马尾松像缨子，叶子修长而柔弱；南亚松形似扫帚；卡西亚松色彩淡雅，树梢像小小旗帜随风飘摇。一幅幅画面在眼底浮现又消逝。

为寻找南亚松，在加里曼丹的山林中徒步考察的情形又重现在眼底。同时怀念起在马辰市看到的五月信子的慰问话剧。剧目好像是《时间守护神》？在那里，有宽阔如海的河流，黄浊的河水里长着一大群形似风信子的水草。那河水让富冈惊异不已。种种回忆难道只是一段过往的梦境吗……植物若非适应当地水土的品种，将难以成活。富冈想起栽种在这大叻山林事务所庭院里的日本杉，那萎靡的形态让富冈想到，民族的差异其实与植物是同样的道理。甚至想当然地觉得，植物无非是扎根于某个民族生活的大地之上。

当时只因看到生长于大叻周边的南亚松的分布图上写着"南亚松林面积三万五千公顷"，于是就匆忙决定到这里来。一个平庸的日本林业官员，究竟能在多大程度上领会他人土地的数据？到底要把大森林中的这些树形美丽、木纹优美的南亚松销售到世界的哪个角落去？突然跑来搜刮这些经过多年精心培育的人类财宝的，不过是一群不相干的人……日本人究竟要如何处置如此浩瀚的森林……人心是自由的。富冈在半梦半醒之间沉溺在幼稚的思考之中，久久不能入眠。

富冈把灯关了。

关灯的同时，听到邻室的加野打开房门，然后是缓缓走下楼梯的脚步声……富冈一边打消自己突兀的猜想，一边竖起了耳朵。——稍后，食堂里的钢琴叮叮咚咚地响起，那音阶仿佛水滴不断落入深井。加野的狂热，大概是长期从事野外工作、生活禁欲导致的。富冈这么想着，一边侧耳倾听。他把头深埋在枕头里，回想起刚才偷偷亲吻阿蓉的情形，突然对自己的卑鄙感到愤懑。不论加野还是自己，正陷入一场并非恋情的恋情之中。两个人都丧失了在本土时曾经拥有的那种强盛的意志，正逐渐变成那棵被移植到大叻高原、行将枯萎的日本杉树。富冈不由得在喉咙深处自语道：我是不是在南洋待傻了？

十一

"bon jour[1]……"

从楼梯转角传来玛丽轻声细语的问候。富冈从枕头上抬起沉甸甸的脑袋，看了一眼手表。时针指着九点。怎么这时候了？富冈缓缓起身，靠在床上吸了一会儿香烟。头痛得厉害。接下来该做什么才好？总之浑身上下都不想动。所有一切似乎都变得茫然。小鸟正发出可爱的啼叫。推开窗，外面是高原朗朗的天空，天空和绿色大地上下辉映，越发显得环境凉爽宜人。在宽敞的庭院一隅，阿蓉穿着一身淡茶色衣服站在花圃里。她的衣服面料闪着清凉的光。对女人不知疲倦的充足精力，富冈几乎感到忌恨。昨夜那个长吻之后，阿蓉发出一种虫鸣般的笑声。关于她的内心世界，富冈觉得无法想象。伸了一个长长的懒腰，富冈又悠闲地坐回床边，只觉得起来活动这件事本身毫无意义。

富冈去盥洗室洗脸，顺便敲了敲加野的房门。没有回音。一转门把，门轻轻地开了，屋里散发出一股清漆的味道。窗户大开着，地板上扔着脱下的衣服，加野只穿了一条咖啡色的横纹短裤，光着上身趴在床上沉睡。他的皮肤光滑而苍白，就像刚剥了壳的煮鸡蛋。从他张开的嘴里，不时发出响亮的鼾声，活像屋檐上的雨水正落向排水管的声音。富冈不忍再看加野的丑态，抓住他冰凉的肩膀，把他摇醒。加野睁开惺忪的睡眼，大概因昨夜痴情之苦，他的眼里布满血丝，眼光依然游移不定。

富冈径直走向盥洗室，在那里洗了一个冷水澡。又到清晨时

---

1 法语，"日安"。

分，一切如常……昨夜的胡思乱想已烟消云散。裹上大毛巾，恢复了快步跑上二楼的精力。穿上熨帖的白色短袖和咖啡色咔叽长裤，富冈站在镜子前开始刮胡子，这是他最头痛的一项工作。咖啡的香味飘到了二楼。教堂的钟也敲响了。

梳洗完毕，下楼来到食堂，幸田雪子正独自用餐。

"早安……"

对富冈的问候，雪子只是抬起似乎因哭泣而红肿的眼睛微笑了一下。看到雪子温柔的表情，富冈感到很不好意思。带着一副看似生气的表情，他走到自己的座位上坐下来，立刻开始吃早餐。来上菜的阿蓉仿佛完全变了一个人。她端来咖啡和吐司，脸上没有表情，就像一尊佛像。事务所那边，玛丽打字的声音急促地响着。

吃完早餐，富冈忽然想到四公里之外的曼金走一趟。他只身朝着位于安南王陵墓附近的山林巡逻站出发了。心情压抑的时候，与其外出垂钓，倒不如面对森林自问自答来得畅快。

在大叻的各处村落，有许多大小不一的木材加工厂。听着树木被锯开时凄厉刺耳的声响，富冈默默地走在曲折起伏的公路上。道路两旁的森林里生长着巨大的柯树、竹柏以及卡西亚松。常绿阔叶树林枝条相接，树叶紧挨着树叶，把早晨的太阳阻挡在浓荫之外。在采伐过的森林之上，天空像一条蔚蓝的大河静静流淌。听到身后有人走动，富冈猛一转身，发现竟然是雪子。她正朝这边快步走来，白色连衣裙的裙裾随风而动。

富冈几乎以为是自己看错了。他停下来等她。雪子气喘吁吁地跟上来。

"怎么啦？"

"我今天，工作应该做什么呢？"

"工作？"

"嗯……"

"加野君呢？"

"睡得正香呢。"

事务所的林务官是安南人，初来乍到的雪子还听不懂他说话。

"牧田所长走的时候，没有交代工作给你？"

"没有，他什么都没说……"

两人的脚步自然而然地朝着曼金方向走去。富冈默默地走着，雪子也不言不语地跟着他走。路上不时有军队的卡车和汽车经过。开车经过的军人们看见日本女人，都露出惊讶的表情。雪子故意跟富冈保持着一段距离。

富冈总也不说话，雪子再一次小声问他："我该做什么好呢？"

富冈慢悠悠地回过头，仿佛很生气地说：

"前边有一处安南王的陵墓，去参观一下怎么样？"

富冈大步走着。雪子不清楚他到底是出于好心还是恶意。看背影，雪子觉得他十分可恶。富冈拿了一顶安全帽在手里甩来甩去。他的胶底皮鞋走起路来没有一点声响，看上去非常舒适。雪子下了好大的决心，才在西贡买了一双廉价的白皮鞋，这时已穿在脚上。

道路在前方一分为二。在只能走人的小路上前行了一段，不觉间富冈的步伐逐渐放慢，慢得刚好能跟雪子并肩而行。雪子这才明白，刚才富冈在公路上走那么快，是顾忌那些路过的军车。

"听说你昨天很生气？"

"哎，我生气什么？"

"加野说，幸田君因为我非常生气……"

"嗯，我的确很伤心。"

富冈戴上安全帽，从腰间的地图袋里取出森林地图，边走边打开看。山鸠在林中不远处啼叫。白色的地图有些反光，富冈像是突然想起什么，从衣袋里掏出一副浅红色的墨镜，架在挺直的鼻梁上。地图顿时染上了一层浅红。高原的强烈阳光从林间细碎的青空泻下，闪耀着洒落在小路上。在大道上跟一个日本女性并肩行走，对这件事，富冈似乎极其介意周围的眼光。看来即使来到远方，本土的习俗依然控制着富冈身上的日本人秉性。

十二

这样往前走着，或许只是一时心血来潮。到处是罕见的常绿阔叶巨树，枝繁叶茂郁郁葱葱。空气中充满着甜腻而黏浊的花粉气味。沉默的行走让两人深感压抑。飞机在森林上空呼啸着飞过，林中无法看见它的踪影。陵墓附近是大片昏暗的密林。卡西亚松、竹柏之类的树木亭亭如盖，夹杂在原生林中。穿过这片原生林，就是一片人工播种的造林地带，面积约有十二三公顷。这一带的民居近旁，还看得到烧炭的炭窑。

雪子走累了。也许是昨夜没睡好的缘故，稍一走动，就上气不接下气，后背感到阵阵刺痛。然而时不时地深呼吸一次，清凉的空气沁入心脾，又感觉浑身舒坦起来。其实雪子对森林地带毫无兴趣，只不过是被富冈高大的背影吸引着前行罢了。雪子走着，心中只有一种想要更进一步的孤独的甜蜜。想入非非的思绪把雪子映衬得越发落寞……不论富冈何时回头，都会看到一个沉浸在旅愁之中的女人，那是雪子巧妙包裹在外表的哀愁的面纱。面纱背后，雪子暗自兴奋，又无奈地叹息着。

富冈转过头来。

"累了吧？"

"嗯。"

"我半天时间走十二公里都不在话下。在森林中不管走多久，都不觉得累。不过晚上会很贪睡。"

"那个，加野先生，他会一直待在这里吗？"

"也许还要再待一段时间吧……"

"我觉得他很讨厌。"

"为什么？是不是因为他太容易冲动……"

"昨晚，他醉醺醺地到我那里去。吓死我了。"

富冈沉默地走着。昨夜自己也是一宿没睡好，现在突然觉得其中的原因跟加野有某种关联。富冈抱着一种憎恶的心态思考着加野的事。

富冈停下脚步，等待从自己身后慢慢跟上来的雪子。雪子漫不经心地走近，富冈抓住她的肩，在一棵巨大竹柏浓郁的树荫下，紧紧抱住了她。雪子的态度出乎意料地自然。她喘息着把脸贴在富冈的胸脯上。富冈稍显粗暴地把雪子的脸从胸前推开，仔细端详她丰满的嘴唇。他发现，眼前这个在言语的机微之处也可以与自己相通的同族女人是多么可贵，与昨夜亲吻的阿蓉之间，存在着遥不可及的距离。以一种无所顾忌和随心所欲的轻松心态，富冈凝望着雪子泛起红晕的面庞。雪子紧闭双眼，努力屏住急促的呼吸。富冈觉得她的这副模样跟妻子非常相像。虽然此时正把雪子沉甸甸的面庞捧在手中，富冈原已沉寂的心潮却不可阻挡地奔腾，向着一种对别样事物的希求而去，使富冈对自己焦灼的心灵感到无所适从。来南方以后，对女人的纯洁感情已然混浊一片。就像森林中的狮子，原本可以自由地选择配偶，而如今被囚禁于狭窄的牢笼，它只能性急地去追逐别人指派给它的母狮。空虚的心境即使是在与雪子接吻的时候也无法消除，并一直在内心深处干扰着他。富冈好像不打算停下来似的，久久地吻着雪子。雪子满脸通红，兴奋得指甲紧紧抠着富冈的肩膀。富冈渐渐冷静下来，与雪子的兴奋相反，他已经失去了更进一步的热情。小巧的野生白孔雀扑腾着飞进林中消失不见了。

两人继续在森林、村落和宽阔的农庄之间漫步，直到正午过后才回到事务所。富冈立刻到房间取了毛巾淋浴去了。雪子不动声色地朝办公室里张望了一眼。加野独自一人趴在窗边的大书桌上写着什么。电风扇没开，房间里异常闷热。加野看都不看雪子一眼，只管奋笔疾书。玛丽像是已经下班，打字机的盖子是盖着的。雪子径直走出办公室，回到二楼自己的房间。看到房门开着，雪子心中顿时很不舒服。一定是谁偷偷进来过。仔细审视床上和桌上，床上有一片深陷下去的痕迹，像是有人在那里坐过。雪子不由得惶恐起来，锁好门，没脱鞋就躺在了床上，心情一时难以平复。从敞开的窗户只看得见一片蓝天。自己究竟跑到这里做什么来了？雪子对自己产生一种类似苛责的惭愧。在本土时，日日夜夜置身于战争的紧迫之中，而现在，在雪子脑海中，本土的情状已毫无意义，就像泡沫一般不断浮现又消失。眼前的现实没有那种紧迫的忙乱，却能感觉到沉重的孤独与寂寞正侵蚀着内心。雪子不时地微笑。虽然情缘未定，因房获一个男人的心而得到的自信真叫人心满意足。远方的伊庭之流已经无所谓了。富冈的一切都充满了魅力。雪子觉得可以不惜眼泪，去痛痛快快地爱一场。这个男人装出一副冷酷的模样，实际却并非如此。他的伪装以那种方式坍塌，雪子觉得非常解恨。并且这个言语尖刻却又疼惜妻子的男人竟然拜倒在自己裙下，这更让雪子感到无上的喜悦。雪子认为自己攻克了富冈的冷酷。幸亏昨夜没有轻易被加野的激情打动，似乎是当时的坚定换来了今天的快乐。雪子沉浸在满足之中，不觉间落入了梦乡。

富冈洗完澡，换上清爽的衣服，下楼到食堂去了。只见加野坐在木椅上，面朝着阳台发呆。富冈抱了一本谢瓦利埃大部头的植物志，在加野身旁的木椅子上坐下来。阳台与兰比安山遥遥相对，正下方的湖面闪着银白的波光。身后无人的房间里，电风扇正嗡嗡转动着。富冈叫阿蓉端来冰啤酒和大盘的冷鸭肉。

"来一杯怎么样？"

富冈招呼加野。加野无精打采地拿起了杯子。周围传来小鸟的啾啾鸣啭。两人边喝啤酒边看风景。山色随着太阳光线的推移，显现出细微的变化。加野不声不响地喝着啤酒，这让富冈十分庆幸。湖光山色以及天空都是异乡的风景，富冈感觉无法像法国人那样自在逍遥地享受这片土地。在这里，日本人偏颇狭隘的思想不被接受，遭遇了一种宽泛的抵抗。即便故作大方，富冈以及所有的日本人在这里不过是小小的异物罢了。而自己毫无能耐，仅仅是被指派到这里而已。富冈近来时常感到心虚。这不过是一场拙劣的把戏，无须多久一定会被看穿……然而眼前的湖光山色将会是永远刻印在心的美景。在这个无人愿意搭理日本人的地方，漂泊至此的日本人都极力摆出一副务实的面孔，像蚂蚁似的，在人家的地盘上急促匆忙地徒然奔波着。卡西亚松的树龄本应达到五六十年才能采伐，军方却不做长远考虑，乱砍滥伐一通，然后只把砍伐的数据报告给上级。可喜的只是数据而已。他们驱使侬族人，让木材顺着达尼木河漂流而下，或用汽车搬运出来。但在富冈看来，砍伐下来的木材根本不曾得到有效利用。那些木材依然堆积在货车车厢里，在达尼木河沿岸，还阻塞着大量斫痕历历的卡西亚松和竹柏之类的巨树。只有砍伐的数据在一张张办公桌之间移动。日本军队把纯朴憨厚的侬族人当成懒惰的奴隶，无情地驱使他们。

喝着啤酒，富冈开始阅读植物志。法国的克雷波、谢瓦利埃等学者曾在这里停留数十年，写下印度支那物产志和植物志，其中谢瓦利埃的著述对富冈来说尤为可贵。要想了解法属印度支那的林业，这部不朽名著是绝佳的选择。

加野大概有几分喝醉了，刚才满脸的不高兴似乎已烟消云散。他好像突然想起来似的大声问道：

"幸田小姐在睡觉吗？"

"不知道……她在干吗呢？"

"刚才，你不是带她到曼金去了吗？"

"哦，是她从后头跟来，我就陪她去参观了一下……"

"我对她可是一见钟情啊。你知道的吧……"

"噢……"

"不是我计较，刚才工兵队的军官过来，说看到富冈兄跟一个日本女人走在一起。还问是谁。我当时就想，动作可真够快的。"

"你还真计较啊……只是一起走路而已啊。是车辆部的少尉吧？他怎么会那么说呢……"

"我随后也去了曼金。找了半天，没找到你们……"

富冈的眼光悄然转向湖面。加野要是知道自己故意往森林小路走，他会怎么想呢。富冈不由得心悸，但还是若无其事地说：

"看来不论是谁，眼睛都离不开女人呀……"

"我只不过是对富冈兄的动作之快感到惊讶罢了。趁着别人睡着的时候，和幸田小姐去曼金，好像不大好呢。女人这东西，决一胜负靠的就是一瞬间的气氛，所以就算是刻薄的富冈兄我也不敢信任啊。"

"是她自己跟来的。所长没有安排工作给她，你又在睡觉，所以她才来问我该做什么好。我建议她不妨参观一下，顺便带她一起看了看。仅此而已。并不是早早约会跑去的……"

"好了，不说了。是我看上了她，免不了啥都冲着她去了。"

加野的意思是"请不要妨碍我"。他羞涩地微笑着，亲自把啤酒斟进两个杯子。富冈点了烟，悠然吐着烟圈，在心里自语道："你已经晚了。"然而仔细想来，又觉得还不算太晚。在那种情形之下，自己竟无视雪子的激情把场面敷衍过去了。看来身体的疲惫非同小可。直到去西贡出差那天，富冈每夜都跟阿蓉幽会。这让他免于像加野那样陷入一种肉体上的狂暴状态。跟阿蓉的关系只是出于情欲的一时之欢。除了对妻子邦子之外，富冈的心中还不曾萌生过恋情。所长牧田对富冈和阿蓉之间的事似乎有所察觉。但对于下属的不检点，只要本人有能力负责，牧田并不是那种斤斤计较的人。富冈的放肆正是仰仗了牧田的大度。

不知不觉间，太阳镶上了一圈橙色光环，渐渐朝着兰比安山的方向落下。湖面上犹如散落着无数金针，在细碎的波光中荡漾。从食堂里间飘来一股油烟味。黄昏的美丽越发让两个男人深陷在沉思之中。

"这里倒是安稳，本土那边情况一定很糟糕吧……谈恋爱什么的，是不是太奢侈了……"加野说。

"你觉得这场战争打得赢吗？"

"当然打得赢啰。事到如今，不可能打败仗吧……到了这地步要是失败了简直无法想象。我啊，干脆就不去想打败仗的事。牧田所长和你都显得很担忧似的。要是万一打了败仗的话，我干脆当场剖腹算了……"

"剖腹可没那么简单。我也不愿意去想仗打败了怎么办。可是，你得知道，打败仗的可能性看来是有的。我也想尽量不去谈论这个问题，可现在听到的新闻都是报喜不报忧。这种事本地人最敏感。现在虽然把日本式的规矩强加在他们身上，可我们手上却没有可以令人信服的法宝。日本方式的表象之下，日本人的权威却日渐衰弱。就这样等不到成熟就迷失了方向，只是把这地方搅得一团糟罢了……虽说为了粉饰这场战争，他们也已使出浑身解数，可接下来，还能有什么招数？说来说去，其实就像一群猴子在耍大刀……"

"你别这么耸人听闻好不好？或许矛盾是有的，但输还是赢，也是事在人为吧。到头来最坏的可能就是宁为玉碎，不为瓦全。死了不就完了吗？死了不就……"

"你说得倒轻松。"

富冈不屑地回了一句，站起来去了洗手间。富冈才离开食堂，幸田雪子就走进了食堂，一副睡足了的模样。她穿了一条红格子布的连衣裙，看样子精心打扮过一番，头发上系了蓝色的细丝带。加野精神一振，转过头来，望着雪子。

"看你午饭也不吃，肚子饿了吧。"

加野一边为雪子拉好椅子一边说。雪子顺从地在加野身旁的椅子上并着腿坐下来。脚上没穿袜子。在金色的阳光下，雪子脸上的轮廓显得有些模糊。嘴唇像吸了血似的鲜红夺目。雪子浑身散发着一股日本人独有的香味。那气味让加野感觉非常亲切。到底是什么香味？他吸着鼻子回忆着，终于想起是茶油的味道。雪子的头发梳得溜光水滑。加野从口袋里掏出一个厚厚的长信封，迅速地放在雪子膝上。

"请待会儿看一下。"

雪子飞快地用白手绢把信封包了起来。富冈慢悠悠地从洗手间回来了。他故意不把眼光朝向雪子，而是眯着眼睛眺望金色的夕阳。加野从食堂拿来了杯子和啤酒，倒了一杯递给雪子。

尴尬的沉默持续了一会儿，不久，富冈抱着谢瓦利埃的大部头著作，默默站起来走出了食堂。加野一心以为，富冈这是特地为自己着想。

十三

雨渐渐转为倾盆大雨。

雨水顺着屋檐的导水管往下流，瀑布般激越的水声把雪子再次唤回眼前的现实。心中憋闷，怎么也睡不着。在法属印度支那的那些美好的回忆仿佛走马灯一样在头脑中回转起伏。深夜里气温急剧下降，仅一床被子冷得睡不着。雪子累成了一摊泥，却像在露营似的不得安稳。一种无依无靠、难以抵御的寂寞笼罩心头。

雪子在黑暗中睁着眼睛，一动不动倾听着激烈的雨声。幸亏伊庭不在。再度恢复从前的关系是不可能的了。让雪子庆幸的是，与伊庭之间已经隔了四年的岁月。在没有任何熟人的地方也能躺下睡觉，这是雪子在印度支那就已养成的习惯。在海防的收容站里未能遇见筱井春子，也不曾有机会碰到了解春子近况的女人。加野自从在战争结束前被西贡的宪兵队带走之后便杳无音信。一直待到最后的富冈幸运地搭上五月的船，先于雪子撤回了本土。从五月到今天，也不知富冈的一颗心变成了什么样子。但雪子相信，只要能见上一面，两人之间的事总能得到解决。也因为选择相信总要轻松一些。

第二天清晨，雨停了。初冬的晴朗驱散了雨后的湿气。荒芜的小院里，柿树上结了几个小小的涩柿，柿子表面像是覆盖着一层薄霜。柿树的成长也让雪子深感四年来岁月的流逝。房客太太邀雪子吃早饭，说是只有黑乎乎的麦饭，若不嫌弃请一起吃吧。她丈夫天一亮就早早出门去了。房客太太说，是去信州¹买苹果。他们的老家在信州。这阵子在倒卖苹果，但眼看着水果管制就要解除，正考虑把静冈的盐卖到信州，再从信州买味噌来卖。

"要是跟伊庭先生关系好一点，还能指望得他照顾，弄点盐来卖。可惜我丈夫偏偏看不惯伊庭先生。你知道哪里有盐可以卖给我们吗？"

雪子对这些事一无所知。饭桌旁还有她家的孩子，最大的是个八岁男孩，下面还有七岁的女孩和三岁的男孩各一，再加一个婴儿。小叔子也跟他们住在一起，今天一道采购苹果去了。

1　信州，今日本长野县一带的旧称。

雪子并没有心思随便找份工作，只想等见了富冈以后再作打算。房客太太体谅地说，如果不介意住在伊庭堆行李的房间，暂时住下来也没关系。雪子松了一口气，连忙向房客太太道谢。——还不清楚能否恢复以前的工作，但雪子其实根本不想再回原来的岗位。

吃完早饭，经房客太太指点，雪子到附近的酒类供应站借用电话。往富冈在农林省的办公室打了个电话，一个女人在电话里告诉雪子，这里姓富冈的那个人已经辞职。雪子索性决定出门一趟，去拜访位于上大崎的富冈家。她在目黑车站下车，新开的道路下方，有一条和省线电车的铁轨并行的道路。雪子顺着这条路一路询问着往前走。经过伏见宫殿前，在战火中幸存的宅邸之间，雪子顺着门牌号寻找。在电车上看到的景色也多是烧焦的废墟，看来所有的一切都失去了从前的模样。好不容易找到了要找的门牌号，挂着富冈名牌的门户就在眼前，雪子忽然又踌躇了。门上还挂着两个别的名牌，看来还有同住的住户。房子破旧不堪，每一扇窗玻璃都贴着细胶带。被昨夜的雨洗刷过的箭竹像笤帚一样斜靠在残破的板壁上。虽不愿跟富冈的妻子碰面，但发了电报也不见回音，想来除了自己找上门来也别无他法。雪子毅然拉开镶玻璃的木格门，声称自己是从农林省来办事的人。出来一位五十多岁、举止优雅的老妇人。她立刻折回里屋去了。没想到富冈本人不紧不慢地从里面走了出来。身材挺拔的他穿着一身和服。富冈并未显出非常惊讶的样子，他无言地套上木屐出门，然后就迈开脚步慢慢向前走去。雪子只好紧随其后。两人在陌生的小巷间拐来拐去，来到一条冷清的大道上，到处是被炸毁的房屋废墟。富冈这才回过头对雪子说：

“气色不错嘛。”

“电报，收到了吗？”

“嗯。”

“为什么不回信？”

“我想你反正要到东京来的。”

“你的工作，辞掉了？”

“七月就辞了。”

“那现在，做什么呢？”

“在帮父亲做事……”

“刚才那位是你母亲？”

“嗯。”

“你们长得很像，我想应该就是吧。”

“你住哪儿？”

“鹭宫的亲戚家……”

“你在这儿等我一会儿好吧？”

“嗯，我等你。”

富冈说回去准备一下就来，然后就顺着原路回去了。看着他身穿藏青底夹碎白纹和服的背影，雪子恍然觉得富冈好像变了一个人。雪子坐在一堵烧毁的石墙上，任寒风吹打在身上。雪子穿着黑哗叽长裤，还有跟房客太太借来的蓝色旧外套，感觉自己这副打扮跟周围的破败荒凉几乎融为一体。真是一次冒昧的拜访，事到如今，才感到脸上火辣辣的。

等了约半个钟头，富冈来了，身上换了西服。这才恢复了几分往日的神采，然而却没有了在大叻时的那种朝气，或许是冬装太过臃肿的缘故。他看起来有些潦倒，而且瘦得厉害。富冈远远看见雪子坐在坍塌的石墙上，心中感觉不到任何波动。舞台已全然改变，在这片废墟上，富冈并不打算重来一次在大叻的美梦。克制住心里的烦躁，富冈朝着雪子身边走去，心里装着的是结束这段关系的决定。他像学舌的鹦鹉似的，又重复道：

"气色不错嘛。"

"那是。一心想着见你才回来的，不打起精神怎么成。"

雪子像是要提醒什么，抬起头，眼光灼灼地望着富冈。富冈嘴角浮现一丝微笑，却没有言语。分手的决定已横亘在两人之间，刚刚返回本土的雪子一定还没有意识到这一点。自从收到雪子的电报，富冈心里并不畅快，但仍然打算尽到责任。至少不能让人觉得自己是个无赖。实际见到了雪子，又觉得不必做过多的考虑，甚至今晚即可痛痛快快做出分手的决断。"去哪里好呢？"问过雪子，又想雪子应该不知道哪里可去。富冈想起有人说过，池袋那边最近新开了几家小旅馆，于是两人便去了池袋。那里有几家新盖的旅馆紧挨在一起，不过是些用脆饼似的薄板随意搭建的板房而已。这里有市场，有餐馆。人群拥挤，忙乱而混杂，带女人来投宿倒是个绝佳的地方。来到一家招牌上号称宾馆，实际却是木头搭建的小旅馆前，富冈拉开玻璃门走了进去。迎面过来一个脸色苍白的女人，头发蓬乱，嘴里嚼着口香糖，脚上套了鞋，鞋带却没系好。她像是要把身子往门上撞似的走了出去。雪子感觉一阵寒气袭来。

两人被带到二楼的一个房间，四帖半大小，窗子下方就是市场。榻榻米很脏，还有许多被烟头烧焦的斑驳痕迹。房间里也没有壁龛什么的。绿色的墙壁上留着几道历历的划痕。房间一角放着不带花纹的红色被褥，脏兮兮的，两床摞在一起。被褥上的枕头没盖枕巾，印花布枕套上满是油光锃亮的污迹。

富冈掏钱，点了馄饨和清酒。房间里没有桌子也没有火盆，两人甚至找不到一个可以倚靠的地方。富冈靠着墙，抱膝而坐。雪子斜靠着被褥侧身坐下来，就开始隔着外套抓挠她那大而圆的乳房。

"没想到世道变成这个样子。"

"战败了嘛，不变才奇怪呢……"

"倒也是啊……不过，你知不知道我有多想你？你也太冷淡了。难道因为我是撤退回来的，就不值得同情了？"

"不许瞎说！我不也是撤退回来的人吗？又不是你一个。像我们这样的人多得是。"

雪子总是这样。自己是撤退回来的，就好像光自己吃了苦头，话语间有股怨气。对雪子的蛮横，富冈感到一丝不快。雪子这副掉进泥潭里也不急着爬上来的坦然，让富冈有种陌生感。而雪子则在等待男人的激情。在这个无须顾忌旁人耳目的两人世界，富冈却是一脸漠然，就像初次相遇时那样。他的心思叫雪子无法理解。随着时间流逝，在大叻时两人之间的情感难道变成了梦幻？到如今拘泥小节又能怎样。经过大风大浪的历练，雪子变得大胆而直率。她主动凑过去，把下巴搁在富冈的膝头上。

"你干吗一副若无其事的样子？"

"什么？"

"你厌烦我了吧？"

"瞎说什么？女人可真有闲心……"

"这哪是闲心呢？早知要被你抛弃，我就不会这样子回来了。我难道不会跟加野一起回来？——你的心我懂了，富冈先生……"

"不许胡说！加野是另一回事。他落到那步田地你也有一份罪责。女人就是不论谁都甘愿摇着尾巴跟了去。在大叨那种条件下，女人过的是天堂一样的日子……所有人都爱你，作为女人，一定快乐得要命吧……"

"你……事到如今，你竟然说这种话。真可恨！你是想说怪话来气我吧。你已经不爱我了对吧……行啊，我也可以变成刚才在门口遇见的那个女人那样，让你看看。从此谁都不在乎，我就自甘堕落好了……"

"你何必那么歇斯底里呢？一旦回到本土，我也不可能再过大叨那种没有责任的日子了啊。我只是想说，大叨那种生活已经无法在这里继续了。对你的生活，我会尽最大努力，毕竟这点责任我还是要负的。"

"什么责任？"

十四

可能因为喝醉了，富冈觉得心情一点点开朗起来，暂时从心中的暧昧纠结中解脱出来，取而代之的是一股勇气，放纵着自己再次堕入原先的危险关系中去。家庭，以及幸田雪子的问题堆在眼前，令他想要乘着满脑子的空想，飞离眼前杂乱的现实。但是同时，躯体之中的寂寞心情又催促他放弃种种考虑，只管上前拥抱躺在面前的这个哭泣的女人。自从回到日本，富冈就一直在心里否认着对雪子的思念。正当记忆逐渐稀薄的时候，雪子又这样出现在眼前。富冈就好像毫无防备地窥见了自己命运的断层。这次轮到富冈主动上前，在雪子身边躺了下来。

"我想起好多……各种各样的事。那时候，我，还有你，都好像疯了似的。那次你们去视察澄保的森林保护区，你和牧田所长，还有国内来的一个什么少校坐上了汽车。你突然说：'幸田要不要去啊？'那个少校也说：'好啊好啊，带上幸田小姐一起去吧。'于是我们就四个人一起去了澄保。那个旅馆叫什么来着？我们住在那家安南饭店里，点着油灯吃晚饭。大伙儿都喝醉酒睡了。我记着你的房间是最靠里一间，半夜里，就光着脚跑去你那里。并排的房屋前面是个水池，树林里头传来可怕的鸟叫声。你的房门没上锁，我轻轻地转动门把，忽然看见看门的安南人站在院子里，可把我吓坏了……那好像是我跟你的第一次吧？"

雪子拉过富冈的手，用手指扣住他的手指，一边诉说着往事。富冈也回想起当时的种种。当士兵们正浴血奋战的时候，自己却跟女人在一起鬼混。当时的疯狂，对现在的富冈来说就像一场梦幻。

旅馆的墙就像马厩的隔板一般简陋，邻室的任何响动都听得一清二楚。闭上眼睛，两人共有的种种回忆便争相浮现眼前。卡西亚松的树林里，繁衍着成片的黄背草和白茅，其间还零星生长着牡丹、杨梅和番樱桃之类的植物。对富冈而言，澄保的森林是一片值得留恋的土地。他曾出差到澄保负责森林管理，和两名苦力一道，在林中采伐、造材。辛苦一整天，才能砍倒四棵大树。那一带的樵夫多雇用依族人和安南人。但他们害怕染上疟疾。即使当局张贴出招工布告，也很难招到人手。富冈总是亲自招募苦力，率先到澄保工作，一去就是许多天。他们在山里盖起了手工制材的作坊，在那里把木材锯成方木和板材，再用军方卡车运到大叻。苦力们近乎当牛做马，每天的工钱只有几个皮亚斯特[1]，然而直到终战前夕，苦力们虽然隐约知道日本即将战败，却依然忠心耿耿地为富冈工作。

"恐怕这辈子，咱们再没机会到印度支那的深山里去了吧。记得当时咱们还商量说，干脆两人留下来做苦力，就靠伐木过日子算了。"

"哦……"

"那可是你先说起的啊。"

"的确再也没机会了。"

"是啊。再也不会去了。要不是加野闹出那件事来，我们俩没准儿真的会在终战的时候逃到澄保那地方去呢。人这东西，不管去到哪儿，都不能自由自在地过活吧。人为什么就不能自自然然、开开心心地过日子呢？"

富冈也不愿在这战败后一片混乱的日本苦苦挣扎着过日子。有一种野性的呼唤始终回响在胸中。如同耶稣的故乡原是拿撒勒，富冈觉得自己的灵魂故乡位于那片莽林，心中不时还会泛起爱恋般的乡愁。

不觉间天色已近黄昏。

窗下的市场嘈杂到了极点，灯火也热热闹闹地点亮了。雪子独自出门，买回了寿司和一啤酒瓶的劣等酒。雪子无处可去也无家可回，只想尽可能多地跟富冈说说话。劣等酒的酒劲一点点上来，两人都生出一种不妨再次陷入泥沼的心境。

富冈自然而然地把手伸向了雪子。两个人没有任何感动，依

1　皮亚斯特，法国殖民印度支那后发行的货币。

偎在从白天就铺在那里的被子里，就像蟋蟀交尾那样，不过是出于本能的习惯动作而已。眼看着太阳落下，逆境之中的内心争斗已疼痛到近乎残忍的地步，富冈只想把这苦斗交付与自己的分身——那被弃置一旁的现实中的自己。"神若帮助我们，谁能敌挡我们呢？"或许应当与这个女人结伴同行。父母和家庭不过是暂时的依靠罢了。应该再一次跨越阻碍，与这个女人共度人生才对。富冈在醉梦中仿佛听见有人对自己这么说。日本人的风光年代已经结束。醉意朦胧间，不觉陷入一种必须高声说服自己的错觉之中。富冈怀抱雪子，两人的唇长久而沉痛地亲吻着。

夜幕降临，旅馆里渐渐喧闹起来。不时有风尘女子把房间弄错，大大咧咧地打开房门。两人毫不介意，依然拥在一起。不时听到省线电车的轰隆声顺风传来。被褥上面随手扔着两人脱下的长裤，看起来反倒显得比人本身更加不堪入目。

雪子感受着富冈温暖的躯体，但同时又渴望着一种更加强烈的情感。想来男人这么做不过是一时的宣泄。记得在跟伊庭那秘密的三年里也有过同样的感受。渴望他的全心全意，却偏偏得不到。这让雪子越发焦灼地想从富冈那里获得他的全心全意。而富冈一边把女人抱在怀里，心里却有种行将枯朽的寂寞。他不时伸手抓过装着劣等酒的啤酒瓶，把酒倒进小玻璃杯后一饮而尽。雪子也是歇一会儿便吃一块寿司。夜还很长，雪子把寿司放在舌尖品味再细细咀嚼，同时把发烫的双脚伸到被窝外面。虽然两人拥有无数回忆，但如今不管多么想拼命挽留，两颗背离的心却只是在徒劳挣扎而已。关于今后的去向，两人也无从说起，只好忘记一切现实，尽量尝试着进行一场唤回往日激情的活动。有时，两人会有一种虚脱般的失落，或许是由于房间过于破落，两人鼻尖相触，不禁为对方气息中的异味感到难以忍受。

"你瘦多了。"

"因为吃得不好。"

"我也瘦了吧？"

"不觉得……"

"你搂着我也觉不出？跟你太太哪个更胖一些？"

富冈又伸手拿过酒杯，往嘴里猛地一灌。

富冈心想，我们之间的激情已经枯竭了。两人都错看了对方。从本质上来说，两人都深陷在这场败仗的底层，不可能再有喷薄的激情。我们只是忘记了这一点而已。

"其实啊，我也知道我很对不起加野。你太宠爱我，我才会去戏弄他。——不过，要是加野的话，一定非常乐意跟我一起去死。他真是个不懂得怀疑别人的人……对战争也是一样，像他那么一心相信日本能打赢的人，大概没有第二个了吧。真是个好人啊。他来做我们俩的陪衬倒也无可挑剔。"

"你这女人心也忒狠了吧。"

"是吗？不过，做女人的不都会有这种想法吗？"

富冈尽量不去回忆加野的事。雪子却时不时地要把加野的事情拿出来谈论，她总想把加野当作一个陪衬，以唤起两人往日的激情，她的心理很难说是不卑鄙的。富冈觉得累了。雪子毫无倦意地吃着寿司。她捏起一块已经变黑的金枪鱼，淡然地继续着话题。对女人与生俱来且不知衰退的坚韧，富冈感到厌恶。女人的脸露在红色被褥外面，鲜亮润泽仿佛刚洗过一般。但在富冈看来却显得那么低贱。

"你在想什么？"

“没想什么。”

“在想你太太吧？”

“傻瓜！”

“是啊，我就是傻瓜啊。女人全是傻瓜，男人都很厉害是吧？还要对傻瓜负责让你觉得挺倒霉的，是吧？不考虑将来，就这么只顾眼前，跟你纠缠在一起，不是傻瓜是什么？你说是不是呀？大老远地回到这里，可是，见到你，我真的很开心。仅仅是开心而已。——不过，我在海防的时候，想着要见到你太太，心里真的很烦……你太太是什么样的人？模样很美吧？有教养，又漂亮……”

雪子在心中漠然地描绘着富冈妻子的形象。眼前浮现的是一个无可挑剔、楚楚动人的美女。听着雪子的絮絮叨叨，富冈打起了瞌睡。

“说什么‘在你回来之前，我会把问题解决好，跟妻子分手，一身清爽地等你回来’，还不都是谎言。男人的话信不得呀。只管用甜言蜜语笼络住女人，自己的地盘却守得死死的。把我带到这种地方来表白，也太过分了吧？还说什么‘等回了日本，就把过往的生活了结清楚，然后我们就可以长相厮守，哪怕做短工维持生活也心甘情愿’……”

雪子含着满眼的泪水，她闭上双眼，轻抚富冈的肌肤。他瘦得腰椎都突出来了。想起他说是因为吃得不好，那粗糙的皮肤越发令人感到悲哀。雪子把手放在自己的小腹上，女人的润滑肌肤蕴含着一种神秘。女人的肌肤为什么会这么鲜活润滑？雪子觉得不可思议。就算国家吃了败仗，年轻女人的肌肤却依然不变……雪子又一次用手轻轻触摸富冈的小腹。

"等天亮了，咱们就各奔东西。然后又在这样的地方见面，你照样是喝醉了倒头就睡吧……我大老远地回来，你竟然毫无反应。我千里迢迢地回来了难道不是个奇迹？我要你还像在大叻那样念着我、疼我！喂！你醒醒啊！你怎么睡得着呢？你不许睡啊！"

雪子狠狠掐了富冈一下。

富冈正迷迷糊糊睡着，被掐得睁开了醉眼。他一时忘了身在何处，表情迷茫地环视四周。然而睡魔再次袭来，他又合上深陷的双眼，嘟哝道："别吵了，你也累了吧。睡一会儿就好了。老想着过去的事也没意思啊。"

"嘿！你也太无情无义了。过去的事对你对我都很重要啊。要是没有过去那些事，你和我还存在吗？明明年纪还轻，却变得像个老头似的，营养不良，又没精神，一副精疲力尽的模样。我不要你这样。不是说日本已经自由了吗？隔壁房间人家闹腾得那么欢……你起来，别蔫巴巴的，像个老头儿似的。——你要是不起来，我明天就到你太太那里去说个明白。好不好啊？"

十五

雪子跟富冈道了别，第二天午后才回到鹭宫的伊庭家。

也没有约定几时再会，只说两人即使聚到了一起，问题也不可能在一两天内得到妥善解决。既然富冈这么说，雪子也无可奈何。

富冈答应先为雪子找一个安身之处，并尽快凑一笔钱给她。雪子不是不明白，这只是男人一时的托词，但相会于如此境遇，也只能相信他的话。

两人在池袋车站前分手，富冈的身影转眼便消失在拥挤的人潮之中。雪子觉得心里空落落的，背靠站台上的柱子，对着电车里进进出出的人群呆看了一会儿。无数面孔涌动在雪子周围。一张张营养失调的面孔上，还留着长年被战争摧残的痕迹。

雪子无处可去。

回到鹭宫，也无人在等待自己归来。曾经想过不如就这么回静冈算了，可一旦离开东京，又对富冈心存不舍。对他的眷恋，自见了面以来，渐渐有些走形。不管怎么说，能够见到富冈，雪子仍然感到喜悦。她内心里多少也知道，这样下去，自己只会成为富冈的负担。看来只有闯入眼前这人山人海的生活中，去寻求自己的生存之道。忽然想起在品川车站看到的舞厅。雪子想，干脆去做舞女算了。

雪子试想自己浓妆艳抹，置身于靡丽的乐曲声中的情形。然而从事那种职业会是什么样的感觉，以自己现在的状况，实在无从想象。

拿着富冈给的一点零用钱，雪子来到新宿。多年不见的新宿喧闹如昔。周围连一个认识的人都没有，雪子感觉仿佛走在异乡的街头。路上跑着新型轿车，身穿臃肿冬衣的人群，瑟缩着身子走在高低不平的人行道上。来到一座没有玻璃窗的大厦前，雪子仰望高高的楼层，想起这里就是三越百货。沿着大楼向右转，在一条条狭窄的小巷里，是到处充斥着地摊小店的露天市场。沙丁鱼被盛在铁皮油桶里，一把一把地抓着卖。还有装在小小玻璃盒里的糖果。卖橘子的小店在店门前把橘子堆成金字塔的形状。橡胶鞋店，以及出售五日元一只的冷冻墨鱼的店。不论哪条小巷，都充斥着同样的露天市场。被战火烧成废墟的瓦砾堆上一片荒芜，一群蓬头垢面的孩子正挤在一起抽烟。

雪子买了二十日元一堆的橘子，爬到一处瓦砾堆上坐下来，剥了橘子皮开始吃起来。在这里，旧时的种种弊害与烦琐仿佛统统被砸得粉碎，一种革命之后的爽快抚慰着雪子的孤寂。这是在别处不曾感受过的舒畅。雪子把酸涩的渣滓吐得满地都是。

这场革命是否也将毫不留情地变革人心呢？看着浮动在人群中的一张张面孔，雪子感觉所有面孔都亲近得如亲人一般。

这会儿，回到家中的富冈，不知正如何向妻子解释一夜不归的缘由。雪子觉得十分可笑。以富冈的脾性，一定能装得若无其事。他的家人，应该也不会担心他吧。雪子不禁感到妒忌。曾空想着回到日本，富冈就会立刻赶来迎接，两人从此搬入新居开始生活。对自己的天真，雪子懊恼不已。

正午过后，雪子回到鹭宫。她把仅剩的两个橘子给了孩子们。走进伊庭堆放行李的房间，里面静悄悄的，寒冷而寂寞。

雪子望着伊庭的行李，忽然生出一个念头：不如把其中值钱的东西卖掉。这么做，雪子也算是在报复伊庭。把值钱的东西卖了，用这些钱作眼下的生活费也不错。至于打开行李的借口，就说想找自己寄存在这里的东西，房客一家应当不会见怪。就算伊庭回来，知道东西不见了，谅他也不能责难雪子的所作所为。

到了傍晚，雪子从房客那里分得几个红薯，然后请他们一起给蒸熟了。

雪子一边吃红薯，一边隔着玻璃张望木窗外狭小的庭院。灰扑扑的杜鹃树丛里，一只瘦弱的小花猫正一动不动地窥视着什么。雪子想起这丛杜鹃春天里开出的深红色花朵。事隔多年，那情形依然宛如昨日。过了一会儿，花猫懒洋洋地经过篱笆，从旁边的枇杷树下钻到外面去了。

雪子打开拉门去到外廊上，对花猫唤了几声，那小猫却没有再回来。

十六

富冈在最初的两三天里还惦记着雪子，随即就把要给雪子找落脚处的事以及凑钱的事都有意无意地抛在了脑后，甚至期望就这样跟雪子断绝了来往。这次邂逅让富冈感到窒息，但愿雪子能随心所欲朝她自己的方向走下去。

富冈近来跟一个做木材生意的熟人一起，正张罗着到山区采购木材。原本计划着近期前往北信州乡下去购买杉木，但因熟人的资金问题迟迟未能解决，木材的砍伐，以及从山中进货的事都陷入了困境，只能眼看着日程一天天往后推迟。如果这桩生意做成的话，还能指望赚点钱。加之在现今的局势下，黑市木材是能卖高价的抢手货，富冈满心期待着能去冒险尝试一番。回到日本，富冈彻底厌倦了政府机构的工作，同时也想趁此机会改变自己的人生。

今天刚给那个做木材生意、名叫田所的熟人挂了个电话，得知资金还需再等四五天才能到手，富冈失望而归。刚进家门，就听妻子说，有个女人来过，请他明天到池袋的布袋商会去一趟。富冈知道来人正是雪子。

所谓布袋商会，应当是指在池袋住过的那家布袋旅店。富冈脸上露出不快的神色，而邦子依然一无所知的样子。她问：

"那个女人问我，'你是他太太吗？'，怎么回事？是跟田所先生相熟的人吗？"

"不是，跟田所没关系。大概是最近生意上认识的布袋商会经理的太太……"

"是吗？说是经理太太，那女人给人的感觉不是太好啊。战争一结束，各式各样的人都冒出来了。我很不喜欢她，总觉得有种来者不善的感觉。——她还纠缠不休地问我，你去了哪儿，什么时候回来，很没礼貌的一个人。"

所谓女人的直觉，相互之间一定立刻会有感应。富冈暗自捏了一把冷汗。

邦子对雪子似乎有种直觉上的反感。富冈内心惶惑不已。身穿粗布裤的妻子正拿出针线开始缝补过冬的棉被。虽说趁现在把雪子的事如实告白或许更好办一些，但这时候把自己在海外的风流韵事报告给妻子未免太过残忍。对无辜的邦子实话实说，只会对她造成伤害，富冈终究还是不忍心。邦子这些年一直陪伴富冈的父母，含辛茹苦地等到了丈夫的归来。

翌日正午过后，富冈去了布袋旅店。雪子已等在那里。她斜靠着火盆，身穿一件绛紫色外套，新剪的刘海盖住了整个前额。艳丽的打扮让她像变了个人似的。

"昨天，去你家拜访过了……"

"嗯……"

"你太太，看样子很老实啊。"

"你，一下子这么时髦了？"

"嗯。这外套新买的，好看吗？"

"怎么回事？"

"我自作主张把亲戚的东西卖了。然后买了这个。天实在太冷，心里空落落的不知怎么办才好……"

"那么做能行吗？"

"不行也没办法啊。"

富冈目不转睛地看着衣着花哨的雪子。她的神情变得倦怠而阴郁，那变化里流露出一丝哀伤，富冈不由得想起歌舞伎里的一幕。那是很久以前看的《朝颜日记》，好像是大井川[1]那一段。深雪抱着木桩哀叹的疯狂状态此刻如在眼前。如果自己现在就这样抛弃这个女人的话，可以想见她会就此堕落到颓废的深渊中去。若是任她自暴自弃，结局会怎样呢？富冈心中忐忑不已。

"你在想什么？"

"没想什么。今后，我们俩都不容易啊……"

"是啊。你觉得根本没法拢到一块儿了是吧。我也彻底想开了。见过你太太，我心里难过极了。一路上简直感觉走投无路了。对丈夫放心的女人真是美得玉洁冰清啊。夺走善良人的幸福，我也会怕的呀……"

富冈瞪眼看着雪子，心想她说的是真心话吗？同时仿佛看见雪子在自家门前彷徨的身影。雪子从外套口袋里掏出手绢，拭去眼角的泪水。那手绢竟是富冈在大叻时常用的。

---

1 《朝颜日记》，传统剧目名。原作为近松德叟创作的净琉璃剧。讲述武士之女深雪与官城阿曾次郎历经曲折后终成眷属的爱情故事。大井川为其中一段：失明的深雪流落他乡，途中偶遇阿曾次郎，却未能及时相认。深雪紧追至大井川渡口，又因一场大水错过了与恋人相会的机会。

"你是想把我抛弃了就算完事了，对吧？我就知道会这样。我是死是活，我看你都无所谓了。有我在这儿，让你很头痛吧？你扔下我不管，我就只能掉进地狱里去了。变成一把灰，让风一吹就什么都没了。我总不能守着你的影子活下去吧？我更不愿意像个叫花子似的，等着你把给太太的爱情匀一点残羹冷炙给我……"

"你胡说些什么啊！真够傻的。事到如今把爱情拿出来说事也太奇怪了吧。现在不是谈论这个的时候，我也在做各种各样的考虑。我想如果不考虑出一个办法来，你也很为难。所以我今天再忙，也还是来了呀。"

"真讨厌！摆出一副恩人嘴脸……我的心情你大概根本不在乎吧。我为什么就不能无所顾忌地依赖你呢？即使现在，你也是心不在焉吧？——不过，我不会勉强你什么，只求你帮我找个住处，时不时来看看我……我想赶快找个工作。我大概命中注定做不了你太太吧。"

屋里太冷，富冈不停地晃着膝盖。他一边啜着冷茶，一边听着雪子歇斯底里的怨言。雪子被晾了三天，一见到富冈，只想把心中的寂寞一股脑儿说出来。

"你会帮我找房子吗？"

"正在找呢。你是不是以为就一间房子还不容易？被战火烧成这样，房子非常难找。就算找到了，产权费用也得要好几万日元。你再等等好吧……"

"那是啊。你住在独门独院的宅子里，当然可以安心慢慢来。我可是无家可归啊。现在借宿的地方,让我住着是不合道理的……我只想赶快有个单独栖身的地方。亲戚疏散到乡下去了，现在他家住着的是我不认识的人。我跟他们说，只是暂时借住几天，人家才收留了我。我真是为难极了……"

"我这就帮你找。我也并没有磨蹭啊。房子这东西，在现今这种局势下很难找到。我说，这旅馆怎么不给生火呢？冷得要命……"

"是啊。干脆像上次那样，我再去跟他们借个瓶子，买点劣等烧酒来怎么样？"

雪子好像换了一副心情。她拿过手提包，在包里摸索起来。终于摸到了钱包，她嗖地站了起来。

"喂，一点点就好。今天不想多喝……"

"要着急回去吗？"

"倒也不急……"

"要不住一宿再走？我今天带了钱。"

"今天不能住了。"

"哦？真没劲。为什么？是不是上次挨骂了？"

"又不是小孩子，谁会骂我？反正今天不行……"

雪子也没有强求，径自走出了房间。跟上次的房间不同，这间屋子冷极了，榻榻米粗糙而肮脏，更显得阴气重重。

富冈掏出香烟点了一支抽上，想起邦子说雪子是个叫人最为讨厌的女人。

富冈觉得，与其在这破旧的小旅馆房间里跟女人幽会，倒不如在自家的起居室里一边听着火上开水煮沸的声响，一边在邦子身边翻看报纸更加惬意。富冈心里忽然生出一个可怕的想法：为什么雪子没死在印度支那呢？每个人心里无论何时，都同时存在着两种愿望，其中必有一种朝向撒旦。富冈想起好像在哪里读到过这样的话。

富冈的视线追随着香烟的烟雾，眼光不经意地落在雪子鼓囊囊的手提包上。他伸手把包拽了过来。带着污垢的毛毡提包里，装着一块紫色的包袱皮，像是包着和服布料之类的硬实东西。还有化妆品、富冈在西贡买的带蓝钻石标志的派克笔、和平香烟、手巾、香皂等零七碎八的东西，以及寄给静冈的家人的两封信。富冈立刻又把东西原样放了回去。富冈把香烟捻灭在火盆冷硬的炭灰里，心中对雪子的歉疚禁不住一点点弥漫开来，但脑海里仍然有妻子娴静的面容。那是自己贤惠的另一半，然而自己却辜负妻子，彷徨在这地方，跟雪子纠缠不休，还指望在雪子这里逃避现实生活的寂寞。对于自己这种指望着秘密诱惑的自私心理，富冈不禁感到脊背发凉。

富冈回想起当年，自己曾把身为有夫之妇的邦子弄到手并娶了她。这些年来每做一桩坏事，新的罪过也随之不断累积。回首自己放荡不羁的心路历程，甚至有种命中注定的感觉。在大叻扔下的女佣阿蓉，怀着富冈的孩子回了乡下。虽说给了她一笔钱，但自以为情债两清的心依然隐隐作痛。富冈不时还会梦见阿蓉。她一定已经把孩子生下来了。生下混血儿，在当地一定会备受歧视。富冈沉浸在令人依恋不已的南方生活的回忆中。

不一会儿，雪子回来了，脸被冷风吹得通红。

"你看，我又买寿司了。还请人家分了一大瓶酒给我。"

雪子把啤酒瓶朝着窗前的光亮一晃，好让富冈看见。她把剩下的冷茶猛地倒进火盆里，往茶杯里斟了酒。

"我先试试看能不能喝。"雪子说着，端起茶杯一口喝下一半。

"嗯，好喝！心里肚里都像要烧起来了。"

富冈让雪子给斟了酒，他也是气都不喘一口就一饮而尽。雪子又往茶杯里斟酒。

"我说啊，今晚就住下吧……不行吗？就这一次，下次一定不强留你。如果你不喜欢这房间，我们去哪儿都成啊。钱不够的话，我带着值钱的东西，我们可以去住更舒适的地方。"

一股热流突然涌上心头，富冈握住雪子的手。雪子那心里藏不住任何感情的野性和奔放实在叫人怜爱。背负着家庭责任，被周围沉重的环境挤压着的心情借着酒劲终于得到解脱。富冈咬住了雪子的手指。

"用力咬！你用力咬啊！"

富冈细密地咬雪子的手指。雪子像是不堪忍受的样子，把脸伏在富冈颤抖的膝上，呜呜哭了起来。

"我怎么变成了这样的女人。我自己也弄不明白。你把我怎么着都行。随便怎么着都行……"

雪子哭着说，两手在富冈膝上摩挲。房间里开始暗下来。市场上热闹的叫卖声顺风飘进来，听得清清楚楚。富冈亲吻雪子的头发，内心却感觉这动作空虚得如同做戏一般。

这是一种对妻子邦子不曾有的野性感情。只有在喝了酒之后，富冈才会像被探照灯照在脸上一般，清晰而鲜明地感受到这一点。

"我要是没见到你太太就好了。她是个好人吧。不过一想到她是你太太，我又觉得她的样子很可恨。自从去了你家，你太太的模样总是在我心里刺痛着……你太太一定也觉察到我了。她跟你说了吧？"

"什么也没说啊。"

"撒谎！我也没给你太太好脸色看。你太太呢，一副迷惑不解的样子，把我从头到脚都细细打量了一遍。她笑得可阴险了。

那笑脸把我看得浑身上下不舒服，难受极了。当时她嘴里的金牙还闪了一闪。我还想，这人怎么会在门牙上镶金子呢……"

雪子仰起脸，微微笑着说。哭过的脸上，浓妆被洗去了，一张脸反而显得生动起来。覆在额头上的刘海也揉乱了，有一种初见的娇媚。醉眼蒙眬中，富冈就像在看一段失速的电影画面一般，雪子的面孔忽远忽近，在眼前浓淡不定地晃动着。

"她比我大许多岁吧……"

"你太过介意了吧？"

"当然啦。谁叫她一个人独占你呢？你还敢吻一个张嘴就露出金牙的女人，想想都觉得吓人……"

雪子这么没完没了地攻击邦子的缺点，让富冈心里颇不痛快。他把堆在屋角的被子拿了一床过来，盖在腿上。那是一床附着油腻污垢的冷冰冰的被子。

"这是桌被呀。我可以把脚从这边伸进来吗？"

雪子醉了。

"工作，你打算做什么？"

三四杯酒下肚之后，富冈问道。雪子稍稍正色说：

"我想去做舞女，不行吗？"

雪子眼睛一亮，露出风骚的神情。富冈觉得那倒也无妨，却不明说好还是不好。

就快到十点了，富冈自言自语道：

"差不多，我该回去了……"

说着从外套的里袋里拿出一卷钞票，直接放在雪子膝上。

"这是一千日元。你先拿这笔钱对付着，随便在哪儿找个工作。

房子我找到了就通知你。明晚我有点事要去信州一趟，得有十天见不着你。我回来之前，你先拿出点钱给借住的亲戚，请他们容你再住几天……"富冈说。

雪子拿着一千日元，感觉自己就这么被打发了。

"我不要你的钱。且不说这些，今晚你能留下来吧？就这么分手也太寒心了。怎么去信州要十天时间，真是的。你是想逃避吧。没错了，肯定没错了。你不如——把话直说了吧……"

富冈把余下的酒一饮而尽，好像忽然想起来似的，开始一边烦躁地摇晃起双腿一边说：

"不是的，不是那样。我对不起你。的确，说句实话，我们大概是住在了那么美的地方，才会做那么些美梦。这么说你可能会生气，不过回到日本以后，遭遇一个截然不同的世界，我又想，再折磨家里人实在太残酷了。大家都吃尽了苦头，而他们咬着牙挨过来了。对这些苦等我的人，我没法跟他们轻易地了断关系。对你，是我毁了约，但我会尽我所能让你得到幸福。我现在真心诚意地在为你考虑……我是爱你的。即使这样，却不能跟你在一起。这是我不应该的地方。今晚也不是不能在这里过夜，但我觉得不该再瞒着你了。我从刚才就想着我必须尽早回去了。去信州的事不是瞎说的。我本想等从信州回来再把我的这些想法对你说，现在突然又想痛痛快快说出来算了。我知道一旦真要分手，你一定会很惨。可是我现在不可能一个人跟家庭决裂啊。你知道他们全都在依靠着我过日子啊……"

雪子一个劲儿地摇头，然后用双手捂住了耳朵，闪着泪光的双眼紧盯着富冈的嘴唇。

富冈把被子轻轻挪开，双手扶住雪子的膝头，低沉着声音说：

"除了分手，我别无选择。"

"不！难道只要你们都幸福了，我就怎么着都行？这钱我不要！我不认为从你那里拿到钱就是幸福。我不能就这么老老实实地任你摆布。跟你太太一样，我也有表达不满的权利。你是不是觉得只要能让你太太幸福，怎么处置我都成？那为什么我第一次去找你的时候，你在门口不这么说？"

雪子感到醉意袭来，自己也不明白自己在说些什么。只觉得实在无法容忍富冈自以为是的说辞。

在印度支那的时候，那么悠然自在的一个男人，怎么一回到日本，立刻就变得这么畏缩？雪子尤其看不惯他那副为了家人畏首畏尾的孬样。雪子抓住富冈的双手用力摇晃着。然后她猛地捋起左臂的衣袖，露出那条蚯蚓似的肿胀的伤疤。

"这个你还记得吧？一切还不都是因为你对加野撒了谎！还有，你对阿蓉做的坏事我都知道。别人掏心掏肺地对你，你还当别人是疯子吧？不知道的还首先就相信了你这样的人，对加野，对我这样的人，人家还当我们不正常，不值得信任呢。——不过，那时候，我觉得你还是真心的。既然你要求分手，我也没办法。但你真的觉着这样就算完了吗？保全着体面的家庭，把家里人哄开心了，自己心里也就舒坦了，是不是？为了保全自己的幸福，你可是让好几个人做了牺牲品啊！你还一副若无其事的样子，你也太狠心了吧。你要是觉得家庭和太太重要的话，从一开始就做个铁石心肠的人不好吗？——我并不是想把你太太顶走，但你不觉得你想得未免太美了？我今晚就住这儿了。你要回就请回吧……"

雪子的眼神极其坚定。她松开富冈的手，抓起被子盖住全身，躺在榻榻米上翻来覆去。富冈看着雪子自暴自弃的样子，依然默默无语地坐着。

十七

过了大约四天，伊庭突然上东京来了。

雪子正要外出，在巷口跟他撞了个正着。远远看见有个人一颠一颠走过来，雪子一开始还以为那不是伊庭，而是伊庭的哥哥。伊庭也大吃了一惊。

"哦！这不是小雪吗？"

雪子猝不及防，脸一下子红了。

"你什么时候回来的？怎么不先回静冈来？还真是小雪呀……"

四年不见，伊庭已经苍老得变了模样。

"你怎么知道我在这里？"

伊庭竖起黑色外套的衣领，一转身走到雪子前方去了。

"在家里说话不方便，找个地方坐着，一边喝茶一边聊吧……"

这么说着，他顶着呼呼的寒风往干燥空旷的大道上走去。雪子望着伊庭疲惫的背影，就像望着一个素不相识的人，但她还是默默地跟了上去。穿过铁道口，伊庭并没有走进车站，而是一直顺着大道往前走，来到车站斜对门的一家荞麦面馆前，一掀门帘走了进去。昏暗的室内没有一丝热气，桌子就摆在水泥地上，桌面落着一层白蒙蒙的灰尘。两人在角落里面对面坐下来。水泥地太冷，两个人都不停地跺着脚，不敢把脚放下来。一旁的玻璃窗外是细细的木格门，所以那个角落特别阴暗寒冷。

"这里可以做荞麦面吗？"

伊庭问店员。她是个戴着纱布口罩，刚把头发盘成裂桃髻的姑娘。店员说，荞麦面太费工，一时还做不出来。又问这里可以做什么？回答说，只能做红茶、红豆汤和苏打水。这么冷的天谁会想喝苏打水呢？伊庭只好点了两份红豆汤。这家从前的荞麦面馆，现在却更像一间简陋的客栈食堂。伊庭从口袋里掏出香烟点着一支，正要把那盒光牌卷烟放回口袋，冷得肩膀直打战的雪子说："也给我一支吧。"

"你也抽烟了？"

"实在太冷，学着抽一支吧。烟吸进去，也能暖和暖和吧……"

雪子叼了一支烟在嘴上，让伊庭帮着点了。伊庭不厌其烦地问这问那。不一会儿，放了糖精的浓稠的红豆汤端了上来。揭开碗盖，盖里结着水珠。红豆汤竟是茶黄色的，上面浮着两个小小的糯米团子。

"你擅自把我家的行李解开了是吧？"

伊庭低着头，一边用筷子挑起糯米团子，一边说。雪子不吱声，像伊庭那样夹起糯米团子放进嘴里，心想一定是房客告了密。

"我回家一查行李就能知道。你为什么要这么胡来？需要钱的话，直接跟我讲，我也会帮你想办法啊。而且你怎么那么奇怪，回到东京也不跟静冈那边打个招呼……有人写信告诉我，说你变卖了好多东西，是真的吗？"

伊庭说着，给快要熄灭的香烟重新点上火，吧嗒吧嗒用力吸了起来。现在雪子对伊庭已毫无感情可言。

"天气实在太冷，我才把哥哥那里的行李解开了。借用了两三件衣物罢了。"

"噢。拿去卖了？"

"嗯。是啊。我知道这不对，不过比起房子被烧掉的人家，也没什么大不了吧。我想你也会谅解的。这件外套就是用那钱买的。"

"你为什么不先回静冈？"

"我不想回去。并且还有一起回来的朋友，我也想尽快找个地方工作。我打算等安定下来再回去……"

雪子说着，从提包里拿出两封写给老家的信给伊庭看。那是四五天前就写好的信，一直忘了寄。

"你都卖掉了些什么东西？"

"卖了两块绉绸，还有一些布料。"

"你觉得这么胡来能行吗？去了那边一趟，品性也变了啊。"

雪子默不作声。

"我辞了银行的工作，一直在乡下种田。可毕竟是住过城市的人，受不了真的在乡下过活。我打算年底带全家回来，所以才寄了那么些东西。质量好的东西现在都能卖好价钱。我本想变卖了东西，用来补贴着做生意。你的外套不都存放在乡下吗？"

"是啊。所以你变卖那边的东西也不要紧。把我的东西全都卖掉我也不介意的。我为了要结婚，所以才先回了东京。"

"哦。什么时候结？"

"嗯，办得很不顺利。对方有老婆还有父母在。一回到日本，就全都不成了。"

"那男的是干什么的？"

"也是农林省的人。在那边的同事。回到日本以后，现在说是在做木材生意。"

"年纪多大了？"

"比哥哥年轻多了。"

"你被骗了啊……"

"不是的，我没有被骗，是不得已分手了。"

在伊庭看来，雪子这么一个沉默寡言又老实的姑娘，完全变了一个人。这让他觉得奇怪。她成熟了，说起话来干脆利落。因为冷，雪子把一块紫色的包袱皮裹在头上，她皮肤白，那紫色衬着她的脸蛋，显得很漂亮。

"哥哥，您这次回来就一直待这儿了？"

"嗯。先住三四天，我想四处找找东京的朋友们，打探一下情况，然后再回乡下。你可以跟我一起回去。"

"你没行李吗？"

"有啊。寄放在拐角的接生婆那里了。是接生婆把你的事告诉我的。"

"这样啊……"

两人走出荞麦面馆，因为没有别的地方可去，伊庭和雪子就站在车站前面一个坏掉的电话亭前聊天。

"我正要去新宿一趟，您请随便检查吧。"

雪子满不在乎地说。

伊庭瑟缩着身子站在背风的地方，这时却转过身来，说着"我跟你一起去吧"，便与雪子一起走进车站，买了两张车票。

两人来到新宿。雪子兴冲冲的样子让伊庭感到不安，简直弄不清她究竟在想什么。阳光微弱地照着，风格外凛冽。电车里因为窗玻璃几乎全是坏的，冷得就像坐在一个会跑的冰窟窿里。

"被破坏得很严重啊！"

各站之间到处是荒凉的废墟景象，伊庭好奇地望着窗外。

"我想去做舞女，哥哥你说我能行吗？"

雪子忽然不经意地说。伊庭似乎被雪子突如其来的话题吓了一跳，一时答不上来，只问了一句：

"你不愿做打字员的工作了？"

"那工作我早就腻味了，薪水又低。据说专门面向占领军的舞厅各方面收入都不错呢。"

"嗯。那倒也是。问题是能做多久呢……"

两人离开新宿车站，一时找不到去处，走了一段路，看到武藏野电影院正上映《居里夫人》，便进去观看。已经有许多年没有看过外国电影了。两人在破旧的座椅上并排坐了下来。电影院里也非常冷。往日的优雅气氛早已无影无踪。第一次坐在破败不堪的室内看一部外国电影，不由得产生一种游离在现实之外的奇妙感觉。

伊庭不知是怎么想的，在黑暗中握住了雪子的手。他的手很温暖。雪子心中不快，但还是忍住了，任他就那么一直握着。在银幕的银光反射之下，伊庭的侧脸看起来就像一张死人的脸。雪子忽然想起之前跟富冈分手的情形，想到自己寂寞至此，都是为了富冈，当时不曾流下的眼泪现在却夺眶而出。

走出电影院时，天色已经微微暗下来。

露天小店全都不见了，四周一片寂寥。街灯照着废墟的边边角角，越发让人深感战败的凄凉。阵阵寒风吹来，冰冷刺骨。两人来到电车大道，街边挤满了窝棚似的简陋小店，店门早已关上。只因近来街上强盗劫匪之类横行，天一黑，不论哪家商店都早早地收了摊。

雪子带着伊庭进了一家卖中华荞麦面的小店。这家店位于角筈的电车大道上，雪子之前曾来过两次。每到晚上，雪子就很想喝烈酒。仿佛不灌进一些烈酒，便无法让颓丧的心情获得解脱。点了竹笋荞麦面，两人很难得地在燃着的小火炉边坐了下来。雪子已经不知多少年没见过炉火熊熊的炉子了。她不禁用指尖摸了摸那闪着蓝光的铁皮烟囱。

"我可不赞成你去当舞女。"

伊庭一边吸烟一边说。雪子想着刚才伊庭不知羞耻地握着自己的手，心中泛起的厌恶让她懒得搭腔。伊庭新奇地打量着雪子化了浓妆的脸，说道：

"我一直很担心你。也不知你能不能顺利回来。日本现在非常艰难。大人物都被抓起来了，简直天都塌了。那些过去高高在上的人，现在都纷纷落马。这世道的变化倒也挺让人痛快。"

伊庭感慨万千。

"不都是当初昏了头嘛。今后再不会打仗了，单这一点就叫人心满意足、一身轻松了。不过，哥哥你怎么没被招去当兵呢？"

"是啊。我当初最担心的就是这个。可能是因为在滨松的军工厂工作的关系，所以被免了兵役。现在想来，就像做梦一样啊……后来滨松也遭了战火，从那以后我一直在种地，居然没被招去，简直不可思议呢。战争一结束，我最担心的就是你的事。没想到你这么顺顺利利地回来了……"

热腾腾的荞麦面端上桌，两人捧起面碗吃了起来。荞麦面里非常难得地放了几片染红的竹笋。

"真好吃……"

"这里味道很不错的。第三国人[1]开的。量给得足，又便宜。"

雪子忽然想起了池袋的布袋旅店。如果就这么跟伊庭回鹭宫，两个人一起睡在那个小房间里，雪子可不愿意。自己想要的都得不到，不想要的，却命中注定似的纠缠在身边。雪子这么想着，感觉心里的润泽正渐渐枯竭。

"今晚住家里吗？"

"嗯。"

"不是没房间了吗？"

"你睡在哪个房间？"

"起居室。行李堆得满满的。"

"一起睡不就得了。"

"没有吃的呀。"

"我带了三升米来。反正是自己家嘛，厨房可以随便使用，自己煮饭就好啊。不需要客气什么。我还邮寄了一套上好的被褥来，回去就可以解开用。"

"我在池袋有住处，我去那里好了。"

"你还防着我呀？"

"不是的。我今晚因为工作的事，必须跟朋友商量一下。而且明天再赶去也太麻烦了……"

"今晚我们可是久别重逢啊。我还有好多话想跟你说呢。一起回去吧。也不知道你卖掉了多少衣服，但我也不会责备你。"

"哦。那事你只管责备吧……为了工作的事，我还是得去朋友那里一趟。"

---

1 第三国人，近代日本对中国和朝鲜籍侨民的称呼。后因含有歧视语义而被废止。

跟伊庭睡在一起，想一想都觉得毛骨悚然。

十八

富冈去信州的事一拖再拖。田所那边依然毫无进展。若不尽早采取行动，世间瞬息万变的形势可是不等人。风传金价不久也会大变。富冈想趁现在大量预购木材，而且听说最近黑市上纸张非常抢手，富冈也想揽一些生意来做。然而事到如今，一个人孤零零地在外面奋斗，富冈才真正体会到自己的渺小。不论是谁，都做出一副值得信任的模样，柔声细语地跟你说事，其实人人心里都只想着自己……管它战败什么的，大家都不愿去想那些令人担忧的事，只在一片混乱之中漠然地期望着，总觉得好事情恰好会出现在自己近旁……比起打仗的时候，人人都喜欢这天翻地覆、风险十足的时代。人是一种容易腻味的动物。不论怎么变都行，不断变化的时代更能刺激人心。

富冈认为，要想做成生意，首先只能靠变卖房产来筹集资金。只要能筹措到五六十万现金，用这笔钱作资本，接下来应该可以做成点什么。反正不能袖手旁观，白白错过当今时代的机遇。

一天早晨，吃早饭的时候邦子忽然说：

"对了，不久前来过的那个布袋商会的女人，我昨晚在家门外又碰见了。她在这附近是不是有熟人啊……"

一直想抹去的雪子的身影，这时又忽然浮现在脑海。富冈默默地喝着酱汤，仿佛看到徘徊在屋外的雪子，她那焦躁的面容如在眼前，久久挥之不去。

"她问我说，'你丈夫什么时候从信州回来？'，我真不知怎么回答才好。又担心要是她在回去的路上遇到你。就告诉她昨天回来了……我又说，'如果有什么事，我可以帮你转告'。她说，'今天只是有事路过这里。请转告他，我现在一直住在布袋商会，晚上也不要紧，劳驾一定来一趟……'，她还说，'只要说是前不久垫付款子的事，富冈先生就会明白的'。她说完就急匆匆地走了。那妆化得可真浓啊。"

富冈在苦闷中得知了雪子的近况。那么说，无家可归的雪子后来一直栖身在那家旅馆。当时她说什么也不收那一千日元，在池袋车站硬把钱塞了回来。富冈耳边，现在还仿佛听见雪子哭着说："为了保全自己的幸福，你可是让好几个人做了牺牲品啊！"

当年富冈为得到雪子，甚至把直肠子的加野气得几乎发狂。雪子为此被加野刺伤。那时一心以为可以顺顺当当地结婚，两人也真心诚意地那么打算着。面对突然失去滋味的早餐，富冈放下了筷子。内心里为雪子不幸的现状感到歉疚，也对自己出门在外时的那些不负责任的所作所为感到羞愧。富冈也曾空想着等卖掉这所房子，自己是否应该把钱全都交给父母和妻子，然后身无分文地跟雪子复合？这空想并没有给富冈带来丝毫安慰。

"你从那家商会也借了钱吗？"

邦子问道。她那没有化妆的脸上露出不安的神色。

"昨晚几点的事？"

"大概七点左右吧。我去买东西回来的时候。你回家晚，我一时忘了说。今早收音机里放寻人广告，提到布袋这名字我才想起来。布袋商会做的是什么生意啊？"

富冈没回答。他向来早饭吃得晚，父亲和母亲都在别的房间。邦子一边收拾报纸一边说：

"我不能替你去吗？"

富冈望着邦子清秀的脸，鬼迷心窍般很想把秘密全都告诉妻子。富冈已疲惫不堪。只希望妻子能洞察这一切。富冈明白自己是多么自私，明明没有勇气继续维持这种不安的局面，在雪子的问题上却又不曾为她的将来着想。这一切都是自己的错。自从回到日本，富冈就像完全变了一个人，戴着假面，不愿表露自己的感情。邦子觉得丈夫就像变成了一个陌路人，心中暗自焦虑不已。这与那个化浓妆的女人不会没有关系，邦子有种不祥的直觉。最近这些日子，富冈的眼神变得游移不定。爱抚和拥抱邦子的时候，他甚至会突然停下来深深叹息。他不再像过去那样激烈地用尽全力，有时甚至会颓然放手，把邦子冷落一旁。

"你从印度支那回来以后，人变了好多……"

富冈刚回国没多久，邦子就曾有过疑惑。富冈也很清楚自己的变化。每天早上刮胡子的时候，看着镜中的自己，时常感到一种斯塔夫罗金式的丑恶。虽不是标准的美男子，也不是唇红齿白的奶油小生，然而眼前这个面目青肿的东方男人，外貌却像《群魔》里的那个斯塔夫罗金，令人心生厌恶。

田所最近态度冷淡，是否也是因为看穿了自己才刻意疏远的呢？跟邦子结婚的时候，曾给田所添过许多麻烦。然而出身穷苦的田所对富冈不曾表露过丝毫抱怨。而且在刚从印度支那回来，最是孤立无援的时候，也是田所对自己伸出了援助之手。想到这些，富冈觉得不能太过责怪他。

"那样的女人在门外晃来晃去，真讨厌啊！我害怕会出什么事……而且你也跟以前完全不一样了。"

"不许胡说！没有什么不同啊。"

"那，我去帮你把那笔垫付的款子还了，怎么样？"

"那是男人做的事，你不用瞎操心。"

"可是不知道为什么，我总觉得心里不踏实……"

"既然我这个当事人都说不用担心，你就相信我不行吗？"

"说是这么说，你是不是做了什么对不住那个女人的事？怎么一提她，你就怒气冲冲的呢？"

"因为你疑神疑鬼我才生气啊。生意的事，田所那边也没有着落，正是头疼的时候，你最好不要净说些丧气话。"

富冈渴望再一次前往南方山林。山林之外，无论什么事业自己都无法投入身心，而对父母、妻子、家庭，也感到十分厌倦。在那片莽林之中，哪怕一辈子做苦力为生，也一定远比现在这种生活幸福许多。

脑海里忽然鲜明地浮现出一幅景象：滩涂的泥土中，红树林宛如纠缠在一起的铁锚，延绵在海防以及西贡的港湾入口处。油亮的枝叶在阳光照射下闪闪发光，支撑着枝干的根须如同章鱼的触手一般，结成一道红树林的壁垒。富冈无法忘怀那天鹅绒一般的林带。但愿能够再度奔赴南方。

相信下次一定能够让那种战争中的狂热心情冷却下来，专心从事研究。然而即使头脑一次次沉溺在回忆中，人却身不由己。这无可奈何的心情反而令身心越加疲惫不堪。

虽然远渡重洋不易，但那是哪怕只靠游泳也想去的地方。家庭问题对富冈来说已经无所谓了。他甚至想，要是能就此消失，脱离这让人窒息的生活，哪怕搭乘走私船去南方也在所不惜。

邦子望着阴沉着脸默不作声的丈夫，眼泪夺眶而出。

"你哭什么？"

"我心里苦，苦得要命。事到如今，我想我这是遭天罚了。这是为别人遭天罚了。"

"你又想起小泉君的事了？"

"不是，我怎么会想他的事呢？只是眼见着你这阵子想跟我分手，我就像受了百般惩罚。"

"是生活太苦了，你才会变得这么惶惑不安。分手什么的，我从来没想过……"

富冈几乎无法承受自己的谎言。自己说出的一句句谎话，就像一个个裂口的石榴，正咧嘴嘲笑着自己。

十九

雪子最近变得异常脆弱，她甚至担心这会不会是精神崩溃的前兆。哭泣的时候，对未来的直觉就会浮现在眼底，那是一团令人心悸的阴影。那直觉告诉雪子，未来必定如此。雪子知道这不会有错。既然没有可以支撑自己的稳固依靠，就只能像一粒石子，被人踢来踢去地生活下去。

雪子对富冈的爱与富冈目前所想的一样，她也不禁渐渐被他的想法同化了。两人都觉得即使见了面，这份受他人谴责的浅薄的情感终究要逐渐褪色。他们勉为其难地找机会见面，想要抓住那些往日曾经共有的回忆。然而即使一心想沉醉在渐渐失色的回忆中，内心里却不知如何处置这份情感……明知就是这么回事，雪子和富冈却一而再、再而三地期待着相见。而相见只不过让两人越发体会到回忆正在褪色而已。置身于战败的现实之中，两人心中的那些遥远的回忆已无法唤起丝毫的热情。

两人一旦相爱，如果不立刻结婚，就会留下永久的遗憾。在大叻的时候，富冈曾经这么说。时至今日，雪子才感到富冈所言正在成为眼前的现实。

无法长期负担池袋的旅馆费用，雪子只好重回鹭宫的伊庭家。伊庭回了静冈，说是再过两三天，就要搬回东京来，已经让房客把六帖大的起居室和四帖半的会客室腾了出来。那间所谓的会客室，只有屋顶盖了红瓦，屋里铺的是不带缝边的榻榻米，没有壁龛也没有壁橱。

雪子在那里住了一宿。伊庭给雪子留了一封信。他说自己清点了存放的行李，不想发怒，但就算卖掉的东西已经无法追回，今后也请她千万不要再做损人利己的事了。这里房间狭窄，等家里人从乡下回来，就不能留她在这里了。她愿意去哪儿就去哪儿吧。如果无处可去的话，不妨回乡下一趟，让大家一起为她的将来做个打算。自己不在的时候，她如果再动这些行李，会叫她知道厉害。

屋里的每一件行李都用绳子捆得结结实实，还贴了封条。雪子觉得可笑极了。真想用剪刀将它们剪得粉碎。男人这东西，怎么都是这副临阵脱逃的德行。那贪得无厌的男人本性实在令人作呕。

既然敢想，那就照着那想法去做也不坏。雪子只住了一晚，就从附近的车铺雇了车子，把伊庭的被褥包裹搬到了池袋的布袋旅店。伊庭家的房客并未表示阻拦。他们跟伊庭关系不好，对雪子的所作所为始终不置一词，保持着中立的态度。从他们淡漠的表情甚至可以看出，他们巴不得雪子更加为所欲为才好。

在池袋的旅馆里，雪子打开被褥包裹一看，里头还包着伊庭的棉袍、破旧的长披风和一袋小豆。小豆大约有五升。被褥捆里有两床棉褥子、一条毛毯和一床人造绸被面的上等棉被。雪子觉得出了一口恶气，当即把长披风和小豆拿到车站旁的市场上卖了。心中暗想，原来偷盗竟可以这么有趣。伊庭的那些家当里少了这么点东西应该算不上太大的损失。想到自己让他玩弄了三年之久，事到如今，雪子心中仍然禁不住涌起一股难以遏制的愤怒。恨不得把他的家全搬空了才好。

第二天，多亏布袋旅店的老板帮忙，雪子在附近一家杂货店租到了一间旧库房。那家杂货店在原来的住房旁边盖了新房子。

库房大约三坪[1]大小，里面用白铁皮重新围出住房的部分。只开了一个天窗，没有水电。杂货铺的人特意铺了两张旧榻榻米，大小足够一个女人睡下。一旦找到可以单独栖身的房间，雪子又突然想念起富冈来。雪子把一床褥子卖给了布袋旅店，用得到的钱买了锅和炉子。第一次在市场上买了一升黑市米和一点木炭。用还带着金属气的新铝锅煮了饭，再把剩下的炭火挪到暖桌下面。吃着浇了生鸡蛋的热米饭，雪子深感能够自己做饭吃是多么难能可贵。白米饭饱饱吃进肚里，雪子蜷在暖桌里发呆，一种单凭食欲的满足无法填满的寂寞像冰冷的雨丝洒落在心上。雪子一会儿数被子上的针脚，一会儿又望着粗糙的木板墙发呆。从板墙缝隙里吹进来的风把烛火吹得左摇右摆，好像随时会熄灭的样子。心

1　坪，面积单位，一坪约三点三平方米。

中泛起的不安让雪子不禁担忧自己能否忍受这样的独居生活。角落里放着一桶水，屋里因此越发寒冷。在这样一间陋室，也可以把日子过下去。虽然感到一丝幸福，然而仅凭这没有着落的幸福，明天依旧一片茫然。

翌日是一个雨天。

雪子起得很晚，去给富冈寄了信之后，又去了澡堂。从澡堂离开，顺路到车站买了报纸回来。翻看求职栏，映入眼帘的尽是一些招收打字员的字句。雪子一边想着必须立刻开始工作，一边又觉得意欲全无，身心沉浸在恍惚之中，成天窝在阴暗的小屋里昏昏度日。

在这样的心境里过了四五天，依然不见富冈现身。雪子想，他应该已经从信州回来。不见人来，那么很可能是信没有交到他手上。

雪子漫无目的地去了新宿。时近黄昏，街上刮着寒风。露天商店大都已经收了摊，新宿街上寂寥如一片荒漠。雪子煞有介事地走在路上，心中却越发空虚。也不是没有想过回静冈看看，但好不容易才在那间小屋安下身来，从那里开始自己的人生似乎也是个不错的开端。雪子这么想着，来到伊势丹百货门前。一个高个子洋人叫住了她。他问她要去哪里。因为太突然，雪子笑了笑，停下脚步。洋人跟雪子并肩而行，雪子变得大胆起来。洋人滔滔不绝地搭话，雪子只是默默地倚着洋人往前走。雪子隐约觉得命运正朝着未知的方向前进。互相的冲动给两颗偶遇的心带来了一线生机。

洋人不时弯下腰，伸手触摸雪子的下巴，快速地说些什么。雪子忽然觉得在大叻时跟安南人说着那种法语和英语的混合语的生活仿佛被唤醒了，于是结结巴巴地说了几句。

"我只是随便走走。"

"太好了。我也正在随便走走呢。"

两人自然而然地手挽手走起来。雪子就像喝醉了酒，高声笑个不停，虽然并没有什么可笑的事。

雪子和洋人手牵手来到新宿车站，沾洋人的光，难得地坐上了外国人专用的省线电车。雪子觉得心里一片敞亮，身子紧紧地依偎着身边这个同路人。

雪子回想起西贡的街道，甚至有种重回往日的错觉。

雪子把洋人带回自己的简陋小屋。洋人身材高大，头几乎触到天花板。他把腿笨拙地伸进没有炭火的暖桌里，好奇地打量四周。在蜡烛摇曳的微光下，雪子开始点炉子。浓烟翻滚着充满了整个小屋，雪子指了指天窗，让洋人"Window get up"。洋人随和地帮雪子打开天窗。烟雾立刻卷成一股，朝着天窗外迅速散去。

二十

第二天正午刚过，洋人又来了。他走进屋顶低矮的小屋，肩上背着一个绿色挎包。洋人打开挎包，拿出一件件礼物，一边快速地说着什么。宽大的枕头、沉甸甸的盒子、雪花膏，以及糖果摆了一地。盒子里装着的是一台带电池的收音机。洋人拧开收音机，从里面飘出甜美的舞曲。雪子把耳朵贴在小小的收音机上，像个孩子似的笑逐颜开。置身于历史潮流的剧变之中，雪子觉得那音色里好像流淌着一股超然世外的命运。虽然语言有隔阂，但两人在性情和肉体上的相互了解，让他们生出了熟稔的感情，让雪子感觉有了自信，觉得自己今后将会无所畏惧地活下去。那个宽大的枕头对两人意味着什么呢……雪子凝望着雪白洁净的枕套，不由得湿了眼睛。

对于正忍受孤独和饥饿的雪子来说，那个巨大的枕头具有特别的意义，仿佛在鼓励着她再度开始新的生活。雪子丝毫不以为耻，只觉得送来枕头的这个男人心地十分善良。

"心爱的人儿啊。虽然花儿已凋零，这花儿曾经蔚蓝，这花儿曾经艳丽。就像当年，相依相偎，美好的回忆，打动我心扉。"——洋人的名字叫乔。他小声哼唱着收音机里正在播放的《勿忘我》，一边在纸片上用英语写下歌词，然后递给雪子说，下次来的时候唱给他听。雪子用手指摩挲过一个个单词，模仿着乔的发音唱了一遍。男人宛如大陆般的爽朗宽厚深深打动了雪子的心。从那种无论置身何处都能谈笑自如的国民性格当中，雪子感受到一种在富冈身上不曾见过的明朗。而且没有与富冈在一起时那种撕心裂肺的寂寞，更没有那种找不对焦点的惶惑。一切来得坦荡舒畅，或许只因为不需要揣测对方的心思。在雪子看来，不断鸣唱的收音机就像一个新奇的玩具。傍晚，乔回去以后，雪子拿着乔送给她的香皂去了澡堂。在西贡曾买过这种棕榄香皂，雪子为此分外感动。即使富冈从此不见人影，雪子也有了独自一人生活下去的信心。与其等待一个让自己备受煎熬的男人，倒不如现在这样过日子来得愉快。不过雪子也知道，那愉快就像梦幻泡影一般难以把握。

搬进小屋后，大约过了十天的一个傍晚，富冈找来了。雪子以为是乔，急忙跑去开门，意外地看见富冈瑟缩着身子站在门前。雪子露出吃惊的样子说："哎！怎么是你？"

富冈也吃了一惊。在黄昏的微光中，雪子化着浓艳的妆，就像完全变了个人。油亮的头发高高盘起，眉毛修成两条细眉，还画了眼线。耳朵上戴着水钻耳环，脚上却没穿袜子，也不顾大冷的天，就那么光着脏兮兮的脚丫趿了一双凉鞋。

"搬到了这么个有意思的地方呀。"

"是吗？对我来说，可是像宫殿一样呢。"

墙上糊了白纸，墙钉上挂着花篮，里面插着菊花。小饭桌上点了一根蜡烛，桌上的小盒子里正发出收音机的声响。花里胡哨的巧克力盒子里，扯散的锡纸在蜡烛光下闪着银光。富冈也不坐下来，就那么环视着四周，他察觉到短短几日之中女人身上的变化。

"有这么新潮的东西啊？"

"哦，是吗？"

收音机里正播放着舞曲。雪子把脚伸进暖桌，抬起头看了看站着不动的富冈，就像一个恶作剧被揭穿的小孩那样地笑了。

"你什么时候从信州回来的？"

"大概两天前吧。"

"哦，信看到了？"

"就是看了信我才来了呀。"

"坐进暖桌来不好吗？"

富冈歪戴着帽子，大剌剌地把脚伸进了暖桌。白色大枕头在乔平时坐的位置上，显得分外抢眼。富冈紧盯着那个枕头。

"很幸福的样子嘛。"

"有吗？没变成冻死骨就不错了……"

富冈就像被针扎了一下，默默看了雪子一眼。在烛光映照下，雪子的面容恍然有阿蓉的模样。女人自身强悍的个性似乎已经开始落地生根。富冈打量着雪子全然改变了的面貌，对女性那种得天独厚、可以不受外界影响的生命力感到一种近乎羡慕和妒忌的情感。眼见着女人这种与生俱来的生活能力，对照自己现今卑微的处境，富冈不由得暗自沮丧。不得不承认，凭着女人那有着绝对二元性的自由的生存方式，原来还可以有这样的出路。然而直到最近还存在于他心底的、把女人当累赘的卑怯心理竟完全消失了。就像对从手心里逃走的鱼那样，富冈甚至感到一股强烈的食欲。

　　"真叫人羡慕啊……"

　　富冈忍不住冒出这么一句。

　　"哎！你这叫什么话啊。羡慕什么？这样的生活哪里让你羡慕了？你这人说话可真是一天一个样啊。"

　　"如果我说错话请多包涵。我只是真的这么觉得。可能一个人在处处碰壁的时候总免不了会羡慕别人的生活吧。"

　　"你这是把别人当傻子呢。男人都是你这德行吧。日本男人全都是一肚子坏水。成天光顾考虑自己的利益了……"

　　雪子显得焦躁不安。富冈不停地摇着伸在暖桌里的腿，拿过收音机的小盒子，一次又一次地换台。雪子来到门外。若是乔来了，她想叫他今晚回避一下。在车站前等了约半个小时也不见乔的身影，雪子只好放弃，到市场上买了劣等烧酒，装在一个啤酒瓶里带回小屋。富冈伏在暖桌上打瞌睡。他的背影看起来格外单薄，那个生活在大叻的男人的坚强可靠已经全然消失了。

　　"我买了酒，喝一杯吧？"

"啊，让你请客呀。"

雪子换上新买的蜡烛，往杯子斟满酒，自己也就着杯子喝了一口。

"工作还顺利吗？"

"远远没有当初想的那么简单。现在到了要卖房子的地步。不管成败我都想试它一试。"

"那你家人怎么办？"

"浦和那边我姨母有房子。家里人都搬到那边去了。我只有这条路可走……已经不能再指望别人的钱包了。"

"真不容易啊……"

"你这口气真够冷漠的。没想到你竟然安定下来，过得还蛮不错的样子。真叫人佩服……"

"你这是在讽刺我吗？"

在酒精的刺激下，乔来还是不来，雪子都渐渐满心觉得无所谓了。无处宣泄，看不到明天，只能顾及眼前，这就是自己真实的生活。雪子这么想着，一面大胆地直视富冈的脸。男人混浊的体臭反叫人伤感。眼见着环境的变化给一个人的生活带来的改变，雪子觉得不可思议。对自己竟然渐渐可以用这样的眼光来看问题，雪子甚至不觉得失落，只是以一副旁观者的姿态俯视着富冈。

富冈凑了一些钱带来。他摸索着从衣服内袋里拿出一沓用牛皮纸信封裹着的钱，"啪"地一声放在了暖桌上。

"虽然不多，希望能帮你一点忙……"

雪子看着那个牛皮纸包，丝毫不为所动。

"我回到日本这些日子，慢慢开始明白许多事情。日本真的是吃了败仗，这我也明白了。认识到这些都是现实，我现在对你也恨不起来了……"

雪子点着了炉子，一边烤鱿鱼干一边说。她把烤好的鱿鱼干撕成小片盛进盘子里，指尖仿佛闪烁着一丝丝平凡的幸福之光。有句话叫"人生就该得过且过"，那种只顾眼前的短暂幸福似乎也包含在鱿鱼干的香味里。雪子在内心深处偷笑着，心想，我现在过得好好的，你到底能怎样呢……不就像那旱地上口吐泡沫的泥鳅吗？

屋外传来省线电车轰隆而过的声响。雪子慌忙把门口的锁插上。几杯酒下肚之后，富冈和雪子都有种落入无底深渊的错觉，身不由己地陷入感伤之中。

"那时还说，要留在大叻生活呢。"

"是啊。不过，这样回来也不错呀。我觉得还是回来的好。即便就那样在大叻住下来，两个人也不会幸福吧。毕竟不能再像过去那样过好日子了。身为战败国的国民，一贫如洗地过日子，我们两个大概都无法忍受吧。所以，还是像现在这样，跟大家一起遭罪才是真的……"

真是那样吗……自己是在说实话吗？雪子反刍着自己的话，不禁觉得有一丝狡狯隐藏在其中。

其实人所谓的思考根本就缺乏准绳。到头来，为自己的所作所为进行巧妙开脱的行为，才是人思考得出的答案。雪子嚼着鱿鱼干，在咸腥的空气里，漠然回味着自己返回日本以来的勇敢。

富冈把收音机盒子拿在手里来回转动旋钮。播音员口齿清晰地播报新闻的声音传来，然而新闻的内容却透着阴惨。

像是不忍继续收听，富冈关掉了电源，突然想起来似的说道："听说加野回来了。"

"啊……真的？什么时候的事？"

"前不久，见到一位久违的朋友，他是鸟取林业局的人。我听他说的。"

"哦……这样啊。他好吗？"

"你想见他啊？"

"嗯，当然想见了。跟你不一样，他可是个直爽的好人。"

"应该是吧……"

一听说加野回来了，印度支那的景象突然又变得历历在目。想到这一辈子，同样的青春回忆将无法重现，雪子又觉得在富冈和自己之间，加野其实是个不可或缺的人物。这时忽然传来"咚咚"的敲门声。雪子立刻站起来，门一开就闪身出去了。乔站在门外。雪子对乔说，今天老家来了亲戚，让他明天再来。说着，连推带拉地把乔送去了车站。富冈心头像压了一块大石，憋屈地听着门外的外语对话，又很想知道雪子是如何认识了这么个洋人。富冈望着那个大枕头，简直觉得雪子将从此一去不复返。过了约一个钟头，雪子一个人回来了。

"我是不是打搅你了？"

"没关系，我让他回去了。"

"你们怎么认识的？"

"这，你问来干吗？他也是个孤单寂寞的人。跟你宠爱阿蓉的心情一样呗……"

"你不要说这种莫名其妙的事好不好……"

"我今后也会改变吧……"

"是啊。那也行啊。我没什么可说的。"

"他还教我唱歌呢。人家可是个善良的年轻人。"

"哼……"

"他人非常好。不过他说两个月以后就要回国了。"

"你还会找下一个吧。"

"喂！你这人说话真难听……我在生死关头偶然遇见了他。你大概认为女人就那么回事吧？你自己什么事都没做成，先不要瞧不起我好吗？——就知道为你自己考虑，凭你这样子，还想把女人怎样？未免太不自量力了吧！请不要用你那不清不楚的态度来干涉我的想法好不好？"

蜡烛烧光了，天窗异常明亮。雪子摸索着找到蜡烛，划亮了火柴。

"看来你是觉得就这样也好，才说那些风凉话的对吧？"

雪子看上去怒气冲冲的样子。富冈把剩下的酒一饮而尽，然后把帽子摘下来放在了榻榻米上，内心里并不想回去。明知醉酒只是一时的逃避，从身体里却涌出一股力量，让他抛却所有惯性，向着冒险的深渊跳下去。毫无目的的醉意令人心情舒展，好似置身于众多友人之中，身上也沾染了喧嚣，感觉自己强大了起来。

可以说是刹那堆积而成的甜蜜。让女人坐在面前，对于即将发生的刹那，富冈想对自己的下作进行一番验证。女人如黑貂一般闪亮的眼睛，在醉意的熏陶下，开始散发往日的波光。回到日本以来，两人的心日渐衰弱，甚至不堪暴露在阳光下。然而趁着醉意被召唤前来的刹那之声却在体内弥漫开来。那是一股强劲的力量，稍许的苦痛也无法让它衰减。

"今晚，在这里过夜可以吗？"

"你不是想在这里过夜才来的吗？"

"当然是想所以才来的呀……"

"撒谎！你其实是突然想留下的吧？我很清楚。我现在也开窍了。你一样也是那种人。嘴上说得好听，把我唬得一愣一愣的。到头来还不是日本男人的德行。你就在这里过夜好了。我就跟你一宿不睡折腾你……"

"不是的。我那么说并不是那个意思。你不乐意我就不留下来好了。——我心里很乱，不知该怎么办才好……"

雪子转动收音机的旋钮。富冈不耐烦地说：

"放个外国的台吧。有没有舞曲什么的？日本台听着心痛。这让人怎么听得下去？快别放了！"

收音机正播报着审判战犯的实况。雪子故意把收音机放在暖桌上。富冈突然心头火起，"啪"地关上了收音机的开关，然后把收音机狠狠搁在了地板上。

"你这是干吗？"

"我不想听。"

"就得好好听听。难道这不是跟我们有关的事？不也提到了我们的事吗？我说你这人真不顶用！太软弱……"

这么说着，雪子并没有把收音机再拿回来，只是端起杯子凑在唇边，眼睛直视着富冈。战争时期的狂风巨浪恢复了平静，风平浪静到令人乏味的地步，这在雪子看来犹如喜剧一般。面对面坐在陋室之中的两人也是这喜剧的一部分。富冈脱下臭烘烘的袜子，和衣躺下。明知有个雪白蓬松的大枕头，他却枕着自己的手臂假装没看见。对那个枕头，雪子也是一副漠不关心的样子。那丝毫不受外物束缚的态度，越发让富冈深感女人的强悍。

"到头来，你也帮不上什么忙，对吧？你既然不能跟我一起过，我就只能靠自己生活下去，这话我得说清楚了。"

"我当然不会打搅你。但时不时来坐坐总可以吧？"

"什么话！今晚不就打搅我了？"

"干扰你工作了吧？"

"喂！这是你的真心话吧？你这人就爱摆出一副正人君子的架势，把别人的弱点当作笑料。加野和我都着了你的道了。"

"那，你是不是想说你被我欺骗了？"

雪子沉默了。两人之间并不是旗鼓相当的爱情。毋宁说自己深爱着富冈更恰当一些。雪子把一直在口中咀嚼着的鱿鱼干"呸"地吐在手心里，叫道：

"是我，是我爱上了你！对吧？是我错了，对吧？"

说着，雪子把吐出来的鱿鱼干扔进了炉子里。一道蓝色火焰在炉火里升起，散发出一股鱿鱼干烧焦的气味。

深夜里，富冈没有留宿就走了。犹如吵架之后的不欢而散。雪子屏住呼吸，听着富冈的脚步声渐渐远去，心中突然难过起来。她推开门走到屋外，天空中繁星闪烁，路面渗透着霜寒时期的冰冷。雪子穿过市场后面漆黑的通道，一路跑到车站。然而富冈已经不见了。

眼泪忽然涌上来，带着满腹无处发泄的哀伤，雪子一路哭着回到小屋。第三根蜡烛在无人的房间里摇曳着烛光，烧得只剩一小截了。雪子后悔说了重话。那些接二连三喷涌而出的伤人的话，绝不是只针对富冈而说的。当时富冈留下一句"既然让你把话说到这地步，今晚我也没有心思留下来过夜了"，便慢慢穿上袜子站了起来。雪子猛然回过神来，抬起头看着富冈的脸，想读懂他的表情。但冲口而出的话已无法收回。雪子心里其实希望富冈在这里过夜。想让他留下来一同分担心中的寂寞。

雪子吹灭蜡烛，和衣钻进暖桌，像一头野兽那样抽搐着哭了。

二十一

富冈很晚才回到家里，跟雪子不欢而散的情形仍然残留在心头。邦子到夜深了还在收拾行李。富冈心想，早知这栋居住多年的房子也得卖掉，倒不如让它在战火中烧毁岂不更加痛快。

到如今自己周遭的一切正逐渐消失。对于生活在假设之中的富冈来说，家人的存在让他有种被困在石室之中不得脱身的窒息感。他甚至羡慕雪子的活法。同时又不禁哀怜她大胆的生活。自己竟无力呵护这个女子，富冈感到懊丧不已。近期一定要再见一面，若不弄清她掩藏在浮躁之下的真实心情就这样不了了之的话，自己一方就算是败北了。但两个人就此拖拉着继续交往，自己和这个女人之间，终究不会得出什么结论。可所谓结论，又是什么呢？两人之间的感情为何变得如此针锋相对，富冈很想寻思出个究竟来。回到日本，仿佛才看清了女人微妙的内心世界。同时，对自己的感情变迁，富冈也不禁暗自沮丧。人的精神世界实在变幻无常，每时每刻，在环境的病菌侵蚀之下，人的精神有可能发生任何变化，这么想来，富冈越发垂头丧气。无数爱的誓言，还有那些自以为理所当然把握在手的纯真感情，如今都蒙上了一层污垢。而自己竟然可以无动于衷吗……就此分手也不是不可以，但又觉得还是应当再见一面，弄清雪子的意图之后再分手也不迟。一种蛮横而又任性的感情在富冈胸中起伏不定地变幻着。

雪子在清晨时分梦见了大叻的那幢宿舍楼。自己和加野两人坐在阳台上，似乎还拥抱在一起。那是个让人害臊而又伤感的梦。

从梦中醒来，雪子回想起去恩特莱茶园的那一天。那是跟加野和富冈三人去参观阿布勒·布鲁瓦耶茶园时的事。正逢新年，安南人中的上流人士都身穿黑色外套，下面露出白绸长裤，一起到建在城中高地上的一座教会去祷告。恩特莱的村落被莽林环绕，景色美得像油画一样。

富冈介绍说，这里海拔一千六百米，气温最高二十五度，最低六度。由于地处花岗岩质地的红土地带，这对茶树的生长而言，足以弥补气候条件的不足。或许因为地处高原上的低温地带，茶树大多横向生长。在宽阔的茶园里，雪子身穿一件镶了蕾丝边的白色连衣裙，依偎着富冈漫步在阡陌纵横的茶园中。加野不时停下来，露出不快的神色，并说道：

"我从刚才就觉得不自在，鼻血都快出来了……"

听见他的怪话，富冈和雪子停下来望着加野。

"你怎么啦？身体不舒服吗？"

"雪子小姐，你也太过分了吧。你是为了让我难堪才把我带到这种地方来的吗？"

"哎，你这又是为什么呢？我并没有……"

雪子涨红了脸，正要说什么，加野怪笑着抢白道：

"希望你跟富冈不要勾肩搭背的。"

富冈觉得加野简直就是神经不正常。雪子慌忙松开了富冈的手臂。

富冈突然哈哈大笑起来。安南人向导被富冈的笑声吓了一跳，他以为是自己做错了什么，露出惶惑不安的样子。

三人开始各走各的。

"长到十八个月，就可以移栽壮实的树苗。除草和松土每年大概五六次，每公顷茶园的施肥标准大致是这样的：氮肥三十公斤，磷肥四十公斤，钾肥五十公斤，隔年施肥就可以了。树苗定植之后，从第二年开始采茶，到第六、第七年左右，茶的收成就能有盈余。十年以后的茶树就算进入了成年期……"

雪子听着向导的说明，不禁想，法国人甘愿耗费如此长久的年月，不厌其烦地培植茶树，他们的大陆精神实在值得敬畏。雪子不熟悉茶叶种植的专业知识，但眼前这座茶园竟有着那么长久的培育历史，这让她感到意外。日本人竟然企图在短期内把这么广阔的茶园拆散，对这种急功近利的做法，雪子感到深深的羞愧。

在凝聚着别人长久以来辛勤劳作的成果的土地上，自己像野猫一样，抱着狭隘的心态进来踩踏，雪子觉得这实在是一种不知羞耻的行为。跟富冈的亲昵遭到加野抗议，雪子不禁郁闷不已。向导还在滔滔不绝地讲解着，雪子并不认为日本人也会在印度支那的这片土地上住上几十年，甚至预感到，大概用不了多久，日本人就会遭到报应。

"就算日本兵的大部队到来，这么广阔的茶园还有金鸡纳产业，都不是日本人一朝一夕就能接手的事业。充其量来小偷小摸一下，弄得一团乌烟瘴气而已……"

富冈冷冷地说道。加野就像没听见似的，把安南人胸前挂着的象牙徽章摘下来，挂在自己的衣襟上。雪子心里很不舒服。就在那天夜里，醉醺醺的加野刺伤了雪子的手臂。

一切都成了往日的回忆。曾经四处散落在那片美丽土地上的日本人，如今也都被赶回了日本。

不过是一报还一报而已。雪子睁大眼睛，凝视天窗外黎明阴沉沉的天空。

　　眼前只有这个松软的大枕头能给雪子带来安慰。昨夜，这间小屋里富冈曾经来访，这件事想来也像一场梦。

　　雪子拿过收音机，正转动旋钮，门突然被"咚咚"地敲响了。一大早应该不会有人来，兴许是布袋旅馆的人。雪子立刻起来开门，没想到是伊庭一脸怒气地站在门外。布袋旅馆的女佣跟在他身后，她一句话也没说，转身走出了小巷。

　　"我就猜到会这样。"

　　伊庭脱了鞋，毫不客气地走进屋。雪子颤抖着说不出话来。

　　"你没想到我会找到这儿来吧？你这人，品性怎么变成这样……"

　　"你别大喊大叫的。"

　　"你还好意思说我。"

　　"干吗那么生气呀。"

　　"当然生气了。我找那家帮你运行李的车铺打听了。你偷我的东西不说，还把被褥卖给旅馆，我能不生气吗？听说你做了妓女……"

　　雪子气得说不出话来。伊庭盛气凌人的态度令雪子感到恶心，她恨不得立刻消失了才好。

　　"为了活下来，我也没办法呀。不就是几床被子吗？"

　　"没有被子你就挣不了钱吗？"

　　"你到底要怎么着？气势汹汹地跑来，我要你几床被子，就对不起你了？我让你玩弄了三年，这么点东西你还想怎么说？舍不得你再拿回去好了。"

"脏是脏了，我还得拿回去。反正洗干净了还能用。这可是贵重东西。"

伊庭一边说着难听的话，一边拿出一支烟叼上。他像是要找火柴，眼光落在一旁的收音机和大枕头上，嘴角顿时露出嘲讽的笑意。雪子看见那表情，不由得心头火起。心想你爱怎么想怎么想好了，只想请你快快离开这里。伊庭忽然想到了什么，说道：

"你这里看样子挺景气嘛。有没有什么生意好做？怎么样？有没有好的生意也分给我一点……你要能帮我一把，被子什么的，借你用一阵也行啊。"

雪子沉默了。只为年少时竟然让这个男人为所欲为而感到悲哀。自己周围的男人为什么都变得如此落魄、如此卑鄙呢？真是不可思议。

"你没有门路吗？香烟、衣物什么的，能不能弄到？"

"你这是在说什么呀？快拿上你的被子走人！我什么都不要！……"

雪子的眼泪遏制不住地涌出来。心痛不已，还要面对伊庭难看的嘴脸。伊庭伸手拿过收音机摆弄着，音色清亮的三味线乐曲流淌出来。

"嗬，这个用电池的啊。真方便……"

打开收音机背面的盖子，里面排列着几个小小的玩具似的电子管。雪子站在一旁，俯视着伊庭的举动。她突然想起了什么似的，从被子里把暖桌的架子扯了出来，然后风风火火地开始叠被子。

"哎，你何必那么急着收拾嘛……"

从昨天开始，这个小收音机就像遭了诅咒一般，雪子觉得连正播放着的三味线乐曲听着都那么晦气。

"哦，对了，我带了七八串芋头干来。你知不知道哪里有买家？"

伊庭一边关收音机盒盖一边说。雪子没搭腔，心想我怎么会知道卖芋头干的门路。

"这收音机很贵吧？"

"又不是我的东西。"

"要是日本也能学着做这个，能不能申请专利？不愧是美国货，做得真精致啊！"

伊庭感慨着，把收音机提在手上，凑到耳边聆听着三味线曲。

二十二

富冈盘算着再见雪子一面，给她发了一封快信，但又不想在雪子那里见面。因为不愿怀着惨淡的心情坐在那间小屋里，富冈把见面地点指定在四谷见附车站，并在信中约定了日期和时间。

不巧那天下雨。圣诞节已过，岁暮将至，街上笼罩着忙乱的气氛。行色匆匆的人们似乎无暇顾及这场雨，任由它淅淅沥沥下个不停。

富冈在车站等了大约十分钟。

上下车的乘客算不上拥挤，但出入检票口的人们可谓形形色色、三教九流。他们从富冈眼前匆匆而过。富冈毫无缘由地沉浸在绝望里。这种绝望的感觉在印度支那的时候也曾不时地出现过。满心的不安，不知何去何从的迷惘，犹如钻进了牛角尖，又仿佛突然降临的恶魔，开始占据富冈的内心。

富冈烦躁地晃动脚尖，一边仰望前方的坡道。闪着铅灰色光亮的坡道上，一条湿漉漉的杂种狗摇摇晃晃地走着，那样子仿佛在寻找什么人。

富冈看了看表，心想雪子恐怕不会来了。盘算着再等她一会儿，再不来的话也只好回去。富冈朝着那条狗吹了一声口哨。那狗循着口哨声回过头来，直勾勾地看着富冈。那哀怜的眼神仿佛在说：这不是我要找的人。然后它一转身，头也不回地钻到八角金盘的树丛里去了。

"你等了好久吧？"

雪子朝着站在车站屋檐下的富冈走来，用肩膀碰了他一下。

"已经过了三十分钟，我想你大概已经走了，差一点就折回去了。实在对不起……"

雪子头上包着一条红丝巾，在下巴处紧紧系住。她抬起头看着富冈的脸，表情里充满活力。富冈说等了三十分钟也不见人，想着干脆回家算了。雪子的话叫富冈心里不舒服，感觉自己正被这女人随意摆布。富冈不禁对女人那从容不迫的心态感到厌恶。心想，是分手的时候了。

富冈迈开脚步走了出去，雪子也跟着走进雨里。

富冈一个人径自走在前面，孤独难耐的心境中，他仿佛可以看透身后雪子的表情，她正踩着路上的积水紧跟而来。富冈心想，这孤独的旅程就让雪子来做伴好了。然而跟雪子走在一起，也让他有一缕挥之不去的犯罪感。

富冈思索着自己的孤独，同时那孤独又令他胆战心寒。时至今日，一无所有的孤独给富冈带来的是不堪承受的寂寞。而今内心世界里已不再拥有抚慰自己的神灵。空虚和自弃的念头正在胸中蠢蠢而动。

只想跟雪子两个人，怀抱着现在的心情同赴黄泉。

富冈想起一条新闻。一个年轻的日本男人和外国女人私奔，为了反抗追捕，两人在郊外车站服下剧毒。

为人的悲哀，就像漂泊无依的浮云。富冈已经完全失去了继续生存的信心。两人漫无目的地，信步来到了市营电车的车站前。

"真冷啊……去找个地方喝杯茶吧？"

"唔。"

"你怎么垂头丧气的？"

"垂头丧气？"

"嗯。"

"这话说得真难听。"

"是吗？一个人待久了，不知怎么的学会好多词……也许是害怕就这么颓废下去。"

"哦……你也有这样的想法？看着你，简直一副轻松愉快的样子呢。"

"荒唐！真是那样吗？我可是丝毫也不轻松啊。——我看起来是那样的吗？真气人……你这人，跟从前完全不一样了……唉！我，我一点都不知道将来该怎么办……"

富冈站在飘雨的街头眺望，往昔的东宫御所[1]一带，行道树依然郁郁葱葱。如今这宫邸已不知是什么人在使用。御所浅灰色的建筑掩映在铁栏杆里，衬着雨雾和黑沉沉的树丛，宛如一幅色彩鲜明的外国风景画。

默默眺望着景色，空虚而捉摸不定的绝望再次袭上心头。

---

1 东宫御所，皇太子居住的官邸。

富冈顺着御所的道路往前走，雪子不声不响地与富冈并肩而行。

"印度支那真好啊……"

"哎，你也这么觉得啊……我刚才还在想那里的事呢。真叫人怀念……那样的地方简直像梦境一样啊。我们那是在做梦呢。你说是吧？那就是在做梦啊。——不过，就算是做梦，还是见到了你。真是不可思议……"

"竟然有过那样的事啊，时不时地，我也不禁会想……"

"那时候，不论你，还是我，都还是好人呢。毫不掩饰自然的人性……"

"不过，那样也许并非真正的幸福。难道不是吗？现在望着这座宫邸，不知为什么，我突然觉得现在更幸福。——落败者的悲哀是一种美。难道不可以这么认为吗？现在这座宫邸虽然不知道做了什么用途，但它过去是堂堂的御所。当年的余韵还留在那里，叫人怎能不生出许多感慨啊。"

雪子默默仰望御所的土墙。空气中有一股淡淡的土墙的气味。心情虽不至于变得像富冈那么伤感，雪子的心中也不禁泛起一阵哀愁。或许因为雨天寒冷，四周的景色越发鲜明夺目。御所旁边宽阔的大道上，一辆新式的天蓝色轿车正飞驰而过。

富冈有心咀嚼自己的寂寞。他想不带一丝强迫地使这个女人顺其自然地与自己一同踏上死亡的路途。

活到今天，所有的一切都随着国家的败落丧失殆尽了。那丧失的感受就像这场冰冷彻骨的冬雨一般凄切。孤独之国的每一个人都仿佛被钉在耻辱柱上忍受着煎熬。无论是怎样一场战争，只要是失败了，就可以把它看作一种悲哀。正如败者破碎的灵魂里，有着不为人知的、挽留往昔梦幻的某种意志。而不论是谁，那梦幻又将不时地催促他去反省自身吧。

富冈一边羡慕女人那种无须沉溺于思考的、庸庸碌碌的单纯生活，一边在暗地里对女人平坦的心境感到无法释然。大概女人天生就是一种无所欠缺的生物吧。富冈不由低头看了一眼在自己身旁依偎而行的雪子。叫人害怕的是，还不止这个女人，对这场漫长战争的苦痛，无论哪个女人，都不为历经的伤痛所牵绊。这实在是个奇妙的发现。

"喂，我们要走到哪儿去？"

"累了吗？"

"可不是嘛。淋湿了还走，我快受不了了。会感冒的呀……"

"先到赤坂，从那里乘都营电车去涩谷看看也不错啊。"

"嗯。——对了，你说找我有事情，什么事呀？"

"事情啊……没什么大不了的事。"

"你这人怎么风一阵雨一阵的……"

"是吗？想你才写了那封信啊。"

"撒谎！你撒谎吧。想我？听见你说这么温柔的话，应该是第一次吧？"

"女人怎么就那么想听甜言蜜语呢？"

"那是啊，当然想听了……"

富冈渐渐不能忍受这毫无意义的对话。这样就算见了面也毫无收获。败者的颓丧和无望者的惶恐不安就像一团乌云笼罩在人们的灵魂之上。明知这是与他人无关的自我感受，却还是想把毫不知情的同伴也强拉到自我的世界中来作陪。对这骄纵而浅薄的欲望，富冈自己也想不明白。他越来越觉得，每天仅仅凭着一种似乎有所收获的错觉活下来的自己，其实是个狡诈的人。

二十三

两人来到涩谷，进了铁桥下一家中华料理店，在蜂窝煤炉旁边的椅子上，他们面对面坐下来。蓝色的火苗在蜂窝状的孔眼里熊熊燃烧。整个店里空荡荡的，角落里站着三个女店员，身穿皱巴巴的白色上衣。

雪子把手伸到炭火盆上取暖，一边把被雨淋湿的围巾挂在铁网上烘干。

一个女店员来问要什么菜，富冈点了炒面。

"然后可不可以再来一瓶酒？"

雪子微笑着，从绿色的塑胶手提包里取出外国香烟，请富冈也取了一支。

"我们可真是无处可去啊……"

"唔……"

富冈陶醉地吸着烟，在雨中彷徨了那么久，现在才开始感到疲惫不堪。虽然给雪子寄了快信，这时候却没有了必须认真谈论的话题。

"你什么时候搬家？"

"我家里人已经搬了。今年过年就得在空荡荡的屋子里过了……"

"哦，一个人？"

"妻子应该会留下来。"

"什么呀，原来你想告诉我这个？"

雪子像个孩子似的，露出大失所望的表情。不一会儿，酒端上来了。

"加野的住址找到了。要不要见见他？"

"哎，住址知道了？他在哪里？"

富冈拿出一个小本子，啪啦啪啦翻开，然后用铅笔在自己名片的背面写下加野的地址，递给了雪子。

"哦，他住在小田原呀。"

"听说跟他母亲住在一起。他好像还是一个人。"

面对富冈的幸灾乐祸，雪子目光灼灼地瞪了他一眼。与此同时，对在印度支那一别以来的加野，雪子内心深处的思念和眷恋也渐渐燃烧起来。

腹中的酒逐渐渗透，温暖着冰冷的身体。雪子也陪富冈喝了两三杯。

"接下来，只剩三天时间了啊。"

"什么？"

"我是说，就快过新年了……"

"哦，过新年呀。我连想都没想过。"

"怎么样？要不今天就这么到伊香保或者日光那边去一趟？"

"好啊……伊香保那地方我还没去过呢。真想在暖融融的温泉里泡个痛快。真去啊？"

"一两个晚上的话没问题。那就去看看吧？"

既然已漂浮在永久的大海上，何不顺应易变的人心，随心所欲放纵一番呢？富冈心想着，时候一到，就和雪子一起在枯木交错的山里结束生命。

（你要是知道将被我不动声色地杀死，你还能笑得出来吗……）富冈看着雪子，她正狼吞虎咽地吃着炒面。镀金耳环在她小小的耳垂上摇晃。黑发剪短了，挨着领口。

"伊香保那地方冷不冷啊？"

"冷也不碍事呀。"

"说的也是。"

就像新婚夫妇在商量行程一般，雪子显得兴致勃勃。她把加野的地址放进手提包，随手拿出粉盒，把小镜子凑到了眼前。

富冈空想着杀死这个女人的情形。就像一出无声戏，仿佛看见雪子浑身是血的样子，浮现在一片模糊的虚幻中。明知这想法极其危险，但是有勇气沉入这危险想象，那感觉甚至是舒爽的。杀死她，然后，自己也死在她身旁。仅此而已。谁也无权说三道四。富冈又叫了第二瓶酒。他呆呆望着正在化妆的雪子的脸。这副扁平的面孔，外国人是否更喜欢呢？富冈感到不可思议。这副卑贱的面容扁平，腮帮有些突出，平庸得找不出一个优点。细细端详，发现有些近似于原始人。额头、眉毛、眼睛的部分又给人几分佛像的感觉。

"房子那边，你人不在没事吧？"

"没事。我上了锁。即使有人来，也能知道我不在家。"

"听说伊庭来拿被褥了？"

"哦？这么说我的信寄到了。是啊，所以现在我只好裹着毛毯睡觉。"

雪子并未显出困惑的样子，拿起酒瓶往富冈酒杯里斟酒。富冈喝着酒，下酒菜是散落在已经冷掉的炒面上的葱和竹笋。每天的生活卑微到了令人哀怜的地步，富冈渐渐在自己的行为中感受到某种喜剧性。人人都在一本正经地重复着悲剧，而富冈不禁开始怀疑，给人类带来滋润的人的悲剧性，从几千年前的往昔开始，根本就不曾有过。所有人的所作所为，不过是一出连续不断的喜剧。人们心怀畏惧，谨小慎微地活在这出喜剧里。标榜正义也是喜剧，人的善或恶也不外乎喜剧。在几乎令人落泪的滑稽之中，人为自己找一个完全合理的借口以便苟活下去。也许要到临死之际，才能松一口气，发出一声真正的叹息。

富冈毅然带着雪子去了伊香保。抵达时已是深夜。一个为旅馆揽客的人把他们带到一家名叫金太夫的旅馆。伊香保是个坡道交错的温泉小镇。那些坡道窄如小巷，温泉的气味扑鼻而来。雪子似乎对坡道两侧的房屋感到好奇，一边走一边不停地东张西望。伊香保因《不如归》[1]闻名，是个朴素的小镇，也颇有几分浪漫气氛。或是因为在深夜抵达，流水的声音以及山上吹来的风都带着冷彻骨髓的寒意。两人来到位于旅馆尽头的房间，里面安设着巨大的暖桌。暖桌上面是一整块形状天然的木桌面。雪子把冻僵的腿伸进暖桌，里面非常暖和。

"真是个好地方啊。你怎么会知道这里？以前来过吗？"

雪子柔声问道。

"做学生的时候来过……"

"多好的地方呀。像大叻一样。有钱的话，真想在这里静静地生活一段时间呢……"

---

1 德富芦花的小说。讲述海军少尉川岛武男与妻子浪子的爱情悲剧。曾多次被改编为电影。

"嗯。不过，住久了也会腻味吧。最多两天左右就够了……"

"是啊，两天左右正好吧……"

房间很狭窄，窗外好像有溪流，听得见淙淙的水声。一个脸蛋红扑扑的女佣端了茶水和柿饼进来。壁龛里放着竹编的花瓶，瓶里插着秀气的菊花。墙上是一幅画着山水的石版画挂轴。房间布置再寻常不过，但富冈一想到这是旅途的落脚处，且是以温泉著称的地方，今晨感觉到的那种寂寞竟意外地消散了。无论是绝望还是莫名的忧愁，只需掌握了转换的方法，就能使之烟消云散，整个人也变得愉快起来，得过且过的心情转而占了上风，感觉心里暖洋洋的。情绪的波动真不可思议，连富冈自己都觉得滑稽。为了带女人自杀，竟然特地跑来，想把这里当作装模作样寻死的舞台。这在宇宙之中大概不过是一桩泡沫般的小事吧。富冈和衣坐进暖桌，然后躺了下来。枕着自己的手臂，他呆呆望着蒙尘的天花板。

"两位要不要换上棉袍？"

女佣送来棉袍。雪子立刻到隔间换了衣服，并向女佣借了汗巾。富冈甚至懒得去泡澡，连动一动身体都觉得很麻烦。如果整个人能就此消失，真想就这么忽然消失在地底。

"喂，你不换衣服吗？"

"唔……"

"我说，换了吧。好快点叫人家把饭菜端上来。我饿了。"

"真烦人啊！让我歇一会儿好吧？你去洗个澡回来不是正好吗？"

雪子把脱下来的衣服放到房间角落里，又回到暖桌边，嗅了嗅棉袍的袖子，烦闷地说：

"唉，臭烘烘的人味儿……"

二十四

富冈喝醉了。一颗心轻飘飘的，仿佛获得了解脱。这是一种久违的感觉。他背靠着屋柱，用安南语哼唱道：

你的爱恋，我的爱恋，只有最初的时候，曾经是真的。
你的眼睛，曾经是真的，我的眼睛，在那天，在那时，也曾是真的。
到如今，不论你，还是我，眼睛里，都装着疑惑……

这是一支安南流行曲。雪子也喝醉了，有一句没一句地跟着哼唱，同时感慨万千地回想起在大叻的点点滴滴。

而今回想过去，也于事无补了。然而在远方逝去的美梦总是令人怀念。雪子伸直腿，在暖桌中探到男人的脚。雪子温暖的脚触到了他的脚心。

"富冈，你要一直好好过下去啊！如果你时不时地想起了大叻的事，就招呼雪子一声……我啊，已经想通了。只要偶尔能像现在这样见个面就不错。这样更好。——刚才那支歌，唱的不就是我们俩的关系吗？我明白了……"

富冈闭着眼，轻声哼着安南歌。雪子站起来，去到富冈身边，钻进暖桌跟他并排而卧。富冈继续哼着歌，眼睛依然没有睁开。

"为什么你要一个人想心事？把你的心事分我一半，好吗？

喂，分给我一半好吗？……”

听到雪子说要把心事分一半给她，富冈突然睁开了双眼。

雪子真叫人怜爱。女人随口而出的话语就像瞬间闪现的彩虹一般，富冈仿佛被诱惑了，他捉住雪子的手指，放到自己唇边。

“我寂寞、寂寞、寂寞，真寂寞啊……”

雪子紧紧依偎在富冈怀里，嘴里不停地小声喊着寂寞。富冈目不转睛地望着女人的痴态，心里却丝毫不为所动。女人的心就像窗下的流水，只不过流动在那一瞬间而已。——富冈反复考虑的是如何去死的问题。考虑着是否能够利索地彻底阻断呼吸。杀死女人之后，自己是否也能顺利结束生命？富冈思考着，就像在计算一组数据。两人并非因为相爱而死，这个真相在自己死后，大概不会再有人能知晓……这何尝不是一桩幸事。

此时此刻，富冈需要的是“死”本身。为什么要让女人陪伴着死去呢？只不过想让她充当富冈之死的道具罢了。这想法可谓自私卑劣。我就是这样的人……富冈不时地紧握雪子的手指，一边在内心里自问自答。如果要说自己的行为可怕、虚伪、卑鄙，等等，那也是别人的想法。对于要去赴死的人来说，反而以为自己正上演一出悲剧也说不定。

杯盘狼藉的暖桌上，一只红色的碗盖反射着灯光。碗盖涂着红漆，上面描绘着小小的金色松叶花纹。这也是活着看到的最后景象了吧……富冈这么想着，仔细地环视整个房间。心里暗自说，等去到山里，两个人将会死去。

想到这是人生的最后时刻，所有一切都显得寂寥而美丽，眼中所见都有一种叫人怜惜的美。菊花的黄浅淡如白色……似乎有风从陈旧挂轴的山水中吹拂过来。今晨在东京看到的御所的雨景掠过心头。

伊香保的天晴了。

"你的生意怎么样了？"

"生意？"

"啊，就是你采购木材的生意呀。"

"哦，那个啊。马马虎虎吧。"

"房子，还没卖掉吗？"

"卖了，已经拿到金额的一半。等明年办了手续，就得把房子交出去了……"

"卖了多少钱？"

"卖多少钱又怎样？"

"那倒也是啊……不过问一问总可以吧？"

雪子从一时的痴态中醒来，目光变得坚定。她望着富冈想，自己究竟为什么会被这个男人吸引？连自己都感到可笑。两人在一起不过是逢场作戏而已。雪子站起身，拿上汗巾，再次去泡温泉。

沿着狭窄的楼梯下去，就来到了浴室。深夜的浴室里，有两个烫着长鬈发的女人在高声谈笑。

混浊而发红的温泉水漫出了瓷砖镶嵌的浴池边缘。雪子默不作声，在那两个女人面前把一只脚伸进浴池。因为还有一些醉意，雪子没站稳，脚下踩空，整个人扑通一声掉进热水里。水花四溅，也溅到了那两个女人，她们立刻皱起了眉头。那表情里充满着厌恶。两人不屑地一咂嘴站了起来。

"对不起……"

雪子抱歉地说。两个女人仍然没有好脸色。雪子一来气，索性在浴池里把脚伸得笔直。那两人应该是大城市来的女人，但腰肢粗壮，那体格就像农妇一样。

雪子为自己苗条舒展的裸体感到骄傲，甚至有种想跟她们并排比较的冲动。两个女人坐在淋浴处的瓷砖地上，又接着刚才的话头聊了起来。

"临分手那会儿，阿民说她讲了句什么'卡姆尔哽'[1]。她不就知道个'卡姆尔哽'嘛。然后啊，男人就比画了一个游泳的架势。意思是说，你别再在男人之间游泳了，找个安定的工作吧。——但她一回头又开始游来游去了，真拿她没辙呀。日本男人看都不想看她一眼呢。"

两人咯咯地笑了。

呵呵，原来是那种职业的女人。雪子想起了自己在池袋的小屋。这时候，也许乔正找来，咚咚地敲着门也说不定。两个女人用的香皂非常好闻，还拿着塑胶做的大梳子，正互相为对方梳理头发。

两人的态度在醉眼蒙眬的雪子看来，有种挑衅的意味。她们端着一副"我跟你可不一样"的姿态，炫耀着手里新潮的瓶装化妆水和宽大的浴巾。而雪子用的是跟旅馆女佣借来的腌菜似的棉布汗巾和一块带鱼腥气的肥皂。

"等明天回去了，我要去一趟服装店。你要不要一起去？那件大红色套装，我想钉上金扣子。"

"嘿，你不得了呢。是你男朋友为你买的吧？"

"还会有谁呢？他人可大方了。"

---

1 英语"come again"的音。

雪子"嗤"地笑了一声。红嘴唇的女人朝这边看了雪子一眼，气冲冲地说：

"笑什么呀？"

"哎？我笑我自己的，关你什么事？莫名其妙！"

"哼，你蒙谁呀。醉醺醺的，把水溅到别人身上还好意思说！"

"哎，我不是说了对不起吗？"

另一个瘦巴巴的女人又说："快别跟醉鬼计较了。"

两人草草擦干身上的水，往脱衣处那边去了。

"戴着耳环，用的汗巾脏脏的，她会是干吗的？嘿，你说呢？"

"不用说也知道呀……"

两人低声笑了起来。雪子用热水哗哗地洗着身体，一边大声用安南语唱道：

> 你的爱恋，
>
> 我的爱恋，
>
> 只有最初的时候，
>
> 曾经是真的。

雪子的嗓音意外甜美，一旁的低笑声停了下来。

> 你的眼睛，
>
> 曾经是真的，
>
> 我的眼睛，
>
> 在那天，
>
> 在那时，

也曾是真的。

到如今，不论你，还是我，

眼睛里，都装着疑惑……

这么唱着，雪子渐渐生出一种放荡之后的惨烈心境。

二十五

富冈和雪子毫无意义地在伊香保待了两天时间。雨也不停地下了两天。次日就是新年，小镇上游人稀疏，空旷的旅馆里悄无声息。

富冈在这两天时间里未能把握住什么。想要认真思考，思绪却总也无法直面问题的核心。

陷在自我矛盾之中无法自拔。不知如何处置自己。战争已终结，从远地归来的人，大概不论是谁，都会有这样的迷惘。

如果说有的人觉察到这种迷惘，有的人还不曾觉察，那么在狭隘的天地之间，被钉在耻辱柱上的那种人，除了各自孤独地忍受煎熬之外将别无他法。

若要追求全面的真理，置身于破败之国的这片狭窄的方寸之地，终究不过是一个困难而空虚的梦想。

所谓生活的可能性，在任何瞬间，都有着被意外否决的危险……富冈置身在这狭隘天地之中，早已不堪疲惫。在平静守护家人的事情上，也感到力不从心。

家人之间的关系日渐微妙，大家各自缩在自己孤独的洞穴之中，这样的生活已成为不可扭转的现实。

"喂，香烟有没有？"

"没有啊。"

"你总是那么心事重重的，在想什么呢？一副焦躁不安的样子。——干脆，要不在这里过了新年再走？钱不够的话，把我的外套卖了，或者把这块表卖了也行啊。如果你觉得不好意思，我就到镇外去把手表卖了吧……"

雪子说着，从烟灰缸里捡了个烟头，然后把那短短的烟头插进烟管点上。

富冈趴在暖桌上，拿起昨天的报纸重新读了起来。忽然他又停下来，对雪子"喂"了一声。他翻过身，用单边的胳膊肘支撑在榻榻米上，思虑重重地仰视着雪子。

"什么呀？"

"嗯。也没什么事。我只是觉得烦透了这个世界……"

"为什么？因为什么事？"

被问到是因为什么事，富冈的表情变得僵硬。他瞪着干燥的眼睛，凝视雪子的脸，她脸上的妆已经斑驳。然后，他用一种冷漠的语气说道：

"活着真无聊啊……"

雪子一点都不明白这话的意思。雪子前襟上有一粒快要脱落的纽扣，富冈用手指扯了扯那粒纽扣，说：

"我是说，我们无路可走了。"

"怎么会无路可走……是你的心情，不知怎么的跌到了谷底吧……"

"嗯，说得好……就是那么回事。——那么，你难道还没有跌到谷底？还觉得很有意思吧。你看这世道很有意思啊……"

"什么很有意思啊？"

"就是这世道的变化啊……"

富冈在想些什么，雪子渐渐明白过来。一股热泪涌上来，堵在心口，随时可能喷涌而出。

"你在考虑的事情，要不要我帮你说出来？"

"不用，你不必说……"

"是分手的话吧？"

"不是！"

纽扣被猛地扯掉了。富冈手握着那粒纽扣，蜷着身子在暖桌里躺了下来。

"我去把表卖了好吧？——怎么样？我想在这儿过新年……"

窗玻璃上，雨珠正滑落成一片白色。几只小鸟从屋檐下倏忽飞过。雪子站起来，打开了玻璃门。眼前的山岭和天空都笼罩在乳白色的云雾之中，与印度支那群山云烟缭绕的景色十分相似。富冈把那粒贝壳纽扣放在手中摆弄，一会儿又把它放在榻榻米上，就像孩童弹玻璃珠那样，用小指和食指把纽扣弹来弹去。

"新年也会下雨吧。"

关上玻璃门，雪子也坐到暖桌里。富冈忽地坐起来，把贝壳纽扣往桌面上一放，也不知他是对着雪子，还是对着自己说的，嘟哝道：

"我想死……"

雪子无动于衷。她拿过纽扣，在衣服上比画了一下，衣服上还留着纽扣的碎线头。雪子一边不耐烦地把线头扯掉，一边幽幽地说：

"我也一样想死啊。"

"你才不会轻易去死呢。今后还有大好的前途等着你，尽可以过你的开心日子……"

"什么前途？请别说这种阴阳怪气的话。"

"那，你认真考虑过死这件事吗？如果没有真心实意地认真考虑过，最好不要轻易谈论死的问题。"

"我当然认真考虑过。我时时考虑着呢。在海防的时候我就曾打算去死。在大吶，加野出事的时候，我也想过。——所以，我对死，丝毫不觉得害怕。"

"哦……那是你还死不了啊。还在逞强说什么丝毫不觉得害怕。能这么说，可见你对死还很乐观。死其实极其恐怖。——不等到一片空白的地步，是很难去死的。万一你真的决定去死，你会选择什么死法？"

"不是说氰化钾最轻松吗？"

"要是你没有那东西的时候，突然到了一片空白的状态怎么办？"

"不到那种时候我怎么知道呢？真的到了脑子里一片空白的时候，大概也顾不上想该用什么方式去死吧？"

"那，相爱的两个人殉死的时候，如果其中一个没到那种一片空白的状态，那两个人也就不能同心协力去死了？"

"我可不这么想。殉情可不是一时冲动，应该是以一种超越了冲动的冷静，两个人一起抱定了去死的心，才做得到的吧……如果怕死，那么考虑怎么去死也一样叫人害怕。所以，若是两人去死，不认真计划可不行啊……"

"我还一直在空想着和你到榛名山去死呢……"

"真巧啊。我不久前也曾这么想过。"

两人互诉真心，死的欲望渐渐变成一抹暗淡的影子从眼底掠过去了。富冈觉得自己太荒唐，又想到回东京之后的现实，落寞的情绪再次笼罩心头。被痛苦和烦恼压迫着的时候，身体里反而还贮存有一些生存的力量。而今痛苦和烦恼都仿佛过眼云烟，一丝丝地消散了。

二十六

富冈点着一支烟，心头掠过重重疑虑。即便自己带上这个女人去死，世间的过去与将来也并不会有所改变。说什么对世道绝望云云，就算牵强附会地解释一番，一个人卑微地死去，世人大概也无动于衷。仅此而已。然而，由于跟这冷漠无情的世道过不去，由于生存的艰辛而四处寻找终结生命之地的人，实在是一种不可思议的存在。富冈趴在被窝里，凝视着黑暗中闪烁的烟头。

到头来，只有两条路：沉湎享乐，或是绝望而死。所谓绝望，其中多少有些针对世间的做作。即便是一时冲动，决定去死的时候，心头一定不会感觉到哪怕丝毫的绝望。富冈不禁苦笑。这黑暗应该不会一直持续下去。在这没有光亮的房间里，所有过客的旅愁仿佛正从幽暗间窸窣而过。

在这间屋子里，或许也曾有男人向女人许下爱的誓言。忽然感觉被子被推了一下，只听得睡在一旁的雪子在睡梦中发出"呃呃"的呻吟。富冈听着雪子痛苦的呻吟声，片刻便觉得不堪忍受。他摸索到烟灰缸摁灭烟头，点亮枕边那盏灯笼形的台灯。

"喂，喂，你怎么了？"

富冈拉了拉雪子的枕头。雪子背朝这边躺着，她醒了过来，翻身转向了台灯这边。

"唉——我做了个可怕的梦。实在太可怕了……"

"你好像魇住了……"

"嗯。那个梦太可怕了。我梦见一匹被剥了皮的马，浑身血淋淋的，直冲着我追过来。我怎么逃，它都紧追不放，眼看着就要被追上了……不知怎么的，一个没有脸的蓝衣人骑在马上。我拼了命地跑啊跑啊，想喊救命，却喊不出声来……"

富冈把脚伸进暖桌里，地炉里的余烬还很暖和。雪子一边眯眼看着台灯的灯光，一边说："今天是新年啊……"

富冈觉得两人仿佛在这间屋子里已经生活了很久，实际才住了三个晚上。这让富冈有种冥冥中早已注定的感觉。如果不曾打仗，大概也不会邂逅这个女人，也不会跑到印度支那那么遥远的地方去。自己依旧做个古板的政府职员，一成不变地过着公务员的生活。不过，这场战争也让日本人见识了多彩的世界。

富冈望着灰扑扑的天花板，凝视着上面那些形似地图的污迹，忽然回想起顺化的街景。从车站通往市中心的街道上，樟树的新芽呈现着鲜亮的金色。被誉为香水河的香江边，沿江而建的散步道上，美人蕉和铁线莲的花就像友禅花布一般艳丽。到处生长着椰子、槟榔和丁香。富冈还记得，有个身上只穿一条红裤衩的侬族人，手提一个装了两三只鹦哥的鸟笼，在散步道上叫卖。

大叻那令人怀念的时光就像织物上的一缕白纹，在记忆中留下美丽的烙印。顺化的山林局长马尔孔先生，如今大概又回到顺化，悠然坐在阳台上抽着雪茄。马尔孔先生对日军深恶痛绝，却长了一副好好先生的面孔。在富冈的记忆之中，他是个值得怀念的人。马尔孔先生自二十世纪三十年代就到印度支那担任山林管理官。他是法国南锡林业学校的毕业生。富冈他们这些来自日本的山林管理官，年轻无知，土气又不懂礼貌。马尔孔先生对他们肯定满怀着不屑。然而这位马尔孔局长在交付领地的时候却依然保持了坦荡的风度。他对富冈另眼相看，把与印度支那林业相关的事务，一一向他做了详尽说明。

马尔孔先生常说，必须知道印度支那的山林就好像处于一头巨虎的掌控之下。富冈他们对印度支那的山林一无所知，没有任何预备知识，就在军方的命令之下远征而来，凭着地图上的空想，还以为那是一片平坦而稀疏的松林。

富冈曾到马尔孔先生在顺化的家中拜访。面对庭院中的树木，主人问他是否知道所有树木的名称。富冈连槟榔树的名字都叫不上来。双翼豆、铁刀木、红升麻、皮氏坡垒、香坡垒、龙脑香、异翅香、大叶紫薇，马尔孔先生依次指认着，为富冈讲解这些树的产地和习性。

马尔孔先生对富冈说，印度支那的山林地带，雨水丰沛，森林面积广阔。自己虽然来这里多年，但对山区的森林研究还不够充分。在大规模砍伐之前，请一定要详细调查森林的实际情况。尤其是山区土著的刀耕火种对原始森林造成了相当的损害，这也是亟待解决的问题。据说日军尤其注重安南北部的荣市和清化两地的开发。而中部一带，山脚连着大海，地势险峻，可以利用流筏运输的河川极少。如果只顾砍伐树木，所得木材也很难从山中搬运出来。北部和南部因地势平缓，便于流筏运输，但也必须考虑方策，以避免不平衡的开发利用。"从某种意义上来说，造林事业与战争是截然不同的两件事。"马尔孔先生忧心忡忡地说。

"你还记得吗？沱囊旁边有一处日本人的墓地，我们曾去参观过。"

彷徨在记忆之中的富冈突然被拉回现实，眼光这才离开天花板上的污迹，落在雪子脸上。

"那地方叫什么来着？"

"你是说会安？"

"对对，就是会安那地方。加野、我，还有你，我们三个人一起去会安那次。好像游览了三天左右吧。加野烦躁极了，一直监视着我们。我们避开他的监视，在半夜里偷偷相会。两个人都像疯了似的。你记得吗？"

"嗯，记得啊。"

"行道树好像是叫藤黄树？我们把车停在一棵高大茂密的老树下面，一群孩子叽叽喳喳地围上来。当时我看着小镜子里的自己，很遗憾自己天生不是个大美人。因为，孩子们看上去对我这个女人一点兴趣都没有，他们都围着高大的你说个不停……我就想，要是我长得像山田五十铃[1]那么美，这趟旅行一定会更美好吧。"

雪子说了些莫名其妙的话。

---

1 山田五十铃，日本著名影星。二十世纪三十年代至八十年代活跃于日本影坛。

二十七

三百多年前，会安城里曾住着许多日本人。他们当年乘坐朱印船，频繁往来于海上，把紫檀、黑檀、沉香、肉桂等货物运往日本。后来日本采取锁国政策，那些无法归国的日本人不得不长住下来，渐渐被当地人同化了。有的墓碑上，依然刻着"太郎兵卫田中之墓"的字样。

就像漂在海上的椰子，过去的日本人不远千里地四处漂流，他们的勇气令雪子深深感动。一处坟包前的墓碑上写着"花子之墓"，雪子看了觉得格外亲切。

"会安真是个好地方啊。路窄窄的，勉强只够一辆车经过。去到哪儿都是那种像两个火柴盒摞在一起似的白墙壁的房子。对了，还有一座日本桥，就是那种带屋顶的小桥。加野还帮我们在那里照了一张相片呢。那相片也没能带回来。不过，我们那时候可真奢侈啊。现在要想那么旅行一趟，得花好多钱吧。"

"我们这是遭了那会儿的报应了。"

"是啊，也只能这么想了。——现在几点了？"

雪子俯卧在被窝里，伸手从枕边的小桌上取来手表看了一眼。时间刚过四点。昨夜，两人谈了那么多关于死的事，现在却又无所谓了。雪子觉得死在这地方未免太过愚蠢。富冈的话似乎也并非那么真心实意。不如把这手表卖掉，今天就回池袋的那个小家。两人之间关于印度支那的回忆，仅仅是一种精神上的维系。而躺在这里的也只不过是同床异梦的两个人而已。

一想到住宿费还没有付清，不管在伊香保住多久，雪子都感觉不到丝毫的浪漫，却又无法向富冈表达这种感受。富冈一副闷闷闷不乐的样子，却总也不见他提起什么时候离开这家旅馆。

"今天是新年啊。"

"嗯。"

"今天，回去吧？"

"不是说要待三四天吗？改主意了？"

"不是的。只是觉得印度支那的话题也说尽了，你也厌烦了我……"

"是你厌烦了吧？"

"你就瞎说吧……"

雪子大声说，只为了表现"我没有厌烦"。然而心中的确开始想念池袋。是因为自己不够专一而变了心吗？雪子不由得暗自揣测。山谷里流淌的水声幽幽回响在耳边。

"如果不吃更多苦，我们就不能走出现在的生活。这对你来说或许无关紧要……即使两个人聚在一起怀念过去，过去的岁月也不会复返了。沉溺过去是人的惰性。谈论过去的事，我们之间也无法恢复当时的激情了……而且，我甚至对自己的妻子都失去了往日的爱情。战争让我们做了一场噩梦……制造出一群不知何去何从、没有灵魂的人……不是吗？我们都堕落成了一群不伦不类的人。一旦时间流逝，动人的故事也会渐渐褪色。人生就这么回事吧。心里的渴望却越来越强烈。面对现实，我学聪明了，学会尽量不去正面冲撞。这个时代，满世界都是些从高处跌下来的庸人。无法适应现实，不知何去何从。早知道不要跑这么远旅行就好了……"

"说的也是啊。我理解。可是只要还活着，从高处跌下来也不能赖在那里不起来对吧？毕竟，你总得收拾残局，不从跌下的地方站起来走路，也不会有谁来照应你……不过，我们两个都一样，分开三天不到，就会不由自主地挂念。你不觉得很奇妙吗？我总是想着你的事。一会儿恨，一会儿爱……做人真是无可奈何啊。不过，我想时间久了，总会有从这种心情里解脱出来的一天……"

两人开始有了睡意。或是终于明白，不如让一切顺其自然，静静等待时间流逝才是唯一的解决办法。

两人昏昏沉沉地睡去，醒来时已过了许久。

远远传来一阵鼓声。雪子被鼓声惊醒，发现富冈不在被窝里。鼓声是收音机里传来的声音。雪子起了身，整理好棉袍前襟，一看手表，已经过了十点。女佣来给火盆添火。

"您先生去洗澡了。"女佣说。雪子拿上昨天借来的汗巾，也去了浴室。

富冈泡在较小的那个浴池里。雪子打开玻璃拉门探头问：

"我可以进来吗？"

"啊。"

雪子脱下棉袍，冷得直起鸡皮疙瘩。她用力拉开玻璃门，走进浴室里来。柏木浴池里，放满了颜色发红的温泉水。雾腾腾的热气弥漫在狭窄的浴室里。

"新年好！"

雪子笑着说。富冈也回了句"新年好"。虽然只是一股淡淡的情绪，两人之间的亲密仿佛滋润着裸露的肌肤。虽说是在外旅行迎来的新年，但跟那些为温泉疗养而来、有钱有时间的游客不同，两个人互道过新年好，心上却流动着寂寞和烦忧。雪子泡进浴池，热水漫了出来，流向铺着瓷砖的地板。

"嗯，水温正合适……"

"客人好像只有我们啊。"

富冈说着忽地站起来，到水管那边去了。他的皮肤泡得通红。浴池里光亮充足。雪子瞟了一眼富冈的裸体，然后把眼光转向窗外，望着直逼窗前的红土坡。

"喂……"

"什么呀？"

"我们竟然住下来了。不过，女佣大概觉得这对男女很奇怪吧。也不外出，看着又没钱，却优哉游哉的，一点也不见消沉……说起来，这旅馆待客真和气……"

"嗯。是啊。"

"什么叫'是啊'，你在想什么呢？还在想死的事？我还想让你多活几年呢。"

"不，我什么都没想。等洗完澡，一身轻爽，一起喝杯酒吧。另外，今晚回去吧……"

说着，富冈开始用肥皂擦洗身体。

"是吗？你不再打算登上榛名山，往湖水里跳了？"

"嗯。不能跟你死。得找一个更漂亮的才行……"

"真可恨。不过也是好事。"

雪子轻浮地笑了。她把两手搭在浴池边上，摆了个游泳的姿势。雪子的手臂比先前胖了一些，皮肤也变得溜光润滑。一旦过上无所事事、吃了又睡的日子，身体竟然这么快就有了变化。雪子不禁感慨地打量自己红润的手臂。

两人洗完澡，快到中午的时候就着暖桌享用了旅馆提供的饭菜。两人已经没有了泡温泉时的那份兴致，互相之间冷淡的情感让两人又烦躁起来。桌上还放了两瓶清酒，两人却无心喝。大碗里盛着放凉了的烩年糕，他们也没碰。

吃完饭，富冈扔下雪子，独自上街去了。他去卖手表。一只欧米茄的旧表，曾经送去修理过一次，但用来付这里的住宿费应该足够了。所以，富冈没动雪子的手表，穿上棉袍出了门。外面零星飘着小雪。

二十八

走下石阶，下面就是狭窄的街区，射击游戏的摊子和咖啡馆一家挨着一家。一个穿着毛皮外套的女人正跟土特产商店的老板讨价还价。富冈只穿了一件棉袍，冷得直发抖，但他还是强忍着到处寻找钟表店。公共汽车站旁边有一间像是酒吧的小店，一个脸蛋抹得红扑扑的女人招呼富冈说："大哥，进来坐坐？"富冈心想，或许可以向这女人打听一下。富冈大步走到女人身边，跟着她走进狭窄的酒吧。室内简陋如鸡舍，只是在木板上涂了层油漆而已。富冈要了一杯酒御寒。女人从里间抱来一个瓷火盆，并建议富冈把火盆放在腿下面。

"姑娘，你是本地人吗？"

"是这附近的……"

"我还以为伊香保是个古老的城镇，没想到这么新……"

"听说是遭了一场大火之后，才变成现在这样。都说过去更好……"

乌鸦聒噪地叫着。富冈把烫好的酒倒进杯子里，一口气喝下。

给了钱，问女人哪里有钟表店。女人说，等我到里头问一下，说着就要往里间去。富冈把手表摘下来，叫她拿着表去问问看。过了一会儿，从里间走出一个秃头的小个子男人，看那样子像是店老板。

"这位先生，您大概要多少钱才肯出手呢……"

富冈见店老板亲自出来，只好尴尬地告诉他：自己两三天前带女人到伊香保来，对这里十分中意，起初只打算住一晚上，却住到了今天。现在付账的钱有点不够，所以想把手表卖了。

"其实我并不想卖……要是有谁愿意先帮我保管着，等我拿了钱再来赎就最好了……"

"这表很不错呀。"

"噢，在南方买的……"

"哦？南方啊，这位先生去的是南方哪里？"

"我去了印度支那……"

"哦，是吗？我也随海军去了南加里曼丹一个叫班贾尔马辛的地方。去年撤退回来的。"

"南加里曼丹啊……很艰苦吧。那里好像是海军辖区？"

"啊，没错……那地方很冷清。不过，当地的商业倒还兴盛。这手表我在那里见过一次，当时就觉得中意呢。——您要多少钱才肯出手呢？"

"您是不是知道哪里有买主？"

"是我自己想要呢。一直想有这么一块手表。西马或浪琴之类的牌子也不错，我还从来没戴过名牌表。前几天看见一块窝路坚，样子老了点儿，不是很满意。——不像您这块样子好看。要是价钱合适的话，就转让给我吧。"

"既然您想要，就转让给您也好。您说个数吧，我实在是……"

"嗨，我也不是生意人……您看一封钱怎么样？"

"一封？一万日元吗？"

"这个价钱怎么样？要是您拿到钟表店去，人家看您急着出手，最多给五千日元就不错了。"

富冈觉得他说得也还在理。拿到城里不相熟的钟表店去，恐怕卖五千日元都难。店老板吩咐女人去拿酒来，他在富冈桌边打开灯，把表戴在自己手上，左右打量，然后又把表凑到耳边听了听声音。

"声音很不错！有劲儿，好听！"

"您可以把那皮表带也换了。"

"这还好好的呀……这表带我也中意着呢。日本造的，可没有这么软的皮子。"

女人端了酒来。店老板退回里屋，一时不见他出来。又过了一会儿，他趿拉着木屐出来，满脸带笑地说："搜罗了一通，全在这儿了。"说着，把一堆十张一沓的百元钞票横竖交错着摞在桌上。

"印度支那跟加里曼丹不一样，是个好地方吧。您也是当兵去的吗？"

"不是，我是为公务去的。我当时在农林省工作……"

"哦？原来您是做官的啊。"

店老板这才笑着说起，刚开始女人拿手表来给他看的时候，还担心是赃物，从里屋把富冈上下打量了一番。

"我做这行见的人多了，看人绝不会走眼……我看您像个画家，可没想到您是当官的……"

店老板也喝了点酒。每当有公共汽车出入车站，简陋的小屋就一阵摇晃。富冈把一摞钞票揣进怀里，从名片夹里抽出一张名片递给店老板。

"哦，您是做木材生意的？"

"我辞了公职，在帮朋友做事。因为资金问题和物资统管，被弄得束手无策。"

"又是统管，又是税金，生意怎么做得起来嘛。眼看着来了上等的客人，店里却连碗咖喱饭都端不上来。——而且还有那些个告密的，害得咱也不敢乱说乱动。当官的一来，跟过去的贪官污吏一个样，坏得跟小地痞似的……叫人没法安心做生意，还欺压咱们。简直就是横行霸道……您住旅馆，米怎么弄的？"

"说是没米就不能投宿，我老婆不知从哪儿买来一升……"

"原来是这样啊。大家都差不多。反正黑市米多少都有得卖嘛。客人大老远地跑到伊香保来，却眼睁睁地把人家赶回去，这说起来多影响声誉啊！做生意的想招揽客人，却被那些个统管啥的破规矩害惨了。看样子还得不景气下去。"

"以后资金才是硬通货吧。"

"您一直住在东京吗？"

"是啊。幸亏没被炸到。但还是不得不把房子卖了。"

"我父母那一辈就一直住在本所业平[1]，三月九号的大空袭把我家的房子也烧掉了。死了一个孩子。我回到日本，跟原来的老婆分开了，又跟现在这个在这儿安下身来。怎么着也还是想回东京啊！我原本是开鲜鱼店的……现在这个老婆嫌那买卖不好，才来做这份营生……"

---

1 本所业平，位于东京都墨田区。

"您太太是刚才那位？"

"是啊，看起来跟我闺女似的，真难为情呢。我觉得吧，啥事都是个缘分，我遇上她也是前世注定的命运。——缘分这东西必须珍惜。您说是不是？不顺应缘分是不行的。我想来想去，觉得还是别抗拒命运的好……"

那个脸蛋抹得通红的女人竟然是这男人的妻子，富冈觉得不可思议。珍惜缘分一说在富冈心里引起了共鸣，他不由得想，跟雪子的关系一定也是一种注定的缘分。

"我回来的时候在广岛的大竹港靠岸。看见栈桥上有一包骆驼烟掉在地上，那盒子的颜色漂亮极了。看到那烟盒我才真正感觉到这仗终于打败了。战败一定也是命中注定的。"

"您愿意买这块表也是缘分吧。"

富冈喝醉了，心情也舒畅起来。他随口开着玩笑，从店老板那里接过香烟，点了一支抽上。乌鸦的叫声越发聒噪。店老板用他的龅牙嚼着花生，一边不停地摆弄夹克衫的拉链。

"不过，这世界上的事全凭运气啊！日本打胜仗那会儿，咱活得更遭罪呢。——战争这玩意儿就是瞎胡闹。单知道了这个就很了不起了……我竟然也去了加里曼丹那么南边的地方，也只好当它是命中注定的缘分喽。"

二十九

回到旅馆，雪子正在暖桌旁用手绢擦拭手指甲。看着那背影，富冈心中突然感到一丝哀怜。想起刚才酒吧老板说，凡事都是缘分，这句话深深触动了富冈的心。直到昨天还在空想着跟这个女人去死，这时却感到十分荒谬。忽然又觉得，要死恐怕没那么容易。就像卖手表这件事也可说是命中注定，之前那丧家犬一般意气消沉的心情，此时借着一点醉意，正逐渐振作起来。

"哎？你醉了吗？"

"喝了一点……"

雪子脸上的表情仿佛在说："你怎么能在这时候喝酒？"她狠狠瞪了富冈一眼。两人多少还互相掩饰着真心，但富冈柔和的眼神让雪子觉出他似乎遇到了什么好事。

"卖掉了？"雪子问。

"嗯，卖了一万日元……"

然后，富冈把卖手表的经过详细告诉了雪子。雪子两眼含着泪叹息道："真是缘分啊，他这话说得好。"

如今爱欲虽已枯萎，但当年也曾毫无伪饰地给予过对方。单凭这一点，酒吧老板的话足以触动两人的心。雪子感慨地望着富冈搁在暖桌上的那一万日元钞票。

"看来活路还是有的……"

雪子回到日本之后，遇见的尽是些失魂落魄的人。听了富冈的话，不禁赞叹：

"人家也是从南方回来的，还娶了年轻太太，真有勇气啊。你这样的，最没出息了。还昏天暗地想着去死。"

富冈到了现在，依然没有完全放弃寻死的念头。难忘在印度支那的时候读过的那本《群魔》。主人公斯塔夫罗金为自杀做了周全的准备。他不动声色地把一条事先准备好的丝绳用香皂反复涂过，只为死的时候尽量少受痛苦。那段描述让当时的富冈十分憎恶斯塔夫罗金的冷漠，甚至抱了一种反感。然而现在不同了。为了自杀时少受疼痛而在丝绳上反复涂香皂，这其实是逃避痛苦的权宜之计。富冈自己也在寻思轻松赴死的办法。斯塔夫罗金云游四方，也未能获得心灵的慰藉，最后只能失魂落魄地回到故乡。富冈从遥远的印度支那归来，不再奢望人生，只求结束自己的生命。对富冈而言，这世界已再不值得感喟或大惊小怪。

"那个老板劝我别住旅馆了，不如赶快搬出来。方便的话就到他那里住两三天。你觉得呢？"

富冈把酒吧老板给的外国香烟拿出来，边抽边说。雪子也好奇地要了一支点上。

"嗯，有意思。我倒想见见那位老板呢。"

"他很开朗又热心。就是所谓的善人吧。你可能会瞧不起吧，加野式的善人……"

"喂，你怎么能这么说……"

傍晚，两人结了账，打算在回东京之前顺便到酒吧去看一眼。店里只有两个司机模样的客人正在喝酒。店老板把两人带到狭窄的二楼，让他们只管在那里休息。一个白天不曾见到的女人把茶端上了二楼。楼上有张小小的地炉式暖桌。墙上挂着女人的外套及和服之类的衣物。稍后，白天那个红脸蛋的女人上二楼来了。她看上去才十八九岁，身材比雪子高大，安静得像一潭水。她有个习惯，时不时地会瞪一下眼睛，越发显得那双晶亮的眼睛大得吓人。她的相貌算不上漂亮，但身段苗条，仿佛随时在向四周散发出鲜活的气息。

今天是新年，店里的客人都早早回去了。帮工的女人稍后也道别走了，店老板让老婆关上店门，自己提了一瓶威士忌来到二楼。

店老板年过五旬，五短身材，他从外套口袋里拿出几个苹果摆在暖桌上，说是让雪子吃。两个男人喝着威士忌，津津有味地聊起南方的话题。

房间约六帖大小，纸糊的吊顶天花板，墙上挂着一张世界地图。女人把手伸到圆火盆的盖子上，一动不动，像是在想心事。富冈不时地朝坐在自己身边的这个女人的侧脸看一眼。雪子削了苹果，一边大口吃着，一边加入男人们的话题，跟他们热烈地谈论着。

窗畔沙沙作响，看来是下雪了。有大山轰鸣一般的风声传来。女人把手臂搁在火盆边上，两手托着下巴。她伸直了腿，右手也放进暖桌里。富冈盘腿坐着，不动声色地把脚尖用力顶在女人的膝头上。女人的神色并无异样。富冈用左手在桌被下面摸了摸女人的手。然后，静静地凝视着女人的侧影，并用力握紧了她的手。富冈感觉胸中仿佛有无数火星正四散开来。女人默默低下头，闭上了眼睛。她的手软绵绵的，一次又一次回应着富冈。

这个脸蛋通红、土里土气的女人，竟也有着小兽般的野性魅力。富冈兴奋不已，用一只手端起威士忌酒杯一饮而尽。

富冈不时警戒地看看雪子的脸。她正张开涂了大红口红的嘴吃着苹果。雪子跟那个善良如加野的店老板谈得正欢。店老板得意扬扬地戴着那块镶着金边的手表。手表在他短粗的手腕上闪着淡淡的光芒。

暖桌下面，两人的手一直没有分开。女人变得大胆起来，把膝头压在了富冈脚上。富冈一狠心放开女人的手，用兴奋得有些变调的声音说：

"咱们这也是难得的缘分！没有比这更值得纪念的新年了。多么精彩的夜晚！大叔！咱们不如把这瓶威士忌喝干了。今晚的聚会我请客！"

说着，往店老板的杯子里斟满了威士忌。然后又劝雪子快喝，甚至特意伸手把杯子送到她唇边让她喝下。人的心情可真是变化多端，富冈心想。内心里这股冰冷的思绪，让他一次又一次地向雪子劝酒。眼看着雪子喝醉了，大概也因为她没吃晚饭，醉意来得很快。雪子望着面前这个支着下巴、眼光低垂的女人，那样子就像睡着了。雪子甚至用一种同情的眼光看着这个傻乎乎的乡下女人，觉得她白长了那么大个儿，却跟了个形容猥琐的男人，过着没有青春活力的乡下日子。女人一直沉默不语，在那里显得可有可无。雪子的醉意越来越浓，竟然乐呵呵地向店老板讲起了跟富冈在南方的热恋往事。

富冈保持着清醒。三人一直喝到酒瓶见底。——富冈突然站起身，说去泡个温泉就来。醉眼蒙眬的店老板说：

"阿世！带先生上米屋那边的温泉去吧。夫人，您也去吗？"

"我就不必了。今天早上在金太夫那边的温泉已经泡了两次……我喝多了，头昏脑胀的……"

雪子嘴里嚼着下酒的火腿，一边端起威士忌酒杯往唇边送。富冈说想借块汗巾，女人立刻把墙上挂着的自己的桃红色毛巾取下来，跟在富冈身后走下楼梯去了。

楼下昏暗而寒冷。富冈在楼梯下等着女人走下来。店里的椅子都倒过来放在了桌上，有老鼠在地上窜来窜去。

女人下楼来了。两人面对面，互相用灼热的眼光逼视着对方。

三十

楼梯下昏暗的过道就像被两面陡峭的山壁夹着的山谷一般，富冈站在那里，猛地抱住了阿世。阿世屏住呼吸，依偎在富冈身上，竟也顺从地回应着富冈的亲吻。二楼传来雪子大笑的声音，富冈松开了阿世。阿世没说什么，从后门出了屋子，回头对富冈说："天黑，您当心脚下。"

微醉的富冈觉得本能突然被女人那句话唤醒了，他又伸手去揽阿世的腰，她却把富冈的手推开，沿着狭窄的石阶往下走去。周围一片黑暗，只见石阶下的电线杆上亮着一盏小灯。灯光里弥漫着蒸腾的温泉水汽。阿世把电线杆旁边一扇明亮的玻璃门拉开，在门口等待富冈走下来。富冈正要走进玻璃门，只见里面有个年轻女人正往脚上套木屐。她身穿花样艳丽的长袖和服，腰上系着金光闪烁的腰带。

"天真冷啊！"

那女人像是在自言自语，展开披肩稍作整理，露出连外褂也没穿的瘦削肩膀。她利索地搭好披肩，说了声"再见"，就急匆匆地往外走。富冈让那女人出来后，才走进玻璃门。

"刚才那个是艺伎。"阿世说。

富冈关上玻璃门，跟在阿世身后，顺着冰冷的回廊往下拐了好几个弯，才走到低处宽敞的浴室里。看样子是男女混浴，脱衣处的圆筐里，装着男男女女脱下的衣服。镜子前一个中年女人正在穿和服。

"阿世啊，今天元旦又没能去，请帮我问候你家老头儿一声。告诉他我明天就去……"中年女人说。

富冈开始脱衣服，阿世铺开一块棉布包袱皮，把富冈脱下的衣服一件不剩地包在里头。也不知她什么时候带了这东西来。

富冈脱着衣服，环视四周的圆筐，其中也有用包袱皮包着衣服的。看样子是游客们为了防止衣服被盗，才特地用包袱皮包好。这让富冈觉得很可笑。

阿世也开始脱衣服。

富冈立刻往热气弥漫的浴室里去了。六七个看不清年纪的男女在铺了瓷砖的大浴池里。热闹的浴池让富冈感到安逸。阿世也走了进来，跪在入口处的角落里冲澡。

浸在浴池里，冰冷的身躯被拥在了烫得几乎穿透肌肤的温泉水中。阿世不知跟谁在腾腾的热气中说着话。稍后，她也走下浴池，慢慢靠近富冈身边。阿世肩膀圆润，洁白的肌肤在土红色的温泉水中格外显眼。来到富冈近旁，阿世微微一笑。富冈在水中伸直了腿，接触到阿世的脚心。阿世装出一副在水中寻找失落的毛巾的样子，手却放在了富冈膝上。温泉水色发红，只看得见两人露在外面的脑袋，别人察觉不到他们在水下的动作。富冈看着阿世的眼睛，脸上露出滑稽的笑容。阿世依然面不改色。阿世那野兽般的本能，仿佛滑落在了头部以下的水中。她的头和富冈的头保持着一定的距离，像两个西瓜似的，只是轻飘飘地浮在浴池里。富冈觉得这一幕似乎在某时某地曾经上演过，却回忆不起来了。他面露微笑，一动不动地任温泉水浸到下巴。浴室里又进来两三个男人。富冈只管面朝前方，沉浸在原始的空想之中。有人在浴池里唱起了《苹果之歌》[1]。

随着歌声，富冈想到那个原本经营鲜鱼铺的男人，为了跟年轻的阿世同居，竟跑到伊香保这个温泉小镇来栖身。富冈忽然深深理解了他的心情。阿世拨拉着温泉水，移到浴池对面，然后站起身走出了浴池。她那丰满颀长的背影，是他见过的最美的女性裸体。富冈对阿世的裸体感到一种不可遏制的爱恋。他被那背影诱惑了。富冈也急忙向对面游去，走出浴池，来到阿世身边。浴室的屋顶上，山里的夜风正呼啸着掠过。

"帮您搓背吧？"阿世说。

阿世并拢丰满的双腿坐在瓷砖地上，那健美的身躯跟阿蓉冲凉时露出的裸体非常相似。富冈忽然回想起阿蓉的模样。浅黑色的壮实躯体，还有因为时常含着肉桂产生的口气也令人怀念。印度支那的生活会在意想不到的时候勾起富冈胸中的酸楚回忆。——阿蓉说肉桂自古用作男人的滋补药，有时富冈累得躺在床上休息，阿蓉就削了桂皮泡水，端来给富冈喝。据说这种滋补壮阳的肉桂被称为肉桂王，尤其珍贵。富冈他们曾深入义安省的原始森林中去寻找。肉桂王在安南又名"桂"，仅安南北部有少量分布。肉桂是小乔木，曾经是专供安南王室使用的御用树种，民间不得随意采伐。居住在山间的依族人头领必须得到安南官员颁发的采伐许可证才可以采伐肉桂。对当地人而言，寻找肉桂树必须有神佛保佑才能实现，之前必须举行盛大的祭拜仪式，方能进山采伐。这是从马尔孔山林局长那里听说的。进山探险的依族

---

1 日本战后最初的流行曲。佐藤八郎作词，万城目正作曲。

人往往一去就是一两年，而且只有经验丰富者才能有所发现。他们凭着肉桂的芳香前去寻找，若能找到，就必须向官府禀报，请官府许可他们采剥桂皮。富冈在清化一带的山中偶尔闻见过肉桂的芳香。

阿世赤裸着身子为自己搓背的时候，富冈不由回想起肉桂芳香的气味。跟阿蓉生的那个孩子这时一定已经会说话或已在蹒跚学步了。带着一个没有父亲的孩子，阿蓉将如何生活？想着今生不再相见的那个女人和孩子，富冈沉浸在种种空想之中。

浴室的灯忽明忽暗地闪烁着。

"你在伊香保待了几年了？"富冈问。

"两年多。哎，我想去东京。这么冷清的地方我烦透了……生意难做不说，天气一冷就不见客人来了……"

"生意好不起来吗？"

"太难了。我男人说像这样下去不行，想回东京去做原来的买卖。可我最讨厌的就是卖鱼……我想一个人去东京做舞女。你还记得刚才在门口看见的那个艺伎吗？我正跟她学跳舞呢……人家都说在东京做舞女就可以过活，所以我想去试试……反正这里不到夏天也做不成生意……"

"跳舞啊？跳舞也不是不好，不过光靠那个很难维持生活，到头来恐怕还得靠身体吃饭……"

"反正我就是想去东京。可我男人说什么也不让我去……"

阿世舀了热水迅速冲洗了身体，又啪嗒啪嗒地走进浴池里去了。

两人洗完澡，回到二楼的时候，雪子正跟还在喝酒的店老板聊天，兴致勃勃地谈论着印度支那的种种往事。

"真够慢的……还以为你们俩私奔了呢。"

雪子开玩笑说。她的直觉却把富冈吓了一跳。阿世表情泰然，她把冰冷的毛巾挂在墙钉上，然后坐进了暖桌。原以为她脸上抹了红红的胭脂，其实她是天生的红脸颊，不愧是山里的女人。

阿世没有化妆的脸上闪着润泽的光。富冈用空洞的眼神望着阿世饱满的胸脯。对雪子，他早已没有了纠缠着寻求慰藉的心情。面对阿世丰满的肉体，富冈开始考虑今后的生活。寻死的打算已经消散了。对雪子也并无背叛后的歉疚之感。阿世灼热的眼光不时地从富冈脸上掠过。富冈内心里，在印度支那时曾有过的、那种在旅途挥霍青春的激情正开始萌发。头脑中并非完全没有道德的约束，然而富冈对阿世的男人、对雪子，都满怀着鄙视。他只想借着阿世的诱惑重新活一次，甚至有一种焦灼的兴奋——巴不得眼前的店老板和雪子就地消失了才好。富冈觉得，若没有这两人，自己就可以与阿世一同踏上自由的人生。他自信连骨肉亲情都能够割舍。还空想着，因为杀死眼前这两人的罪行，自己跟阿世被投入牢狱的情形。

店老板和雪子都喝醉了。店老板烂醉如泥，趴在暖桌上睡着了。雪子努力地睁着醉眼。阿世拿来烧酒，往里掺了水，倒进雪子的酒杯里。雪子口正渴，迫不及待地把杯里的水一饮而尽，嘴里还含混不清地说着什么。

阿世把男人连推带拉地弄到隔壁寝室去了。富冈也不去帮忙，只管往雪子的酒杯里不停地倒烧酒。雪子也不知一个人在乐些什么，时不时地把杯里的水"噗"地喷在四周，一边喝下那掺了烧酒的水。她的脸红得像着了火似的。

"椰子水真好喝！不过就是有点凉，很腥……我好想喝椰子水啊！"

"给，这是椰子水……"

富冈又往杯里倒了烧酒。雪子只觉得浑身麻木，意识渐渐模糊。富冈点了一支烟，侧耳倾听外面的风声。阿世的手本来一直伸在火盆盖上取暖，这时富冈的脚贴上了她的膝头，她便腾出一只手握住了富冈的脚。阿世一睁眼睛的时候，眼里仿佛有蓝色的波光闪过。富冈往火盆边靠过去，想把阿世的头搂到面前来。

"不行！"

"他们醉了不会知道的……"

"别，你太太还在说话呢。"

雪子已是烂醉如泥，脸上的浓妆脱落后显得十分丑陋。富冈用一种仇恨的眼光，面带厌恶地睨视她。富冈觉得跟这个女人的关系已经落幕。把躺在那里，还在嘟哝着什么的雪子撂在一边，富冈一把揽过阿世的肩，激烈地亲吻她的嘴唇。雪子还在边笑边哼歌。是那支"初次相见时，你的眼睛曾经是真的"。愚蠢的女人。富冈这么想着，挪开了紧挨着阿世双腿的火盆。

雪子醒来过几次，周围一片黑暗。耳边传来男人粗重的鼾声。路灯的微光透过窗帘照进来，好像听见有人在窃窃私语，还有什么人依偎在一起的声息。雪子喉咙干得就快冒烟了，只希望能爬到椰子水源源不断冒出来的地方去。屋子摇晃得像吊床一般。肩膀和腰都使不上力。口渴得要命，喉咙里没了水分，嗓子眼仿佛被粘住了，发不出声音。用尽浑身力气翻了一个身，好不容易可以爬行了，忽然有人跨过雪子枕边走到纸隔扇那边去了。雪子无意识地睁开蒙眬的眼睛，刚好看到一个高个子女人拉开纸隔扇，躲进了隔壁房间。雪子对着那个人影喊道：

"给我一杯水！"

隔扇那边毫无反应。雪子气不过,又喊了一声:"我要喝水!"依然不见动静,只好趴着身子在暖桌周围摸索。

三十一

和富冈一起借宿了三天,雪子开始急着想回东京。凭着女性的直觉,雪子对阿世开始抱有一种莫名的反感。离开伊香保的前一天晚上,他们开了个送别宴会,店老板被阿世怂恿着,又猛喝起酒来。雪子却没喝几口。第一晚的暴饮害得她头疼不止,胃里也不舒服。阿世不停地斟酒,雪子偷偷拿过烟灰缸,把酒倒在里面,只是装作喝醉的样子。富冈闭着眼,时断时续地哼着安南小调。雪子不时用一种试探的眼光去打量阿世,总觉得第一天夜里朦朦胧胧中看见的那个鬼影越看越像是阿世。当时她为什么会站在隔扇旁还是一个谜。店老板已经喝醉了,一边擤鼻涕,一边谈论着要去东京大干一场的梦想。

"我想在本所的废墟上,盖一家小酒馆。按一坪两万算,十坪就是一大笔钱呀。要想买下来的话,就得准备三十万。听说如今在东京住下来也很不容易……可是话又说回来,咱也没法靠这营生过下去,所以我想把这里连家具一起卖掉。如果要熬到夏天的旺季,也没有那劲头了。我们两口子正商量着干脆去投奔筑地[1]的兄弟。"

富冈偶尔睁开眼睛应和几句,其实内心里对别人的话题毫无

---

1 筑地,东京都中央区的地名。

兴趣。他只管颓然无力地坐在那里喝酒。店老板十分中意沉默谦恭的富冈，那阵势好像大事小事都想找他商量一番。他又说起自己跟阿世两人都已厌倦了目前的这份生意。这天夜里没有风，天气却寒冷彻骨。这时窗下稀罕地响起按摩师揽客的笛声。

富冈好像突然想起来似的说："那，我去泡个澡就来……"

阿世紧跟着站起来，为他拿来肥皂盒与毛巾，并说："我也去洗个澡暖和暖和……"

"那我也一起去吧。"雪子若无其事地从富冈身后站起来。

阿世顿时露出不快的神色，说道："哦？那还是您两位去吧。"

雪子就像当头挨了一闷棍似的很不是滋味。她把阿世的蛮横看在眼里，然后跟在富冈身后走下楼梯。

套上木屐出了后门，外面的空气冷得像针扎一般。

"阿世真是个莫名其妙的女人。她是不是喜欢你呀？总觉得哪里不对劲……"

雪子在富冈身后嘲讽着，想试探他的语气，富冈却径直往石阶下走，只淡淡回了一句："哦，是吗？"

"那母猴子，一看就是个水性杨花的主儿……"

"不见得吧……"

"什么'不见得吧'，你呀，总是对女人摆出一副冷漠的样子，到时候还不是照样把女人弄到手……"

"我又没有去惹那个女人。你可别瞎说啊。"

"可也并非没兴趣对吧？"

"没有。"

"真的吗？我才说要去洗澡，她就一副怒气冲冲的样子，肯定是喜欢上你了。——周到得不得了。而且只对你……"

"噢，你不说我还真没注意到。要不，再住他个四五天吧。"

"就是。那也不错啊。"

两个人嬉笑着，走进米屋的大澡堂。七八个浴客正高声谈论着黑市米的行情，看样子是结伴同来的游客。中间还夹着两个艺伎模样的女人，正在帮客人搓背。享受服务的男人不时被同伴们打趣着，浴室里热闹极了。

富冈瞥见雪子的裸体，她不像阿世那么丰满，叫人看着不禁心生哀怜。浴室里尽是年轻艺伎，更显得雪子的身体有种即将凋零的败象。不过，她双腿修长，身材非常匀称。雪子只管自己洗澡，并没有像艺伎们那样，张罗着为男人搓背。

雪子早早洗完澡出来，发现脱衣处放衣物筐的架子上，原先并排放着的富冈的筐不见了，不知什么时候，那里放了一个蓝色的棉布包袱。雪子还以为自己弄错了，巡视四周，不见富冈的衣物筐。再看包袱一角露出的衣服，那里头包得好好的，可不就是富冈的衣物。眼看富冈马上就要出来，雪子迅速穿好衣服，到镜子前梳理头发。镜子里的富冈对着包袱稍稍迟疑了一瞬，然后若无其事地解开了包袱。他好像在筐里仔细搜寻着什么东西，又朝雪子这边回头看了一眼之后，穿上了一条新内裤。那雪白的内裤在雪子看来非常奇怪。富冈匆匆穿好衣服，把包袱皮折小了塞进衣兜。雪子越发感到不可思议。

"哎，真奇怪啊，变成包袱了。"

雪子离开镜子旁，嘲弄地说。

"是谁给包上的吧……"

"还给拿来了新短裤呢。旧的怎么了？"

富冈也不回答，大步走到浴室那边去拧毛巾。雪子感觉心头被什么东西猛击了一下。富冈折回来，仍旧什么也没说，径自走到冰冷的回廊上去了。

——男人那颗想要逃离的心，就这样在转瞬间不知去向了哪里。雪子在心里清清楚楚地告诉自己，但愿自己不要再为与富冈的种种往事受到牵绊。虽然寂寞难耐，但雪子已经做好了一个人生活的打算。既已这般貌合神离，断不能再拖下去了。雪子在心中告诫自己。

两人沉默着登上石阶。天空中繁星闪烁，就像海上的渔火。雪子指望着排遣一下愁绪，不成调地吹起口哨。她用外套袖子擦去眼角涌出的热泪，从海防回来时感受到的那种心的饥渴，在这时突然化成了泪水，顺着脸颊潸潸而下。到底为什么，我们竟变得这么软弱，这么害怕寂寞……雪子拾级而上，一边哽咽着强忍住奔涌而出的眼泪。

"怎么了？"

"没怎么……"

"你在怀疑我吗？"

"怀疑什么？"

雪子心头燃起一股强烈的愤怒，那怒气还没冲口而出，就颓然消散在胸中。亢奋的情绪一点点镇定下来。爬到石阶尽头，房屋旁边有一条通往大道的小巷。

"要不去走走？"

"会感冒的，算了吧。"

"你神经衰弱了吧。"富冈停下来，低声慢慢地说完，急忙又补充道，"唉，我的神经才衰弱了呢。不冷静的是我，总想立刻逃避。我已经忍受不了孤独……不知道该如何是好，只能就此沉沦下去了。——只想一切随缘，走到哪儿算哪儿……即使现在，我仍然在胡思乱想。"

说着，富冈把冻得像一根拐棍似的毛巾扛在肩上。

"会着凉的。先进屋吧，请人家让我们早点儿睡下……我想明天一早离开这里……"

"你这话说得好像单你一人回去似的……我也回啊。一起来了，就得一起回去。"

"啊，那是……你这人，麻烦事可真多……反正我也不在乎了。算了吧。我冷得两腿直打战呢……"

两人从后门上了二楼。店老板在隔壁房间打着鼾睡着了，却不见阿世。富冈拿过矮桌上放着的酒壶凑在耳边摇了摇，看来酒还有剩余，他把已经变冷的酒倒在杯子里，咕咚咕咚一饮而尽。阿世不在店老板寝室里，从温泉回来的富冈和雪子多少有点在意。两人抱着不同的心情，各自寻思着这件事。雪子把冰凉的脚放进暖桌，沉思着明天到东京与富冈分别之后的生活。池袋的生活在离开的这一个多星期里，应该已经尘埃落定了。

三十二

两人在五日傍晚回了东京。

雪子带着富冈回到自己的"避难所"，心情比离开东京时更加忧郁。去房东的杂货铺打了一声招呼，老板娘的脸色十分难看。雪子心里很不是滋味，回想着这趟超出预期的旅行，小心翼翼地打开小屋的门锁，那感觉就像擅自闯入别人家中一般。点亮刚请房东安好不久的电灯，接上电源插座，打开电炉开关。屋里有些凌乱，暖桌上放着一张信纸，是伊庭留下的。信中说为了等雪子，他在这里住了约两天时间。还说在喝七草粥[1]那天，他们全家将在鹭宫的家中聚会，请她一定来住上一晚。雪子当即把信纸撕得粉碎，扔进了炉子里。生了火，放进暖桌后，雪子又在电炉上煮了咖啡。

富冈把腿伸进暖桌，点了一支烟抽上后，挠着头发问道：

"喂，这里没有酒吗？"

雪子没搭腔，拿起放在屋角的两三个酒瓶对着光看了看说："没有了。"富冈每晚已不能没有酒。若不借着酒力分心，他简直无法忍受自己不断下坠的孤独。尽管阿世央求说"带我逃走吧"，富冈还是头也不回地离开了，现在想来仿佛已是久远的过去。有几分留恋，同时也满无所谓。阿世问起地址，富冈胡编了一个给她。虽然身穿阿世满怀痴情送上的新短裤回了东京，富冈却觉得这件事好像跟自己无关似的。

"你想喝？"

"想啊……"

"哦，那今晚就让你喝个烂醉好了……"

雪子一边倒咖啡一边开玩笑说。然而她并不打算去买酒。

"你还在介意吗？"

"我介意什么？"

"啊，没什么。为我们都捡回一条命开个庆祝会吧……"

"简直多亏阿世相救呢。"

1　日本年俗之一。正月初七，食用加入七种春草的米粥，有祈愿新年安康之意。

"那个小猴子吗？"

"她的身体不是很诱人吗？在汽车站，阿世眼里闪着泪光呢。"

"唔——"

雪子把咖啡杯放在富冈旁边，自己也端了滚烫的一杯慢慢喝着，视线这才落在富冈脸上。把香烟掐灭在烟灰缸里，富冈端起咖啡送往唇边。雪子也不知为什么，今晚只想一个人沉沉睡一觉。自打伊香保那次之后，一滴酒都不想喝了。

喝完咖啡，富冈说要买酒，起身出门去了。雪子随他去了，她觉得富冈酗酒似乎也是命中注定的。东京出乎意料地冷。

雪子到正屋后门去汲水来淘米，心想乔是否来过，但是那也无所谓了。汲了一桶水回到小屋，富冈已经买了一升酒回来。他把酒倒进茶壶，放在炉子上加热。

"你酒喝得有点过度了吧。"

"嗯。现在，它是我最亲的恋人呢……"

"富冈，你这人太可怕了。你就知道心疼你自己吧？"

富冈把烫好的酒倒进咖啡杯，美滋滋地一口气喝了下去，然后用锐利的眼光望着雪子说：

"就因为心疼才会有留恋啊。死毕竟很痛苦……死去的那一瞬间的痛真是可怕。这可不是跌打损伤的痛，而是丧失生命的痛。想死可不容易。不是因为疼惜自己，而是因为对生命还有留恋……你不来一杯吗？"

"我不想喝。胃疼。"

"别这么说嘛，来一杯怎么样？很过瘾的。"

"不用了，我这就煮饭吃。我一滴酒都喝不下了……"

雪子把锅里的米淘洗好放在炉子上煮着。富冈往咖啡杯里倒了第二杯酒，又从衣袋里掏出一对小骰子，投在暖桌上。那是阿世临别时送给他的。投出了二和五。富冈心想真倒霉，那是他最讨厌的数字。急忙再投一次，这次是四和五。富冈愤愤地把骰子又投了出去。第三杯酒含在口中，才感觉沉重的心情得到了几分舒缓。记得《群魔》里的斯塔夫罗金说："你难道不觉得没有痛苦的死法并不存在吗？"害怕自杀的最大理由是疼痛，其次是对来世的担忧。斯塔夫罗金又说："在生或死都一样的时候，才能够真正获得所谓完全的自由。一切目的即在于此。"富冈叹息一声，又把骰子用力投了出去。奇怪的是又出了二和五。原先的数字又回来了。

"饭煮好了吗？"

"就快好了。"

"伊香保有意思吧？"

"是啊，是因为小猴子吧？"

"嗯……"

"那你就再去呗。"

"烦死了！去又怎样。"

"生什么气呀？你那么喜欢她啊……"

"当然喜欢了。那女人从不说什么，只用身体表达。我可想见她呢……"

"那你就去见好了。"

"已经来不及了。我把她抛弃了……"

雪子正想说什么，货运列车经过池袋车站的轰响传来，小屋摇晃得就像发生了地震一般。

富冈回想起阿世眼中的光彩。那是一双晶光闪亮，像兽眼般美丽的眼睛。健硕白皙的裸体在光线中模糊了轮廓，她冒着热汗的肌肤尤其值得眷恋。在黑暗中默默紧握对方手指时的喘息，忽然在耳边缭绕着总也挥之不去。适度的沉醉勾起了富冈对阿世的情欲。还有她的鬈发，触感坚硬，像马鬃一样。富冈百无聊赖，不停地把那对豆粒大小的骰子投掷在暖桌上。货运列车渐渐远去，轰响归于平静。富冈端起第四杯酒。雪子把锅从火上撤下。火炉上翻卷的火苗在冰冷的房间里显得格外热烈。到了现在，雪子才开始对阿世感到怨恨。富冈所谓的"从不说什么，只用身体表达"刺痛了雪子。想来当时在醉眼蒙眬中看到的那个女人的魅影无疑就是阿世了。

"你这人太可怕……"

富冈也不回答，继续投着他的骰子。他感到厌倦，但又不想回到邦子那里。邦子在空荡荡的家里茫然呆坐的景象，对现在的富冈而言有些过于沉重了。然而对雪子的感情也算不上深厚的爱，倒不如说，是互相之间的狡狯使爱情正纯化为一种近似友情的感情，富冈直到最近才开始明白这一点。把雪子当作恋人的时代正在变成遥远的过去。

三十三

富冈已经把一升酒喝掉许多。

"在大叻我们喝了不少雪莉酒啊。"

雪子吃完饭，又倒了一杯咖啡喝。她一边旁观酒后口吐狂言的富冈，一边惊讶地看着快要见底的一升瓶。对富冈来说，酒也许就像麻药一样。即便拥有一份好工作，每天这么喝的话，靠普通的收入也是不可能供得起的。雪子并不同情富冈，反倒生出满腔的愤怒。他沉溺在酒里，丧失了认真思考和与人交流的能力。富冈脸上冒着油光，在印度支那时的那种朝气早已寻不见了，消瘦的脸上满是疲惫。

"你干吗紧盯着别人的脸啊？是想赶我走吗？这里是你的府上，要是来了贵客，我是不是会耽误你的生意……"

"你说什么呀……"

"说真的，分手时和结账时最重要……这辈子只要记得这一点，就不会遇到太大的危难……不过，说是这么说，实际上呢，人生唯有离别难。战败的仓皇狼狈也是因为账没结清，这是反面教训……到头来只好 going my way——各人自走各人的路罢了。"

"你可真能说。酒喝那么多就够了，早点休息吧。嘴上说分手时和结账时最重要，你自己却在这里磨蹭，什么呀……"

"你也别那么生气。明天就各奔东西了。咱们也 going my way 吧！伊香保的事情没什么大不了的，你可别记仇啊，亲爱的雪子……"

富冈半开玩笑，喋喋不休地说着，雪子看着他紫色的嘴唇，觉得格外刺眼。富冈掏出香烟，烟噙在嘴里仍说个不停。他目光混浊，头发耷拉在额头上。

"你这人，真拿你没办法。外人看来还以为你是个正人君子，真是便宜了你。爱面子，花心，却又胆小怕事，靠酒劲才能壮胆……还装腔作势。"

"嗯，我装腔作势……还有其他的吧？我的缺点……"

"有啊，明明有十分的狡诈却藏着掩着，又不敢痛痛快快地堕落。说你足智多谋吧，要干一番事业的时候却又用不上，这也算官僚通病吧。依你这脾性，现今这混乱局势要是能顺利熬过，也算了不起了……"

"前途还是有的啊。你不能那么瞧不起人。别看我一副谨小慎微的样子，实际上想赚大钱的欲望绝不输给别人……"

"那为什么还会想死呢？"

"你就没有过想死的时候吗？因为想活，才会去考虑死的问题。当初去伊香保，也是真心那么想才去的……之所以回东京来，是觉得活下来也许总会有出路。——因为感受到死的寂寞，才喝这么多酒啊。因为看穿了自己的怯懦，才断了念想。不管是谁，一生当中，大概没有不曾考虑过死的吧……只是我们想死的时候，有太多杂念牵绊着，很难一死了之。在上天眼里，人不过是小米粒般大小的存在，而人却总要给自己找个理由，自以为是，死要面子……可惜人没办法成仙，最多就是吸收一堆充满矛盾的尘芥，想方设法给自己找一些活下去的乐子。充满矛盾的尘芥里头，有事业，也有女人，还有政治、法律、体育。这矛盾的尘芥个人吸收的程度不同，就会有走运的人和背运的人。——在海防，那趟船出航的时候，不也有些秉性相当恶劣的家伙？人人都想赶快回国，哪怕把同伴推到一边也要上船。还有人竟然扬言除了自己之外其他人都是战犯……人性即是如此啊。你不觉得越是满嘴正义的家伙越不可信？欺骗你一个女人倒还没什么……只是，加野那小子，他是个好人。说实话，他总是很不走运，而且总也不觉得是自己不走运……"

"对加野，不论你，还是我，都该道歉。当初激怒他、戏弄他，犯下罪过的是我们……他被抓到西贡去的时候，竟然丝毫都不记恨我们……不过我被加野刺伤，受益的倒是你啊。所以说你太狡诈……"

"运气好罢了。单这一点就够了。"

"他一直相信这场战争会赢，回到日本以后一定会大惊失色吧……当时，连我都觉得加野太傻了。"

酒劲渐渐涌上来。富冈枕着手臂斜躺在暖桌里，眼底浮现出一片昏暗森林的景象。加野当时完成了非洲的森林考察，做了关于木炭瓦斯的试验，还为普及印度支那的木炭汽车出了大力。他曾说，想跟随西贡农林研究所的阿尔瓦多先生从事瓦斯用木炭的制炭研究，想用一生的时间致力于薪炭林事业。加野那种专注于事业、毫无杂念的工作热情，富冈到如今才深感其可贵。风闻加野已经回到日本。不知他出于何种考虑，完全背弃了之前的生活方式，在横滨靠打短工过日子。但若不亲眼见到加野，这个传闻就无法得到证实。以加野的个性，很可能依然会固执己见地行事。富冈想，应该去加野那里探望一次。

等缔结了和平条约，可以自由地到任何地方去的时候，哪怕是去当用人，富冈也想再坐船去一次西贡。

"你困不困？"

"不困。反而越来越清醒了。我在想有没有什么出路，但是很难啊。今后……女人不论什么时候都是女人，男人却不行。"

"女人也不容易啊……你又靠不住。我还想回乡下去看看，你觉得呢？"

"那很好啊。回到乡下，做个健康的主妇吧。能过上和平的日子就再好不过了。"

"你这人真讨厌！我才不会当什么主妇呢。我说的回乡下，并不是那个意思。我有我的生活方式，我只是去打个招呼……"

"哦——你的生活方式啊。说得倒也是。不论是谁，都有自己的生活方式……不过即便如此，也不要太为难自己。你总不能独身一辈子。"

雪子往暖桌下加了炭。一边朝火上呼呼吹气，一边愤愤地说："你这话说得倒像跟你毫无关系似的。"

外面不时传来省线电车的轰鸣。雪子觉得，直到昨天还在伊香保这件事几乎不像是真的。还好富冈就躺在眼前，等到真的分了手，独自在这小屋里生活，也许会更加寂寞。直到刚才，还在想着要一个人沉沉地睡一觉，然而现在心情却变了。知根知底的两个人相聚一处，这本身就是一种安慰。

"有烟吗？"

富冈伸出手。雪子从手提包里拿出一包光牌香烟，递到他手上。接着，雪子又拿起暖桌上放着的两个骰子，就那么握着，一时沉浸在自己的心事里。应该靠做什么过活？重重的疑问笼罩心头。到如今已经没有了在办公室打杂的本事，更做不了女佣，又不愿嫁人。但是不找事做就得饿肚子。到底该选择什么样的工作？雪子一边投骰子，一边空想着自己变成街娼，流落在寒风中的情景。

三十四

七草粥那天，雪子没去伊庭家。自从富冈离开，雪子独自在家中度过了四五天。没有心思出门，也无心做任何事。心中被刺痛的伤口总也不见恢复。雪子给伊香保的阿世，以及得知住在横滨蓑泽的加野写了明信片。

阿世那里，故意写上"我丈夫附笔问候"。雪子抱着打趣和恶作剧的心态，想看看阿世的回信会是什么样的反应。寄给加野的信里，表示近日打算前去拜访，询问他何时方便。意外的是，明信片寄出不久后，一个阴沉将雪的日子里，阿世的男人找上门来了。他告诉雪子，阿世在雪子他们回东京后的第二天早晨，什么东西都没带，就那么离家出走了，直到现在也不见人影。

雪子立刻想到了富冈。他住了一宿就回去了，也许是跟阿世约好了在哪里碰头也说不定。虽然没有明确抓到两人的把柄，但阿世来送行时流着眼泪，雪子内心里也觉察出那眼泪里包含着非同小可的痴情。现在阿世的男人这样找上门来，可见富冈所说的给了阿世一个胡编的地址的话也是谎言。想来两人之间一定有了什么约定。在一起的时候，雪子想的尽是跟富冈分手的事，一旦富冈回到妻子身边，也不知为什么，又不禁后悔当初倒不如让富冈如愿在伊香保自杀了更好。现在想来，死亡反而是件心安理得的事。绝望仿佛一道道竹篱，黯然围拢在自己周围。雪子故意把富冈的地址告诉了阿世的男人。这时候，富冈一定正跟阿世在某处相会吧……

第二天早晨，阿世的男人又找来了。

"我见到富冈先生了。阿世的事情，看样子他什么都不知道。他也很吃惊呢……我也弄不清阿世会去什么地方，我想要不去找警察吧……富冈先生留我住了一宿。没有被子，我躺在暖桌里睡了一晚上。给他太太也添了不少麻烦。"

阿世的男人这么说。看来他这才明白了雪子的身份。他舰着脸抬起脚就往昏暗的小屋里闯。

雪子心想，那时候阿世的眼泪，也许是自己多虑了。以当时的心情，富冈可以变得异常冷酷，或许他真的没有把自己的地址透露给阿世和她男人。如果富冈没有与阿世碰面——他的冷酷越发让雪子心寒。凭着女人的直觉，雪子已经看出富冈与阿世的关系非同一般。要不然，在共浴的温泉，阿世怎么会特意为富冈送来新内裤？她的一番苦心雪子怎么可能觉察不出？如果富冈真的无视阿世的痴情，不曾见她一面的话，那对他难道只是旅途中一时的自我放纵吗？雪子想，也许富冈只当那是旅途的一时之欢，而后无情地切断了跟阿世往后的关系。待了一个多小时之后，阿世的男人垂头丧气地离开了。

雪子仿佛看见了富冈的本性。年轻的阿世被玩弄一场之后竟离家出走了。雪子反倒不由得同情阿世。就在这天，雪子收到了加野的回信。信中说："我正卧病在床，虽然家中凌乱不堪，但非常盼望见你一面。如果你寄来明信片是出于真心，恳请来访。"信末又用小字补记道，"十分想见富冈君，若无不便，请二位一同到访。"对沦落困境却依然和蔼可亲的加野，雪子不禁想念起来。从信中的口气来看，现在的加野对富冈和自己似乎不再心存芥蒂，雪子觉得松了一口气。

雪子毅然到横滨的蓑泽去探望了加野。在混杂着轴承工厂和印刷作坊的街道上，加野的住处面对着一条被挖得稀烂的道路，雪子在那里仔细搜寻，才终于在一条狭窄的小巷中找到了加野寄宿的房子。在一排板材搭建的破烂小屋尽头，有一栋两层小楼，室内养着安哥拉兔。加野就寄居在这里。小楼摇摇晃晃的，就像伊香保的阿世家那样。楼下的孩子说，加野在楼上睡觉，于是雪子径直走上二楼。楼上的天花板很低，只有一个房间，雪子经过堆放着火炉和木炭袋子的楼梯口，在一道破烂的纸门前停下了脚步。里面传来雪子曾经熟悉的加野尖细的声音。

"不好意思，屋里太乱，请进来吧。"

拉开纸门，只见加野躺在那里，头上缠一条汗巾，身上盖着毛毯。电灯泡就像个冰袋似的，在加野头上晃来晃去。他浮肿的脸上肤色青黑，相貌改变了许多，几乎看不出往日的面影。

"天哪！你怎么了？感冒了吗？"

雪子走到加野那凌乱得无从下脚的枕畔，凝视着他的脸问道。加野的脸顿时变得通红，然后就宽慰地笑了。他有一口雪白的牙齿。

"我不行了。这里得了病，昨晚咯血……"

他就像在说别人的事似的，一边用眼光示意雪子，请她坐在墙边那个已经露出棉花的坐垫上。一股消毒水的气味扑鼻而来。

"身体完全垮了。我做了一阵子搬运工，淋雨受了凉，已经躺了四十多天。简直就是一具活尸呀。——富冈君没跟你一起吗？"

"没有，我一个人来的。我跟他好久没见面了……"

"哦——没结婚吗？"

"跟谁结？"

"我还以为你已经跟富冈终成眷属了呢……"

"哪里，我一个人呢。富冈还是富冈啊。——加野你生了病，谁照顾你呢？"

"我母亲和弟弟。我弟弟就在这附近一家名叫文寿堂的印刷厂做排字工。战争期间他曾在特攻队里待过，后来当上了排字工，跟母亲两个人过日子，一直等到我回来。我家在战火中被烧毁了，现在没有房子，只好住在这里。即使是这种地方，对我们来说已经奢华得像宫殿一样了。"

午后微弱的阳光透过贴着纸条的玻璃窗，在肮脏的军用毛毯上投下一道道条纹状的光影。雪子仿佛在恍然间目睹了一场人世的巨变。加野胡子拉碴的脸青黑而瘦削。他曾经长着一张圆乎乎的娃娃脸，现在却好像突然老了十岁。以加野现在卧病在床的样子，很难回忆起他当年生活在南方时的风采，躺在那里的简直就像另一个人。两人似乎成了毫无干系、互不相识的陌生人一般。

"你变了。"

"让你吃惊了吧？"

"嗯。"

"哎，今天就聊聊往事吧。收到你的明信片，我高兴极了……我以为你根本不可能会写信给我……"

"怎么会呢。是富冈特地把你的地址告诉了我，我也很想见你……"

"哦——那太感谢了。"

忽然，一阵尴尬掠过两人的心头。他们沉默了许久。

三十五

"我母亲也出去工作了，连杯茶都不能给你倒……不过，这样反倒不会把病传给你，也许更好吧。"

加野嘲讽地说，忽地冷笑了一声。

雪子被他的话刺痛着，沉默着没去反驳他。加野不时激烈地咳嗽，一边咳一边病态地摇晃脑袋。

"要不要冰敷一下？"

"冰一下胸部可能好一些。不过我几乎没什么气力了。只是活着别给我母亲和弟弟添乱，就是我最大的感谢了……不给别人添乱，我现在有这个觉悟。我已经做好了随时可以死去的准备。不过，怎么说呢？这也是上天赐予的生命，哪怕能多活一天，也比死了变成一把灰要强一些吧……"

"千万别说丧气话，你一定会好起来……"

"绝对好不了……"

"为什么要说这么丧气的话……要有信心啊。我希望你还能恢复到过去那个健康向上的加野。"

"过去的加野已经在战争中死了。因为这场战争，我的身心都已经破败了。真是倒霉透顶。不过，我也明白这是无可奈何的事。偶尔回想起在印度支那的往事，我觉得那是我这辈子最难忘的时光……你后来没事吧？手臂上的伤口还疼吗？是左边的手臂吧？"

加野竟然还记得雪子手臂受的伤，他的真诚让雪子忍不住落泪。

"对你，我实在非常抱歉。"

"别这样！应该道歉的是我，我太任性了。当时也不知是怎么回事，大家都跟疯了似的。"

"当时的确是一种疯狂的状态啊。我觉得你是故意冲着我的刀子撞上来的。我本来要刺富冈，去到他的房间，看见你也在那里，我越发控制不住怒气。现在想来，我当时真是太蠢了。"

"那件事就别提它了……"

“实在对不起。一见到你，简直觉得那就像昨天才发生的事
一样……”

房间里的药味让雪子感到压抑，她站起来，把玻璃窗打开一
条缝。飕飕的冷风吹进来，感觉舒服多了。

“富冈君还好吧？”

“嗯，好像还不错吧。”

“那家伙运气好啊。他很能体谅别人的落魄，对他人的命运
一副了然于心的样子，自己却稳坐交椅，无动于衷。他就是这种
人。我并不是要说他的坏话。我觉得他的好运气就来自这里，真
应该早点向他学习啊。事到如今，我才回过神来。”

“不过，他现在好像也不是那么走运了。”

“是吗？会这么觉得是因为你向着他吧？不是说他家没有被
烧掉，工作上也找到了好的合作者，一切非常顺利吗？”

雪子想起跟富冈去伊香保寻死却没能付诸实施的事。加野也
是不知情才会这么说吧。

“他现在也很艰难。据他说，房子也卖了，家人都送回了乡下，
自己要独自工作一段时间。”

“说是工作，如果像我这样去码头当搬运工，每天只挣两百
日元的血汗钱，他肯定做不到的。好几十公斤的货物扛着，把身
体弄成这样，他一定当笑话看吧……”

“别开玩笑了啊。加野你是故意要这么说的吧？你是怎么想
的，为什么竟要去当搬运工呢？”

“还不是为了吃饭啊。当时找不到好工作，我只想赶快解决
问题，反正总比当小偷强，于是就干了起来。——对我这样从前
过着养尊处优的日子，肩不能挑手不能提的人来说，这工作真要

命啊……"

"真难为你了……"

雪子拿出带来的五六个苹果，找来刀子削皮。手上利索地削着苹果皮，鼻子却一阵阵发酸。对也许将不久于人世的加野，雪子只想尽量多给他一些关怀。她把削好的苹果切成小块，送到加野嘴里，加野清脆有声地咀嚼着，把苹果吃得一点不剩。

"我们虽然遇到很多挫折，但幸亏活了下来才得以目睹这个时代，我们也才又有机会相见了是不是？所以，要好好补充营养，一定要把身体养好了。"

"营养？是啊。要是有钱的话，我大概还能有个两三年的寿命吧。"

"说来你母亲和弟弟也不容易啊。"

"只能说他们实在太倒霉。近来我母亲、我弟弟都对我没好气的样子。"

"那是你多心了吧。"

"是我多心吗……"

加野内心里并不认为自己能够像富冈那么幸运，纵使危难逼近，却总能凭着机敏的手段巧渡难关。一想到富冈，他仍有满腹的怒气。对在困境中挣扎的人，富冈向来懂得巧妙回避，决不惹火上身。回想起往事，加野沉默了。雪子正用报纸把苹果皮包起来。她似乎想说什么，又忍住了。雪子身上丝毫不见往日的热情活泼，而是一副娴静悠然的模样，加野感到不解。这女子的胆量实在不可思议。交谈中得知，雪子至今不曾回老家一趟，自从撤退回国，一直在独自飘零。听她坐在枕畔说起撤退之后的事，加野不禁觉得女人就像冷血动物，心里有种与生俱来的冷漠。

"富冈这个人，今后一定还会有机会发挥才智的。他有那个本事。那小子……听说他去年五月在海防搭上了回国的船。我后来听人说了，觉得他实在是个幸运的家伙。他知道文化人很难回来，就谎称自己是随军来到印度支那，在农林局端茶倒水的杂工。在码头的哨卡有许多军官来盘查，富冈故意装出愚笨的样子。军官们就在他跟前用英语和法语聊天，他决不朝那边多看一眼。因为要是被发觉懂外语，就有可能被留下来。后来人家又给他看日本地图，问他四国在哪里，他竟然指了九州的位置，就为了显得像小学毕业的文化程度。怎么样？演技很厉害吧？他巧妙地通过了所有关卡，用的是别人的名字，然后顺顺当当地早早坐上了回国的船，就这么回到了日本。实在是传奇人物啊……"

这些事雪子是第一次听说。

雪子觉得以富冈的性格，或许真能做得出来。包括阿世的问题，面对向他示好的女人，他也仅当是那女人的好意接受罢了。阿世当时也许只是充当了富冈的消遣之物……

"因此，我以为富冈和你早就回了国。不过，听说你们并没有一同乘船回来？"

"没有，我们各走各的……"

加野犯事是在战争最激烈的时候，而且又是第一桩公务人员出的丑闻。他为此在西贡的宪兵队那里，受了极粗暴的对待。

待了约一个小时，雪子不由感到气闷，于是告别加野走到室外。一出门顿时松了一口气，这才感觉呼吸到新鲜的空气。内心深处，雪子觉得加野实在是凄惨。听说他曾是个潇洒自在的良家子弟。变化如此急剧，雪子也不禁为他哀伤不已。

而在加野看来，与雪子在日本的久别重逢更是出乎意料。虽然她的容貌较之过去并无改变，但对于自己当初为了得到这个女人竟不惜跟富冈拼命的往事，现在想来只觉得不可思议。不慎刺伤雪子的手臂之后，加野为此付出了相应的代价。然而看着坐在眼前的雪子，加野不禁感到奇怪，自己到底看中了这女人哪一点，竟能那么如醉如痴？当时身在海外的日本人，也许只是中了邪。现在想来，当时大家仿佛是在海市蜃楼中过日子一般。

雪子说要走的时候，加野其实很想留她再坐一会儿。相见之前，加野把雪子想得如同女神一般，而一旦见了面，当初的懊恼已然消失，面对雪子一如常人的现实，他只感到一种迷梦醒来的冷静。

而雪子这边，也后悔见了加野，觉得倒不如不来这一趟，一直对加野保持当年的印象或许更好……当初盼望见到加野，富冈说她"天真""好事"，到如今雪子似乎才理解了富冈把虚假的住址告诉阿世的心理。男人逢场作戏果断行事的本领，如今在雪子看来有着让人又爱又恨的魅力。

如那支安南流行歌所唱，"初次相见时，你的眼睛曾经是真的"，富冈不经意的哼唱，而今正变成现实降临在自己和阿世身上。

黄昏时，雪子在寒冷的新桥车站下了车。外面刮着冷风。雪子正往汽车站方向走去，只听"哎呀"一声，一个身穿鲜绿色外套的女人向着雪子跑来，在雪子肩上拍了一下。

"嘿！"

雪子睁大了双眼。跑过来的，是一道去了西贡的筱井春子。偶遇故人，雪子感到分外亲切。

"你怎么会在这里？什么时候回来的？"

雪子问个不停，急切地想知道筱井撤退回国时的情况。

"我觉得好像是你，你从检票口出来就一直盯着你看。——你还好吗？我是去年六月撤退回来的。我家疏散去了浦和，所幸没有遭到轰炸。我撤回来后马上就去学了英文打字，在丸之内¹找到了一份工作。你现在在做什么？"

以打字员的身份来说，筱井春子的打扮未免太过艳丽了。

三十六

生之为人不可测，明日之日将如何。

他人荣耀心生羡，幸运何时临我身。

世事变迁迅疾风，蜻蛉展翅飞不得。

大约过了一个星期，加野寄了信来，感谢雪子前去看望。信末写着这几行像是诗句的文字。"世事变迁迅疾风"一句，深深刻印在雪子心上。雪子对加野同情不已，她知道，重病缠身的加野已落入绝望的深渊。那些带着自嘲意味的话代表着他现在的一切。然而实际见过加野之后，雪子已经没有任何牵挂。在印度支那的所有一切，大概也随着"世事变迁迅疾风"而消散了。雪子没写回信。

富冈自那以后没有任何消息。两人到伊香保去寻死的事到现在仿佛成了久远的过去。假如当时如愿死去，自然不会迎来今天，但对雪子来说，活着又能怎样？当富冈表明想死的心意时，自己

1　丸之内，位于东京都千代田区的高级办公区及商业区。

166

为什么会变得那么怯懦，现在想来简直不可思议。

与筱井春子的重逢在雪子心中也并未留下丝毫的感触。心中的空虚仿佛要把自我吞噬，雪子变得萎靡不振，但她也知道，不能一直这么晃荡下去。而且房东已经告知雪子，让她尽快搬出这间小库房。心中忽然又掠过一丝死的预感。雪子觉得富冈当时的心情似乎并非虚言。为什么那时不干脆一起死在那里呢……现在才开始有一种死神附体的感觉。雪子躺下来用一条细皮带绑在脖子上试了一下，但又没有信心仅靠自己的力量就把皮带勒紧。也尝试用力勒到一定程度，却达不到足以跨越那一步的冲动。雪子把皮带解下又系回腰间，心想如果现在富冈在身边那该有多好。雪子又开始禁不住地思念富冈。所谓的死亡是否只是自己从这个世界消逝而已……天长日久，大概不会有谁来留意自己的死亡。就算是富冈，总有一天肯定也会把自己遗忘在脑后。

错过了当时，于雪子而言也是一个遗憾。就像那支安南流行曲所唱的那样，初相见时的确曾经两情相悦。在伊香保的旅馆，富冈抱定了赴死的决心，而自己以当时的心境却未能做出回应。现在想来，雪子感到懊悔。尽管如此，雪子对世上的男人已经失去了信任的勇气。即使两人殉情而死，必定也不能死得情投意合。即便到了死前的最后一瞬，两人肯定还是各怀心事，这情形绝非雪子所愿。就算自己不带一丝杂念去死，雪子仍然怀疑富冈会在断气之前的最后一瞬，发出"妻啊，原谅我！"之类的哀鸣。人在内心深处其实很难达到自由的状态。既然已穿越了暂时的黑暗，两人必定可以再度燃起对明朗人生的希望。雪子甚至怀疑，富冈是因为心中的苦闷无处宣泄，才惹出了让阿世为之泪流的事。

与富冈的交往可以说就此画上了句号。实际上，从伊香保回来之后，富冈就杳无音信。活在现实世界的人与人之间，若要说相互理解，即便身处热恋高潮，恐怕也难以做到。那所谓的理解大概就像捉摸不定的虹霓，在心底反复显现又消失。正因为这难以捉摸的心绪，人才会终日忧喜不定。人大概就是这样一种动物吧。雪子盼望见到富冈。明知与富冈的关系不过如此，然而不管怎样，两人在印度支那的往事仍然是雪子人生中的一大事件。因此雪子今生将永远无法忘记这场战争。当时实在太幸福……士兵们正拼死而战的时候，雪子却犹自深陷在与富冈的奇妙情缘之中。

从沱囊车站搭乘纵贯铁道前往西贡的车中，或许是命运使雪子邂逅了富冈。坐在时速四十二公里的直达列车上，雪子想着与众人分别后落单的寂寞。筱井春子愉快地哼着歌。雪子不曾想到，不久之后，自己将与富冈一同乘坐那趟火车。已经记不起是什么时候了。是春天，还是夏天？那是个没有四季变化的地方，回忆里时日的概念也因此淡薄了。在车上，富冈握着雪子的手，避开别人的眼光，把身子探出窗外，指认着飞驰而过的疏林，他告诉雪子那是异翅香，那是香坡垒、龙脑香。疏林中落叶满地，地表有野火的痕迹，看得出野火曾一直蔓延至铁道近旁。壮观的林野犹在眼前。车窗外不时可见繁茂得令人恐惧的密林，棕竹和林下杂草密密层层，处处呈现着原始森林的景象。在原始森林的外围，有一种名叫帕拉的椰子树，伸展着巨大的掌形叶，那景色尤其令雪子印象深刻。

唉，一切景色都在黑暗的过往之中消失了……那景色已无法唤回，黯然消失在过去的深渊之中。对自己这种只经历过贫寒生活的日本人来说，那段记忆的背景是那么华丽而绚烂。雪子沉醉在记忆中，回想富冈和自己在那背景前上演的爱恨情仇。在那悠悠风景之中，还包含着一场名为战争的大戏。而法国人却在风景中安然地过着蕾丝花边般淡雅的生活。每到夜晚，安南人在坡道起伏的街上互道"bon soir"。那声音久久萦绕在耳畔。在那里，人们怎能不自然而然地纵情嬉戏？湖水、教堂、凄艳的绯樱、爆竹声，以及扑鼻而来的高原的香气，印度支那的景物在雪子的脑海里一一浮现，把她牵引到乡愁里去，眼泪止不住地流下来。多么盼望能重回旧地。这贫困的日子叫人窒息。想到大叻的生活已不可能重来一次，雪子不禁对富冈肌肤的触感思念不已。也终于知道，原来奢侈也是美的。从兰比安高原的法国人住宅里飘出的人声和乐声、色彩和气味，就像高级香水的芬芳，隐约飘过雪子的记忆。绝不是《苹果之歌》《雨中布鲁斯》[1]式的寒酸背景。那种悠然自得、稳踞历史潮流之中的民族精神，在雪子看来蕴含着根基深厚的力量。没有比无知无教养的贫穷民族更加好战的了。日本大概无人知道，在这个地球上，竟然存在着那样的乐园……回想起战争时期的所谓"奢侈是敌"的口号，奢侈成为敌人那还得了？法国人为了避开五月至十月期间的雨季，纷纷来到兰比安的高原之城。他们享受生活的方式，在战争告终的今日，一定更美、更华丽地进行着。距离西贡二百五十公里的兰比安高原，景色如油画般美丽。那些住不起兰比安的豪华宾馆或是别墅的人们，也纷纷前往河内附近的谭道、荣市、宁平等高原地带。他们对战争的话题毫无兴趣，只管尽情享受自己的生活。兰比安的山野对

---

1 《雨中布鲁斯》，和《苹果之歌》一样，是日本战后风靡一时的流行歌曲。

法国人来说是绝佳的狩猎地带。雪子跟富冈外出散步时，在路上常常会遇到狩猎爱好者们的车队。

日本人向来在来自他人的苛刻眼光之下压抑地生活，一旦置身于兰比安高原乐园般的生活之中，越发显得他们竟是如此奇特的人种。雪子满心打算着在兰比安生活一辈子。对遥远的日本，内心里甚至有种观望异族的感觉。

三十七

历史一如既往，诞下芸芸众生而去。政治仍然重复着同样的事件。战争总在重蹈覆辙的事态中开始又结束……人活在社会桎梏之中，毫无反悔地相互倾轧，重复着生老病死的人生。

不觉间时光飞逝，夏天到了。

雪子在二月末回了一趟静冈，看望过亲人，立刻又回到东京。搬离了池袋的家，经筱井春子介绍，雪子在高田马场的一家小五金店的棚屋二楼租到了房子。跟富冈一直不曾见面。房子在车站附近，电车经过时的噪音非常刺耳。让雪子中意的是这里不需要押金，房租才一千日元。从静冈拿来的行李和被褥搬进来，雪子这才过上了像样的日子。然而雪子依然没有工作。雪子怀孕了。给富冈写过三次信，只得到一封回信，说近期将前来看望。自那以后又失去了联络。那封信中附着一张五千日元的汇款单。雪子为了糊口，把从故乡带回的衣物几乎全卖光了。生活日益艰难，身体倒还算健壮，妊娠反应也比想象的轻微。这个孩子是否应该生下来，雪子每天为此烦恼不已。其实也很想要这个孩子，同时又渐渐产生了将他就此葬送的念头。

雪子除了去澡堂和购物之外，足不出户地整天待在家中。她心里明白，照此下去，自己的生活将走入一条死胡同。如果真的到了走投无路的时候，拿出在伊香保时的那种决心，应该也能挨得过去。又不禁担心，到时候自己真的能做到吗？伊庭时不时地来一趟，对他既往的不义，雪子已无心追究。伊庭近来似乎找到了不错的工作，一副衣装笔挺的模样。乔自从去年分别之后就断了联系。对乔，只有一个大枕头留下来作为回忆。乔送的收音机在回静冈的时候为筹措旅费，已经卖掉了。

伊庭还不知道雪子怀孕的事。雪子也不去看医生，自己学着用白布把肚子紧紧裹了起来。雪子没想到自己对身体的苦痛和生活的艰难竟然有着如此强大的忍耐力。她暗自觉得，凭着这一点，大概凡事都无须忧虑了。想来被加野刺伤手臂的时候，自己也曾经如此坚强。雪子自己都觉得自己是个性格强悍的女人。然而雪子非常清楚，心中的迷惘根本无法向别人倾诉。

雨接连下了三天。黄昏时春子来访。春子说是在丸之内做打字员，其实那只是她自己宣称的而已。据小五金店的大婶说，实际上春子像是在酒吧做事。的确，若真是靠微薄的月薪过活，她的服装未免太过华美。雪子在重逢春子时就看穿了这一点。

"我说我们啊，托这场战争的福，都变成了垃圾一样的女人……"

春子刚坐下来，一边脱袜子一边叹息着说。对于春子，似乎袜子才是头等重要的大事。她说买了半斤牛肉当礼物，说着把竹皮包着的肉拿了出来。雪子虽然浑身无力，还是坚持着做了煮牛肉火锅的准备，又冒着雨到市场买了葱来。春子给的钱，雪子用来买了面包，又请人家匀了二两砂糖给她。一进门意外地看见伊庭找来了，正在跟春子聊天。

伊庭跟春子聊着宗教的话题。雪子没想到会从伊庭口中听到"宗教"两个字，不禁感到惊讶。"所有人都有跌倒的可能性。"他接着又解释道，"人生来就是一种盯着脚下走路的动物，而且总在揣测着跌跤的轻重程度。"伊庭近来之所以手头宽裕，是因为在最近兴起的一个什么大日向教谋到了一份会计的工作。

"遇到挫折跌倒的人遍地都是。跌倒在地，人才会仰望天空，向神灵祈祷。我们的大日向教虽然时日尚浅，但我们有强大的日光神灵，能够为那些跌倒的人照亮脚下的路。凭着口口相传，信奉的人还真不少呢！估计不久就能超过热海观音教的势力……"

"是吗？那像我这样总是跌倒的人，究竟该怎么办呢？"

"那样的话，神灵会把你扶起来鼓励你继续向前走呀。就像《罗马书》第十四章第二十三节所言：'凡不出于信心的都是罪。'连基督教都讲得这么明确，更不用说日本国的大日向教，怎么可能不深入那些人罪孽深重的灵魂呢？现在我们正在田园调布[1]置办一块建造主庙的地皮……"

"是像尔光尊[2]那样的宗教吗？"

"跟那个可不一样！我们不需要借用名人的力量，只信仰一个大日向神。我们打算只靠平民阶层的信徒，使大日向教兴隆起

1　田园调布，东京都大田区西北一带的地区。

2　尔光尊，"二战"前后曾在日本风靡一时的新兴宗教团体尔宇的创始人、教主。本名长冈良子。

来。一旦名人加入，他们会半道上把风头抢去，工作不顺利不说，反倒在宣传上成了障碍。"

"不过，神灵什么的，真的有吗？"

"当然有啦。正因为有，人在相信神灵之前才会有那么多迷惘呀。不说别的，你先看看人的身体四肢有多神秘就知道了。不管科学有多发达，它也造不出人来对不对？有神灵，确实有……"

牛肉火锅煮好了。伊庭也拿起了筷子。雪子毫无食欲，只挑了几段生葱的葱白吃。春子拿出一小瓶威士忌，给伊庭也倒了一杯。伊庭面对两个女人，渐渐喝醉了。他一边不停地夹肉吃，一边劝说两人去拜一拜大日向神。

"在过去，各地村镇都有寺庙。那里曾经是老百姓聚会的场所。后来寺庙渐渐成了专管丧事的地方，没有了生机，甚至连佛教都带给人一种阴森的印象……从这一点来讲，基督教是很喜庆的宗教。人家也办婚礼。不见得只有百货店或餐馆才能承办那么多婚礼嘛。你说是不是？大日向教也打算朝这个方向发展。把什么都搞得喜庆又明朗的宗教，对那些遇到挫折的人才有吸引力。我们不久将开始在大日向教的主庙办婚礼，还要拒绝承办一切丧事。——东都有个寺庙想出一个办法，宣称只要在寅日参拜，并用寺里卖的笔来记账，就能发大财。这样一来香客一下子就增多了。想出这办法的和尚脑袋可真够灵光的。就得全都弄成喜气洋洋的东西才行。也不能寒碜得只能给人当月下老人拜一拜。那种必须避人耳目的宗教也不成。赚钱的宗教，注重人的欲望，就能兴盛起来嘛。"

神灵不知跑哪儿去了。话题转而变成了如何巧妙地利用神灵、利用人。伊庭说不论谁都会有跌倒的时候，都有着令人绝望的苦恼，接着又说明道："任何人都是绝望的时间长，快乐的时间短。这短暂的快乐在人的五欲之中相当于一种快感高潮，当今宗教的当务之急就是要抓住快乐短暂这个重点来诱导众人。"为了爱欲，男人女人都乐意花钱。只要宗教的快感也领会了这个诀窍，那就没有比宗教更能赚钱的东西了。话题又变成了生意经。

伊庭拿起春子的手，把耳朵贴近她的手心。

"你是热乎手。人的热度用耳朵量才最准确，根本不需要温度计。心冷的人手热。手是一个人散发灵魂的'能媒'的部位，所以像你这样的热乎手才算正常。手冷的人，燥热被封闭在体内，这种人大多哪里有病……"

伊庭拉着春子的手把玩着，总也不松开。

"可是，现在我正失恋呢，难过得简直受不了。您会算卦吗？"

伊庭听到"失恋"两个字，又把春子的手放到自己耳朵上，用脸颊紧贴着手，一副聚精会神的样子。春子嗤嗤笑着，轻轻地把手从伊庭耳边抽了回来。

"佛的本愿是不择男女老幼，只需有信仰之心。尤其对罪孽深重、烦恼炽盛者，佛许下大愿，为的就是普度众生。说来就是这么回事。所谓信仰之心，如果不相信祈愿就算不上信仰。像你这样，从一开始就玩世不恭地不当一回事可不行。你不把它当一回事也不要紧，就当是自己傻吧，试着信仰一下大日向教。再怎么我对你来说也是异性啊。当你的手触到我这个异性的耳朵时，会有一种微妙的感应传递给你。一定要有信仰啊……"

伊庭把那一小瓶威士忌喝掉一半多，眼神变得游移不定。

三十八

二楼只有三帖和四帖半大小的两间房。三帖那间是五金店老板的三个孩子的卧室。四帖半这间只有一个不带门的半大壁橱，墙上贴着一层锯末屑压制的板壁。向外凸出的窗台上放着炉子和供应的木炭，做饭就在那里。窗台下是一块空地，玉米正茂盛地生长着。雪子的生活日渐艰难。她想哪怕能去做擦皮鞋的也好，可是要坐在地上工作，身体肯定吃不消。曾给富冈发过两封电报，富冈却依然杳无音信。雪子下定决心，到富冈以前在五反田的家去找他。如今门牌上的名字也换了。应声而出的是五月里买下这所房子后刚搬来的新主人。那人说，手上有富冈寄来的明信片，于是拿来送给了雪子。富冈搬家后的住址在世田谷一个叫三宿的地方。从地址上看，他似乎是借住在那里，房东姓高濑。

雪子毅然拖着沉重的身子到富冈的新住址去找他。那所房子外面居然有一道气派的石门。石门旁边设有车库，看样子这里的主人曾经拥有汽车。雪子走近石门按响了门铃，出乎意料的是，出来开门的竟然是身穿布裙的阿世。雪子震惊得一时说不出话来。阿世看起来也吓了一跳，脸变得通红，"啊！"地叫出了声。

"哎呀，你到东京来了？"

"啊……"

"为什么，你会在这里？"

"这是我熟人的家。"

"富冈在吗？"

"他现在出去了……"

"你撒谎吧。奇怪……简直太奇怪了。那我就在富冈的房间里等他回来吧……"

阿世一声不吭。雪子浑身上下都在不停地发抖，自己也不明白自己在说些什么。

"他回他太太那边去了。昨天才去的，恐怕一时回不来……他太太身体很不好……"

"噢，是吗？那就更好了。我身体也很不好呢。我就在富冈的房间好好休息休息，慢慢等他回来。"

阿世露出为难的样子。雪子看了看阿世身后的门厅，这里像是住了好几户人家，一旁放着小孩的脚踏车和婴儿车。阿世硬挡在那里不让开，雪子也绝不退让地站着。

"在门厅也可以啊。我会跟这里的房东说明原委，请他让我在这里等。"

阿世像是失去了抵抗的气力，默默带领雪子上了二楼。房间位于宽阔的走廊尽头，八帖大小，木地板上铺着薄席。一张简陋的床靠墙放着，上面并排放着两个小枕头。墙上挂着阿世的紫色铭仙绸和服以及内衣，还有富冈的和式睡衣。左右对开的窗户上镶着钻石纹样的玻璃，窗台上摆着一张小巧的红漆梳妆台。饭桌和小茶柜也是新的。一切都很明了，雪子禁不住怒火中烧。原来如此。富冈是真不在。看起来属于富冈的东西似乎只有那件睡衣。

"你们从什么时候开始一起过的？"

"没有什么时候啊，这里本来就是我的房间。富冈先生住在乡下，因为在东京没有落脚点，就在我这里暂住一下。他来的时候我就住在楼下……"

"落脚点？噢——落脚点啊……你在伊香保的男人怎么办呢？"

"已经分手了……"

"哦，那你们就更方便了。"

已经到了傍晚时分，孩子们在二楼走廊上热闹地玩耍着。阿世坐在床上一声不吭。雪子也沉默着坐在窗台边。阿世突然想起什么似的，站起来走到外面走廊上去了。雪子把四周打量了一番。阿世到底是怎么逮到机会跟富冈走到一起的？实在不可思议。摆在桌上的两个茶杯、房间角落里的男式雨伞，巡视四周，渐渐发现一件又一件富冈的日常用品。阿世总也不见回来。雪子来到走廊上，有个七岁大的孩子正在玩耍，雪子把他叫住了。

"这里的叔叔上班去了？"

"嗯。"

"他晚上回来吧？"

"嗯。"

"他平常几点钟回来？"

"就快回来了……"

"他在哪里上班呀？"

"不知道。"

"他在这儿住了很久了吗？"

"嗯。"

雪子估计这里可能是一处公寓式的居所。她再次回到房间，用办案警官似的冰冷视线，把屋里的东西一一巡视了一遍。床底下塞着皮箱和柳条箱。房间一角的灰泥顶棚上拉了一根铁丝，上面晾着两条汗巾。床里侧堆放着二十多本林业方面的书籍。书的上方放着一本似曾相识的小册子。那是兰比安农林总监部发行的关于原始森林的法语宣传资料。还记得撰写者是森林管理官法比安。雪子胸中突然涌起一股无法克制的思念。她拿起小册子，久久凝视其中印度支那的森林照片，眼泪不自觉地顺着面庞流下来。每一张照片都牵连着往日的回忆。雪子的眼光停留在一张兰比安高原的照片上。画面中有一座环绕在三角梅与金合欢之中的别墅。那位于兰比安的群山之中、面朝湖泊的壮观景色对现在的雪子而言，是无上的心灵慰藉。生活在彼处之时，哪想得到今日的凄惨……天色暗了，阿世还没有回来。也许是去给富冈打电话了。雪子从敞开的窗户向外望去，随手擦干了泪水。闷热的空气中，暮霭微微泛着红色。雪子把森林官法比安的小册子放进手提包，打算留作纪念。雪子走出房间，她已经不想见到富冈或阿世了。

雪子知道自己决心已定。

两人应该已经死在了伊香保。这么一想，心里便毫无怨尤。雪子穿好鞋子往门厅外的前院走去，在门口正好遇上一个男人朝这边走来。

那人是富冈。富冈先是猛地吃了一惊，看到哭红了眼睛的雪子不声不响地站在自己面前，他又露出一副了然于心的样子，平静地问道："什么时候来的？"

"我见到阿世了……"

雪子说完，漠然避开富冈，向大门走去。富冈也跟在雪子身后走了出去。

"哎！"

雪子没回头。

"哎，我有话要跟你讲。"

雪子已经无所谓了。事到如今，即使从富冈口中听到他跟阿世的种种也无济于事了。雪子觉得这是为加野的事遭了天罚。虽然加野是男人，但他当时体会到的一定也是同样的心境。自己在加野的激情告白之下身不由己地接受了他的吻，转头又跟富冈幽会。面对自己的不忠，加野丧失理智拿起了刀子，他的行为跟今天自己的所作所为基于同样的理由，雪子到现在终于明白了。

"你的事，我时刻都不曾忘记。我总在考虑怎么才能帮助你。我被阿世那家伙生拉硬拽……"

"这种话就不必说了……"

"当然要说。是我不好。我决心要对你负责任的。"

"是吗……"

雪子向着与目黑车站相反的方向走去。废墟的荒地里杂草丛生，昏暗的草丛上方飞舞着成群的细密飞虫。一条宽阔的道路延伸在废墟中间，两旁东一家西一家地盖起了新房子。

"是十月吧？"

"嗯？什么？"

"孩子出生的日子啊……"

"是啊，如果生下来的话。我打算明天就到产科去，请医生把孩子打掉。"

富冈什么也没说。雪子也知道，只要活在这个世上，人心终究躲不过烦恼的侵蚀。就算是大日向教的那个用来赚钱的神灵，雪子也开始觉得可以不去计较，只想躲到供奉着那个神灵的寺庙里去，五体投地做一番祈祷。富冈虽不知阿世跟雪子都说了些什么，但他可以猜到，以阿世的倔强，肯定是争强好胜地反击了雪子。

"你一定觉得我很讨厌吧？"

"是啊。"

雪子毫不含糊地赞同道。

"还是把孩子生下来吧。我可以当天就收养他……跟阿世的事，我也打算如实告诉你。"

"阿世说，跟她男人已经分手了。"

"说实话，那个房间是阿世的。一天拖一天地耽搁下来，我就那么暂时借住在那里了。实际上，那是阿世自己租的。五月里，我们在新宿车站偶然碰上，被她生拉硬拽着，我也就住了下来。——你回静冈的事，还有你返回东京找到新住处的事，我都从你的信里知道了。我想，再见面的话，两人又该不知怎么办才好，所以只寄了钱给你。我已经把家里的房子卖了，家人都送回了乡下，妻子住进了医院。工作也总算定下来了。那是心情最乱的时候，所以没能抗拒阿世的诱惑……"

事到如今，这些理由听来已经没有任何意义。纵使两人见了面，也不会有任何有意义的理由。

找了一家简陋的咖啡馆，富冈带着雪子走进店里。店门前放着一个涂着蓝油漆的装冰棍的大箱子。一个带孩子的女人眼睛直勾勾望着他们。在硬得硌人的椅子上坐下来，雪子感到疲惫不堪，那是一种身心俱疲的劳累，累得双腿都麻木了。

三十九

富冈一边凝视着雪子蜡黄的脸，一边从衣袋里掏出香烟点上，然后要了两杯汽水。雪子无力地靠在板壁上，闭着双眼。已经没有了思考的气力，然而脑海里却恍然浮现往日在兰比安的一个画面：自己站在湖畔白色的跳台上，富冈只穿了一条短裤，在黄昏的湖水里游泳。听得见附近的运动场传来橄榄球赛的嘈杂人声，直到如今那声音犹在耳畔。雪子静静回想着，不禁感到一种游泳之后的疲倦。

富冈一边悠然地吞云吐雾，一边说：

"我知道你现在考虑到许多问题，可是事已至此，我愿意做任何补偿。我想这一切你一定会理解的。"

"这么说，在伊香保，你就跟阿世有过关系了？"

富冈沉默着。

"你说你这人，是不是很恶劣？"

一边说他"恶劣"，雪子一边问自己：那么你又如何呢？虽然短暂，但跟乔的关系又算什么呢……因为寂寞难耐，才会跟乔有了那一段。而富冈并未表示责备。因为这种人性的、一时的内心空虚，难道就只能把手伸向别人吗？旧日跟伊庭的那段关系未能了断，是造成空虚的祸根。

自己的所作所为其实跟富冈并无二致。只不过因为不曾留意就随它去了。

"我也并不是不知道。不过，还是很吃惊……在伊香保的汽车站，阿世流泪的事我一直忘不了。不过，对你的感情，我当时是相信的……我也是的，都快忘了自己姓什么了。——不过，也没办法。也是没办法的事啊。我并不是为这个生了气才想把孩子打掉的……之前就一直在想，也是迟早的事。今天才下定了决心。我会坚强起来……想到凡事都得靠日复一日的忍耐，把孩子打掉也不算什么了。我想卸下负担，找一份工作……你难道不觉得，把我们的孩子生下来，也只会使他不幸吗？就算你收养了他也不能为他做什么。而我也只会因此一筹莫展，不得安生。处置孩子的事，我一直想找你谈一次，商量出一个两个人都能接受的办法。——你跟阿世在一起，也没有什么不好吧……只要对你的生活有好处就行。看样子，她也是真心喜欢你……你太太的身体是哪里不好？"

"肺上的毛病……"

"已经很严重了吗？"

"慢慢调养的话可能还有救……"

"今后你也不容易啊。工作，定下来了？"

"啊，在朋友开的香皂公司，一个小职位。不过还是很得照顾。现在就只能先依靠人家了。"

富冈一边用力吸着插在红色汽水里的麦秆，一边看着雪子美丽的手。她有一双柔软且形状姣好的手。富冈觉得雪子很可怜，但是阿世的可怜也叫他无可奈何。

"我到现在还不曾有过一个孩子。所以总还是希望你能把他生下来。阿世的问题不会拖很久，如果能找到房子，我简直想立刻就搬走。阿世跟她男人也还没有完全断绝关系，那房子其实只是阿世暂时躲避的地方。——她男人到现在还不知道阿世的下落。我也不愿意这样。在那幢房子里，人家都用怀疑的眼光看着我。"

"阿世在做什么事呢？"

"在新宿的酒吧做女招待。这几天因为牙痛请了假。"

"不过，阿世对你很痴情呢。说不定她会跟你过一辈子吧。能在一起就是胜利啊。不是说'去者日日疏'吗……就连印度支那的回忆，我觉得也好像成了遥远的过去，已经很少回想起了。做梦也很少梦见。就那么回事吧。"

"我还时常梦见呢。一想到你，就会想起在大叻的日子，心里难过极了……"

"我一月里去探望了加野。我好像在信里说起过？"

"啊，我知道。加野过得也不好。他真不走运啊……"

"他曾经那么爱国，又是个只认死理的老实人。"

"是啊。不像我们这般狡猾……"

离开咖啡店，两人又开始毫无目的地漫步。四周已经完全暗了下来，夜风清凉地吹着。富冈也没有要回去的样子，只管跟着雪子。

他脱下外套搭在肩上，跶着鞋子发出"啪嗒啪嗒"的脚步声。

"你累了吧？"

"不累。长了脚气，很疼。"

"不过，也不知道为什么，这么两个人走着，感觉就像亲人似的。在你心里，大概根本没有我，满心想的都是阿世的事吧。我这样自作多情地把你当亲人看待也是我的自由吧。你会觉得好笑吗？"

"哪儿笑得出来啊……与其说是想阿世的事，不如说是觉得对不住阿世的男人，每天都像罪人一样，生活在惶惑之中。明明没有勇气，却又拗不过阿世的倔强，被她牵着鼻子走。"

"跟阿世不会马上又要殉情自杀吧？要是有个万一，她说不定真会服毒什么的……"

富冈也是这么想的，觉得的确让雪子说中了。他心里非常清楚，因为阿世，自己的生活正一天不如一天。

"我们每天都在吵架……"

"为什么？"

"因为我的想法跟她合不到一块儿。她虽然没有见识，却是个直觉非常敏锐的女人。最糟糕的是，她一旦认定了自己的想法，就会一条路走到底，决不回头。"

"那，今晚也够你受的。"

"算了，这事就别提它了。下个周日前后，我会去找你。孩子的事，希望你等到那时候。没想到你这么了解我的心思。我感觉轻松多了，心情也好了许多。再说回阿世的事情，我打算近期把这件事解决好。"

"何必突然说这么些孩子话。顺其自然就好。说实话，我自己的事，我已经是破罐子破摔了。我不是说来吓唬你的……你明白吧？"

两人走到天桥上，在那里靠着白色的石栏又站了一会儿。电车从桥下呼啸而过。

四十

跟富冈一别之后，已过了约十天时间。

雪子毅然找到附近的一家小小的妇科诊所，在那里做了检查。要堕胎的话，怎么也得要五六千日元。自从分别以后，雪子对富冈一天比一天感到气愤。在富冈不给予援助的情况下把孩子生下来，这是现在的雪子无论如何也做不到的事。两人仅在见面时，抱着一种互相蒙骗的供述心理，都不愿触及内心深处，也不愿意深究问题的核心，只是沉溺在温情之中。

雪子已经把富冈的内心看得一清二楚。

随着时间的推移，雪子对富冈的憎恨越来越深。她满怀怨恨地想：何必为那么薄情的男人生下孩子？雪子下定决心，向伊庭告白了一切。只要能得一身轻松，将来不论做什么工作都要把账还清。伊庭听了雪子的告白后说："既然你已经想通了，我可以出这个钱。不过，等你养好身体，能不能来教团协助我工作？"他还说，现在他的工作还在半道上，与其找个外人，不如找个知根知底的亲信来当秘书。

过了两三天，伊庭带来一万日元。雪子心想，等身体恢复之后，哪怕去帮伊庭初创的教团打杂也无所谓了，并期望在打掉孩子的同时也能忘掉富冈，把过去一笔勾销，从此回归自己的人生轨道。

雪子到那家妇科诊所住了大约一星期。这里每天都会有两三个与雪子有着同样秘密的女人来看病。狭窄的病房里，另外还住了两个女人。刮宫手术做完，雪子感觉身体就好像落入了地狱。不小心瞥见那些血肉模糊的肉块时，那种令人窒息的心痛久久难以忘记。

伊庭第二天就来看望雪子，他想知道的只是雪子什么时候能来帮忙。雪子的身体衰弱得厉害。伊庭俨然已是大日向教的骨干成员，现在除了会计事务，还身兼建筑筹备科的工作，并夸口说现在正是财源滚滚的时候。

跟雪子同病房的女人们不知不觉间也对伊庭的话题竖起了耳朵。

靠墙那个床位上躺着的是个年近四十的女人，名叫大津下。她突然说："请问，我能不能也加入贵教做一名信徒？"

据说这个女人跟一个有妻室的老人有了孩子，已经堕了胎，明天就要出院了。大津下只字不提自己的身份，据护士牧田小姐说，她好像是千叶一带的小学老师。

大津下长了一张黝黑的四方脸，骨架粗壮，那样子简直不像个会跟男人有瓜葛的女人。

"请问你们大日向教的教祖大人是男性吗？"

伊庭微笑着答道："当然是男性，是一位非常了不起的人物。教祖他见多识广，从年轻时就在印度修行。这些年来经历了各种各样的难关，为了给荒野带来光明，才来到日本。——他在马来西亚和缅甸一带曾经是大名鼎鼎的陆军参谋。要不是碰上现今这世道，我们大概连他老人家的脚后跟都够不着呢。有时间来一趟吧。相信一定能为你消解所有的烦恼。"

"哦，那么说，这位教祖大人原先是军人？"

"是啊。而且是被革职的军人，有意思吧。他那样军人出身的人，激励起人心来那可真叫得心应手。要是面对一帮乌合之众，那就更加气势昂扬了……"

然后伊庭又小声说：

"今后买车，也是以我的名义买。教内共有的所有财产都交给我管着。所以说教主的命根子其实掌握在我手里……"

"教祖大人多大年纪？"

"六十一二吧……他很厉害，说是有过关系的女人有上百人呢。草木不论长在什么地方，都要向着太阳生长。大日向教的名号就是取自大自然的伟大力量。现在我们的教徒已经超过十万，今后还有无限增长的可能性。一切都以淡定自如的作风来引人注目。这是教祖的信条。"

雪子觉得伊庭的性格变得跟以前完全不一样了，简直像个疯子，叫人看着心里发毛。他对雪子跟富冈的事似乎毫不介怀，像是只为了找一个心腹秘书，才特地起用过去曾有过关系的女人。

大津下稍许考虑了一会儿，然后往睡衣上披了件外套，端坐在床上对伊庭说：

"我其实是从千叶来的。因为有些难言之隐，无论如何也不能就这么回乡下去。我希望您能让我加入大日向教，如果可以修行，我还想争取拿一个传教的执照。不知这需要大约多少钱？"

伊庭吸着洋烟，正色道：

"是啊，首先是入会费，普通教徒我们收三百日元。如果委托传教的话，首先要交一千日元的保证金。半年之后就可以得到传教许可。每天所需算作修行费，金额可以悉听尊便。各种事宜可到获得传教许可的时候再具体商定。"

大津下说，改日一定到大日向教的修行堂拜访，并请伊庭写下住址。伊庭不自然地说，一时还不打算印名片，看那样子似乎对大津下毫无兴趣。他说：

"不过，传教士跟普通信徒不一样，当上传教士意味着拥有了生活资本，所以实际上，这需要相当大的一笔资金……"

"啊，钱的话我有稳定的来源。只要这一年多里能找到一个藏身之所，不管怎样，都有人愿为我出这笔钱。那是个有身份的人，他答应我，在我脱出困境之前，不会让我在钱的问题上为难。"

"哦——有身份的人吗……"

伊庭的语气突然郑重起来。

"身份？有身份的人士来做后盾的话，大日向教当然是热烈欢迎的。我们这个宗教绝对不是那些个流行的邪教。什么包治百病、引人上钩的事我们是不做的。况且在这个现代科学发达的时代，靠宗教治病岂不太玄乎了？治疗人的心病，这才是大日向教诞生的本愿。就算有医生治疗人的身体，也没有医生能诊断一个人的内心并给他抚慰。我们的宗教能够引导人走向富裕，而且可以传授一种非常明朗的末世乐观术。——如果是有身份的人做后盾，我们也将给予你比普通信徒更高的地位……教祖他不喜欢见人，凡事都由我代为执行……"

四十一

即将出院那天，雪子付清医药费之后，在会客室翻了翻报纸。不经意看到一篇豆腐块大小的社会新闻。

> 十二日晚十点四十分左右，品川区北品川××号，租用饭仓家店铺的饮食店店主向井清吉（四十八岁）把其姘头谷世子（二十一岁）叫到自己的房间，用汗巾将其勒死后，到品川台场派出所自首。——据品川警察署调查，向井在伊香保经营酒馆时曾与谷世子同居。后谷世子投靠情夫富冈某来到东京，向井曾前往其住处要求恢复关系，却遭到谷世子拒绝。十二日，向井把前往澡堂途中的谷世子强行带回自己的房间，再次要求恢复关系不成，两人发生争吵，向井一时冲动，用汗巾将谷世子勒死后自首。照片为犯人向井与被害人谷世子。

雪子反复读了几遍，都觉得写的是阿世。照片里，被害人谷世子梳着旧式发髻，犯人向井低垂着脑袋。

雪子在坚硬的椅子上坐了许久，把那条新闻读了一遍又一遍。那个固执倔强的阿世，竟然被她男人勒死了。雪子觉得人的命运实在不可思议。

想来这对富冈倒也是一个警告。去三宿的住处找富冈时，他曾露出复杂的表情，雪子现在才理解了其中的缘由。如今富冈怎么样了呢？那天如果自己对富冈起了杀心，也许自己也会紧随其后，从铁桥上冲着列车跳下去一死了之吧。

雪子觉得，富冈从今往后，大概再也不能从阿世的阴影中挣脱出来了。回到日本之后，一蹶不振的还不仅是富冈一人。加野也成了一个穷困潦倒的废人。

那天晚上，雪子久违地睡在自己的房间。她浑身疲惫不堪，感觉自己仿佛经过漫长的旅途，才终于走到了今天。听着窗下的蝉鸣和玉米叶子沙沙作响的声音，雪子脑子里想的却是富冈在三宿的房间。

昏昏沉沉地入睡之后，在伊香保的种种回忆浮现于脑海，时梦时真。雪子心中烦闷，辗转反侧不得安眠。医院那血肉模糊的可怕回忆在雪子心里却好像完全蜕了皮一般。不依赖任何人，不见任何人，从今往后，只想自食其力做自己的事。

对死去的阿世，雪子毫不同情。她那种执拗的活法是雪子最厌恶的类型。而对沉溺于这类女人的富冈，雪子同样心怀憎恶。——随着时间的流逝，尤其是在得知阿世被她男人杀害之后，雪子对富冈以及死去的阿世的憎恨反而更加强烈，甚至到了唾弃的地步。

过了四五天，雪子的身体状况仍不见好转。伊庭迫不及待地来接雪子，看她脸色苍白的样子，也不好强求她尽快去工作。

"你怎么了？虚弱成这个样子……要打起精神来。要依靠精神的力量。是死是活就靠它了。我觉得你从印度支那回来后变了许多。要开心一点，好好打扮打扮，一定要振作起来！——对了，那是叫大津下吧，那位女士找来了，到今天已经修行了三天，看来很有培养前途。她能言善道，又有点小钱，这次来抹了厚厚的粉，看上去顺眼多了。据她说自己原本是小学老师，老家是卖大酱的。看来女人到了一定年纪就知道考虑将来的事，用起来十分可靠，连教祖也说咱们真是白捡了个人才。"

伊庭身穿一件黑色的新衣，胸襟上别着一枚向日葵徽章。

"虽不好大声说，当今这世道，要说什么买卖最赚钱，那还要数宗教。利用宗教来拯救他人的买卖。那些有困惑的人闻风而至，简直太有意思了。现在我们周围有了小卖部，车站上的地图也标明了我们的位置。真有意思啊。都是些心甘情愿掏腰包的人。能让人不心疼钱，这就是宗教的力量啊。鹭宫的那栋房子已经卖掉了。现在我在池上买了一处银行老板的宅子。教祖和我的家人一起住那儿。那可真是气派！花了三百五十万买的。宅子虽旧，但有八十坪的建筑面积，宅院占地五百坪，而且有山有水。"

"你们迟早会遭天罚的。"

"天罚？老天只眷顾运气好的家伙。那些抓不住命运绳索的家伙，就算是老天也不会理睬他们。——我啊，看来还是忘不了你。等过一段时间，我给你也买一座小房子。不管怎么说，我是你的第一个男人啊。这事我不会忘……"

雪子满心厌恶。

"请你别那么说。这时候，就算你拿那样的话来诱惑我，我也再不会上男人的当了。女人长了岁数，照样能有看清世道的眼光。我不会重走过去的老路了。对你，我已经没有任何想法。"

伊庭讪讪地笑了。雪子脸上没有化妆，颜色虽然苍白，却很有女人味，有种当年做姑娘时不曾有的妖艳。

"我也没有坏心啊。都是为了雪子你的幸福着想，才说了这么些没出息的话。还是不要太追求理想了。你应该也是见过世面、尝过辛酸、长了见识的人。不管男人女人，什么爱呀恋呀的，全都信不得。这你应该懂啊。这世道，上天国还是下地狱，都是钱说了算。钱有多可贵，我算是深切体会过了。战争结束那会儿没赶上趟儿，没有比那时候更灰心丧气的了。现在的伊庭可是不一样了。人活着，就必须趁着能捞钱的时候多多地捞。教祖也是这么说的。"

说完，伊庭搁下一包钱就匆匆离开了。雪子打开一看，是一沓簇新的百元钞票。望着眼前这一万日元新钞，雪子觉得生来只拿过皱巴巴的钱的自己真是可悲，而此时这可悲又让她感到可笑。这些刚从银行取出，不带一丝皱褶的钞票，的确有着十足的魅力。伊庭的能耐让雪子沉思了许久。

也想过让伊庭买一座小房子，在那里不时跟富冈见面也不错。不过，这想法只是一瞬的痴望，立刻涌上来的仍然是对富冈的强烈怨恨。

雪子无心依靠伊庭，更无心去信仰大日向教。

某日，从加野那里寄来了一封女性笔迹写就的信。信中报告了加野的死讯。

这是雪子意料之中的事，她这么想着，又把加野母亲的来信读了一遍。信中说，遵照死者的遗愿，举办了基督教式的葬礼。加野曾是那么狂热的爱国者，坚信着日本不会被打败，死后却以一场基督教式的简单葬礼告终。雪子觉得实在不可思议。到头来，加野在最后几年也是一名战争的牺牲者。本想给加野的母亲写一封慰唁信，最后还是偷懒放弃了。

自从雪子在报上看到那条新闻以来，富冈一直杳无音信。她不禁担忧富冈究竟消失在了什么地方。想必他已经不住在三宿了。

一天之中，雪子心头一定会有富冈的影子掠过。唯独对富冈念念不忘，这是否意味着对富冈的爱呢？伊庭曾大言不惭地说，这个世界上根本没有真爱。这是因为伊庭除了金钱之外没有任何精神支柱，所以才会这么说吧。雪子不认为富冈会因为阿世的惨死而把自己忘得一干二净。他说在一家香皂公司找到了工作，但雪子仍然希望他能再次回到农林省，到随便哪个地方的山林管理所去工作。雪子空想着，等到了那时，两人就可以办个简单的婚礼。雪子把从三宿的阿世房里偷来的那本印度支那的小册子拿出来看着，心想跟富冈应该不会从此疏远成为陌路人。

雪子毅然给富冈写了一封信：

我在报上得知了阿世的死讯，深感任何事都受到变幻莫测的命运掌控。这次的事件实在太不幸了。

你过得还好吗？

我曾经恨你，生你的气，但我相信除了雪子，没有别的女人能安慰你。

加野的母亲来信告知，加野于二十二日过世，举行了基督教式的葬礼。我想你还不知道这个消息，故此通报一声。想来加野最后几年的境遇实在悲惨。

自那以后，已经过了十天，估计你心中已恢复了平静。这些日子，我心里也十分痛苦。后悔当初在伊香保我们俩为什么没能去死……如果我俩死在那里，就不会有后来的种种波折了。我们终究没能痛快地抛弃这个世界。其实我们要是死在大叻的山中，岂不更美好？

我下狠心把孩子打掉了。若是恨着你，又依赖你，我可能已经被逼上绝路，等不到今天就一个人自杀了。你是一个杀人的人。因为你的缘故，阿世和我还有加野，以及你太太都陷入了不幸。我不是在责备你，我只是这么想而已。为什么你不能再一次拿出往日的勇气来呢？

我依然在悠闲度日。待身体好转，我一定要找一份安稳的工作自食其力。你还好吗？我依然想见到你。也许这只是女人的恋恋不舍，但雪子不是还从未跟你说过分手的话吗？请一定到我这里来一次，到时请把你的想法直率地告诉我。

信寄出后大约过了五天，雪子收到了富冈的回信。信中附了一张五千日元的汇款单。信里说："现在还不能去见你，请再等两个星期。我正处于最艰难的时期，不想见任何人。不过，收到你的信对我也算是个安慰。孩子流产的事也是万不得已。这也是因我的不周全导致的结果，只能认命了。我一定会去见你。你说我们还没有分手，只要那是你的真心话，就凭这句话，我也一定会去见你。"

四十二

富冈在信中说"请再等两个星期"。然而两个星期过去，富冈仍未能去探望雪子。

虽然跟雪子可以无话不谈，富冈还是没有心思去见她。并非出于懒惰，而是因为忙于向井清吉的官司，连他的律师问题富冈也不得不出面张罗。虽然阿世是向井清吉没名分的妻子，但富冈这么做并非看在阿世的分上。为清吉四处奔走，只因他无亲无故，让富冈有一种必须伸出援手的责任感。照顾着身在狱中的清吉，富冈不禁为他不惜杀死一个女人的真性情而感到震动，对自己流于伪饰的劣根性则厌恶到了几乎作呕的地步。富冈觉得至少可以通过照顾清吉来向死者表达一番赎罪之意。富冈曾经希望靠着阿世这个女人考验自己的生活能力，让萎靡的心神振作起来。然而阿世是有夫之妇。富冈丝毫不曾在意阿世背后还有一个名叫向井清吉的男人，也全然忘记了自己多少还得到过向井清吉的照应。在阿世被清吉杀害之后，富冈才感受到男女之间的爱欲竟然如此激烈，也才第一次意识到向井清吉的存在。

富冈觉得，因为跟阿世同居，自己受到了来自清吉的最严酷的复仇。自从离开伊香保，在富冈的头脑里，清吉的存在就像一道幻影那样消失了。

富冈至今难忘陀思妥耶夫斯基的《群魔》中的一节：斯塔夫罗金为自缢做准备时，为了死前尽量免受痛苦，把肥皂水厚厚地涂抹在用于自缢的绳索上。

当初和雪子去伊香保企图殉情自杀，但直到实际行动前夕，自己仍对这个世界恋恋不舍。偶然遇见阿世之后，又指望从她身上求得自己生命的复苏。自己的浅薄到头来害死了无辜的阿世，并害得清吉进了监狱。对自己在这过程中表露的狡狯，富冈感到不寒而栗。雪子诉说思念的来信也没能给此时的富冈带来感动。对雪子堕胎的事，他也并未感到任何痛苦。富冈只觉得自己的心灵在回到日本时就已完全丧失了。

在品川的警察署见到清吉的时候，他说："在哪儿生活都一样。只要能尽早判决，死刑或无期都无所谓。只希望能在监狱里静心安抚阿世的在天之灵。"他还表示不必请律师。

富冈听了清吉一席话，不禁想，的确人不管住在哪里都是一样的。事到如今，即便梦想着奔赴海外，也无法想象往日的生活还会再度重现眼前。既然当今世道如此，往日的理想和梦幻最好还是尽早抛弃的好。

加野也因肺病恶化终于死去。大家都身不由己地被推向人生的终点。但是富冈偏偏不愿奔向不幸的终点。既然已丧失了心灵，那就只有尽量以安逸的处世之道活下去。

富冈并不想见雪子。

虽然凑了五千日元寄去，那只是对她把孩子从这个世界抹消掉的一点微薄的谢礼。而在内心深处，富冈并不想要孩子。

这天从一早开始就风雨交加。

躺在没有了阿世的床上，富冈茫然地听着雨声。窗户上蒙着一层白茫茫的雾气，水滴顺着蒙尘的玻璃窗往下流淌。富冈懒得动弹，就那么抱着胳膊睁着眼发呆。

直到最近，高大的阿世还躺在自己身旁。阿世每天醒来时，总爱把自己的双腿搭在富冈腿上，然后就开始唱歌。富冈觉得只有那一刻，两人才是亲密无间的。富冈总是闭上眼睛聆听阿世的歌声。而今阿世的身影已无处可寻。对死去的阿世，富冈既无爱恋也无思念，反而有种一身轻松的感觉。对女人，富冈已经受够了。他这才发现，原来一个人躺在床上，是如此愉快而健全。时至今日，生活的转机才终于到来。只想恢复奔放的自我，把政治、社会道德之类的事放进粉碎机打个粉碎。孤身一人将会是一种多么爽快的感觉？富冈迷茫的视线转向窗外，激烈的风雨中，树木正不停地摇摆。

单身生活的忙碌对现在的富冈而言是一种解救。

首先要做的是搬离这个房间。同时还要舍弃妻子和双亲。如果可能，甚至想改名换姓。也想辞去职务，找一份新工作。而今阿世已死，富冈不愿承认自己是因为阿世才突然陷入这样的心境。

可是，因为自己的原因，一个男人进了监狱。这个念头令富冈于心不安。向井清吉颓然坐在牢房里的情形不时地浮现在富冈眼前。那滋味让他不得安宁。如清吉本人所说的那样，只希望早日判刑，或许到时自己也能获得平静……

透过被雨打湿的窗户，能看见窗外润湿的绿色正散发腾腾的雾气。恍然觉得有一束神秘的绿光正细密地渗入房间，肌肤仿佛轻易地触到了死亡。但又觉得人若要一死了之并不容易。自从出事以后，公司那边一直告着假。富冈近来正在给某报社下属的农业杂志写稿，陆陆续续地写下一些关于南洋林业的回忆。虽然只是一百页稿纸的内容，富冈打算写好之后投给农业杂志，指望着赚一点稿酬。

在写下有关林业的回忆之前，富冈一时兴起，把对南洋水果的回忆写成一篇三十页稿纸的文章寄给了那家杂志。刚好是阿世出事的时期。农业杂志登载了那篇文章，付给富冈一万日元的稿酬。这个意外的结果让富冈认识到自己的写作才能，不由得勇气倍增。

文章是这样的：

我曾经担任农林省的官员，由军方派遣到法属印度支那，在当地驻留了约四年时间。四年的热带生活给我留下了许多关于各种水果的回忆。

　　热带地区生长着多种多样的果树，这些果树的果实有着醇厚的滋味。对生活在热带的人来说，这些水果具有巨大的魅力。要问令我印象最为深刻的水果是什么，首推被誉为热带水果之王的香蕉。近年来终于有中国台湾出产的香蕉进口到日本，其实香蕉的品种有数百种之多，知道这一点的人恐怕不多吧。细长者、短粗者、棱角显著者、色泽淡白者、略带红色者、芳香强烈者，香蕉的品种从形状到味道，可谓千差万别。

　　我在热带生活的时候，多选择食用皇帝蕉和三尺蕉。偶尔也品尝过用作蔬菜的香蕉，这一类实在很难称得上美味。芭蕉依靠分蘖繁殖。种植十五个月左右，就能长至十至二十尺 [1] 高，而后在叶柄靠芯干的部分长出四五尺长的巨大花梗。花梗上的花朵结为果实之后，自然向下弯曲，主干逐渐枯萎。自枯萎的植株上发出蘖苗，一年之后即能结果。香蕉适应炎热湿润的气候，喜好黏质土壤，只要排水良好，任何地形皆可种植。但是强风地形以及石滩地、沙质的石灰岩质土壤不适宜香蕉生长。香蕉是天赐之果，尤受贫者喜爱，可作为粮食不足的补充。若说香蕉是水果之王，那么称得上水果女王的当属山竹。山竹树学名为 Garcinia mangostana。我第一次

1　尺，日本旧式长度单位。一尺约等于三十点三厘米。

见到山竹是在河内普拉蒂克街的水果店。山竹的大小近似小型柿子，果实顶端呈扁平状，果皮光滑，颜色褐紫。横切果实，可见其中有奶油状的白色果肉呈块状包裹着种子。果皮中含有鞣酸和色素，一旦果汁污染了衣物，污渍将难以洗净。据说山竹上市的季节在五月至七月之间，但我在河内买来食用的时候是在二月。我曾在顺化的莫朗饭店住宿过两个星期，记得每顿饭都有山竹。山竹的味道近似于柑橘。

山竹树是一种小型乔木，树形呈圆锥状。大型革质叶，叶序对生，叶形呈长椭圆形。原产地在马来西亚。其成长极其缓慢，种植九至十年后才能结果。生长条件以炎热湿润的地带为宜，要求种植地土层深厚，土质肥沃且排水良好。若说山竹是一种高雅的水果，那么与它正好相反的果实就是臭气熏天的榴莲。这也是一种不得不提及的珍奇果实。

富冈另外还介绍了砂仁、人心果、菠萝蜜和番木瓜等果实的生态，并附上自己当年食用这些果实的回忆以及在热带地区的旅行见闻。富冈把手伸到床下取出那本农业杂志，翻到印着自己文章的页面看了许久。地处南国的大叻风物自然而然地浮现眼前。回想当年，如今生活的巨变越发令富冈感到茫然。

富冈把一万日元稿费一分为二，其中一份寄给了雪子。这笔钱竟成了堕胎的费用，富冈觉得十分讽刺。此时的富冈忽然怀念起那个与安南女佣生下后被自己抛弃在印度支那的孩子。想到也许今生永远不能相见，关于那个孩子的种种回忆在富冈颓废的心里激起一阵哀愁。

富冈放下杂志，刚从床上坐起，就听见有人咚咚地敲门。富冈冷冷应道：“哪位？”

“是我，雪子……”门外回答。

富冈去把门打开，形容憔悴的雪子手拿着湿漉漉的雨伞站在走廊上。

这么想似乎太过薄情，但对雪子的来访，富冈打心眼里感到麻烦极了。

四十三

等了三个星期也不见富冈来，雪子心中焦灼，也不管雨天的不便，毅然决定来找富冈。门一打开，雪子就看穿了富冈的表情，她知道不管怎么努力，与富冈的感情都将会在今日告终。雪子默默走进屋里。她没穿雨衣和雨靴，浅蓝衬衫配了一条藏青色裙子，汗毛浓密的腿就那么露在外面。

“是不是打扰你了？”

富冈把皱巴巴的睡衣前襟整理了一下，在窗旁坐下来，尽量努力用笑脸面对雪子。

“真难为你了啊……”

“应该说是难为了你吧。已经不需要卧床休息了吗？”

“啊，总不能一直住在医院里……好不容易才恢复过来。”

在印度支那的时候，只要是在没有旁人的地方，两人立刻依偎在一起，紧握对方的双手。而今两人的淡漠让雪子感到心寒。

“我在报上看到的。我实在不能再等下去了。你来信说一定去看我，‘你说我们还没有分手，只要那是你的真心话，就凭这句话，我也一定会去见你。'你在信中是这么说的。有这封信支撑着我，我才活了下来……"

雪子疲惫地坐在那里对富冈说道。富冈脸上的冷漠表情不见一丝变化，说：

"嗯，都是我不好。你的事我一刻都不曾忘记过。但是我为了阿世男人的事忙得不可开交，所以没能去看你……"

"照你这么说，如果我在医院吃尽苦头后就那么死了，你也是不打算来的对吧？"

"不，我不是那个意思。我想你应该没事，所以才放心……"

"撒谎！你撒谎！你这是对我撒谎来着。明明早就没有爱了，却没有勇气说实话，你别想用谎话来糊弄我。——你对阿世有那么深的感情吗……那女人到底哪里好？"

对阿世的满腔嫉妒让雪子浑身发抖。男人的铁石心肠深深刺痛着雪子。明知如果把心里话痛痛快快说出来，两人的关系将会彻底破裂，但雪子还是忍不住愤怒地说：

"明明不曾考虑过孩子的事，却又要我把孩子生下来的，难道不是你吗？你说归说，却没来看过我哪怕一次。我住院以后，你也不来探病。只要不在一起，你就可以把别人忘得一干二净。——只有这样见面的时候，你才说些讨好的话。那些个虚情假意的话也把阿世给迷惑住了吧？你这人哪，即便打算殉情自杀，到时候也只会眼看着女人死了，然后自己像个没事人似的走开。你让别人做了牺牲品，自己却是一副若无其事的样子。——我恨阿世！也恨阿世的男人。现在回想起来，我后悔当初为什么要去什么伊香保呢……我真是后悔死了。你这人哪……我是想着要把话说清楚了，必须来找你这一趟。我心里，我，真的是烦透了。心里好像完全麻木了。脑子僵在那里，一步也走不出来的感觉……那种感觉我也表达不清楚，恨你，又喜欢你，这让我很悲哀……"

雪子就那么坐着，背靠着床哭了起来。床"咯吱"响了一声。富冈一边呆望着窗外的风雨，一边听着雪子的哭声。你到底要我怎样呢？这女人难道是要凭着往日的回忆像个债主似的追讨下去吗？为着两人往日的回忆，如今她还想把回忆中的过去当成借出去的钱，指望着索回些什么。听着雪子的哭声，富冈突然感到心头火起：

"求你了，让我一个人静一静！我已经无能为力。我这个人已经只剩一个空壳了，你这样找上门来我也没办法。——在伊香保我们不是已经两清了吗？"

"我不要听这种话……我这不等于输给阿世了？别这样，你以前对我那么好……我不想就此分手……"

"跟我在一起，也会毁了你。从回到日本的时候起，我们就应当各走各的路才对。如今这世道，已经跟当年大不一样了。你只管向着你的人生迈步前行就好……"

"哎！你怎么能说出这么可怕的话来！你这人……你这不是要我在这里死给你看吗……我要是想走自己的路，早就不跟你来往了。——不过，你刚才说的这些，是你的真心话吧？因为厌倦了我，才会说出真相吧……不管你说什么我都不会感到惊奇了。反正就是这样了。也许是你跟阿世两人生活过的这间屋子里的空气在妨碍着你和我……如果，阿世的鬼魂出现在这里，我会告诉她：我一辈子都绝不会跟富冈分手……"

"喂！你声音太大了吧。这里是公寓楼，请你注意一点。阿世的事，现在已经无所谓了。她死了，倒让我落得一身清爽。这让我觉得简直对不住向井。这样一来我自由了，可以到任何地方去，可是向井却哪儿也去不了，现在还坐在一个没有自由的地方。你知不知道我现在心中有多么焦急，你就不能为我考虑一下吗？"

"凭什么要我考虑阿世男人的事，有这个道理吗？我才不要管他呢。我和你之间，关他们什么事呢？那是你自己惹来的灾祸，跟我有什么关系？你都胡说了些什么呀……"

雪子看得出富冈依然深爱着阿世，那副目中无人、只对阿世念念不忘的态度让雪子感到气愤。气愤到情绪几乎失控。好容易定下神来，雪子只觉得忽然间天旋地转，眼前一黑栽倒在地上。小腹传来一阵疼痛，浑身的力气好像被一点点抽走了。

富冈慌忙上前，用力摇晃雪子的肩膀。

"喂！你怎么了？身体不舒服吗？"

雨下得更大了，风猛烈地拍打着窗户。富冈把雪子抱到床上让她躺下。雪子额头上青筋凸起，嘴唇干燥而苍白，脸颊上的肌肉不停地抽搐着。富冈明白是自己说了太伤人的话。雪子仿佛整个人都成了一具病体。她的两手好像要抓住什么，十指就像蝉腿那样挣扎着，指甲上积着黑色的污垢。

富冈用铜盆打了水来，把湿毛巾放在雪子额头上为她退烧。富冈越发厌恶自己。突然希望自己有很多钱。雪子昏昏沉沉地睡去，富冈干脆在书桌前坐下来，拿起笔开始写那篇回忆印度支那的林业及植物的稿子：

关于槟榔和蒌酱，在安南流传着一段美丽的传说。

那是在安南国雄王四世的时代。朝臣高家有兄弟俩，名

202

字分别叫作阿棠和阿康。兄弟俩年幼时父亲就去世了，兄弟感情十分和睦。有一天卢姓人家的独生女儿来到高家做客，哥哥阿棠与姑娘一见倾心，不久即结为夫妇。

写到这里，富冈心头回想起与雪子初坠情网时大叻附近的高原景色。参观恩特莱的茶园时，雪子身穿红色条纹布裙的身影宛在昨日。无法想象，那个浑身散发着朝气、少女般美丽的雪子，到头来却是这样萎靡地躺在自己房间的床上。富冈心情渐渐平复，笔下出乎意料地顺畅，不久，便感到腹中饥饿。富冈从茶柜中取出面包，在电炉上煮了咖啡。

看了一眼茶柜上的闹钟，时间已近下午一点。嚼着面包，富冈忽地回头一看，躺在床上，额头上盖着毛巾的雪子已经醒过来了。

"你也吃点儿吧？"

富冈重新拿了一个杯子给雪子倒上咖啡。雪子睁着眼睛望着天花板。

"要不要起来喝杯咖啡？"

雪子顺从地起了身，接过富冈递来的咖啡杯。

四十四

到了傍晚，雨下得更大了。富冈的笔不停地写着：

我曾经驻守在大叻地区的山林事务所。在事务所的管辖范围内，卡西亚松的木材产量约一万五千七百立方米。当时，我们这些管理森林的官员，在军方的命令之下对当地森林进行了快速开发，甚至是相当野蛮的滥砍滥伐。

当时那些军官的一张张面孔在记忆中已渐渐淡去。

"从大叻到德兰再往前，终点站叫什么来着？"

富冈突然问雪子说。

雪子似乎没想到富冈写的稿子竟然是这样的内容。她顿时像活过来一般，急忙下了床。

"好像叫塔占……"雪子说。

"对，就是塔占……"

雪子对着富冈伏案而坐的背影端详了一会儿。

"你还记得吗？那个叫曼金的村子……"

"曼金？"

"你已经忘了？"

"哦，就是那个有安南陵墓的地方？"

"是的。距离大叻四公里，那里还有林业局的管理站。我那是第一次走在那么茂密的森林里呢。"

雪子走到富冈身边，探头阅读桌上的稿纸。

"写这些用来做什么？"

"靠这个挣钱呀。"

"这东西可以换钱吗？"

富冈从床边取出那本农业杂志递给雪子。

"你读读看吧……"

雪子接过杂志，看了看目录。视线落在了"富冈兼吾"几个字上面。她立刻翻开杂志读了起来。

"因为这篇文章得了报酬，我才起了兴致。寄给你的钱就是这篇文章的稿费……"

"真了不起！这是你写的？"

文章用通俗的笔致描写香蕉、山竹和榴莲的生态以及相关的回忆。

风雨交加的天气一直持续到夜里。窗外传来海啸般的声音，树木被吹得呼呼作响。雪子开口说要住一宿，富冈对此不置可否。就着吃剩的面包喝咖啡的时候，突然停电了。

点燃蜡烛放在桌上，两人像好友那样闲聊着，回忆起印度支那的往事。不时也有两人记忆不相符的地方。两人都想通过谈论往事，努力把往日的那份激情再度呼唤回来。等了很久也不见来电。蜡烛也烧完了，两人无奈只好爬上床躺下。窗户没挂窗帘，窗外不时被闪电照亮。雨滴拍打着板窗和玻璃，发出波浪一般的声响。

富冈心想这又得回到原来的老路上去，身子却坚定地躺着不动。雪子似乎焦灼地期待着什么，一次又一次地重复着曼金森林中的旧事。从种种回忆之中，那个热吻的滋味忽然在雪子的记忆中复苏了。然而富冈躺在那里一动不动，对回忆中曼金的景色之类毫无感喟。耳边听着雪子曼金、曼金地说个不停，富冈脑海里浮现的仍然是关于阿世的回忆。身材高挑的阿世躺在自己身边，毫不客气地把脚搭在自己身上，嘴里哼着小曲。那是阿世最后的模样，此刻仍清晰地浮现在富冈眼底。

听旅馆的人说，阿世的遗容半睁着眼，舌头耷拉在外面。因为阿世的遗体已被送去解剖，富冈没能亲眼见到。他忽然想念起阿世那厚实温暖的身体，然而她已经不在人世……黑暗中，富冈感到喉咙里正涌起一股热流。

"哎，你还记不记得，大叻的那个网球场下面，华侨别墅里的庭院？"

"啊。"

对富冈来说，什么大叻，什么华侨的别墅，现在都已无所谓了。雪子的意思是，如果记得，就该你接着往下讲了。雪子的天真让富冈感到不快。往日的旧梦已经无关紧要。如今怎么可能依然紧抓着那些旧梦不放手呢？比起回忆往事，富冈更思慕阿世壮硕的肉体，他不由得长叹一声。

通过阿世，自己才知道了什么是真正的女人。富冈发觉眼泪正顺着眼角流下来。

雪子用手轻轻触摸富冈的胸口，富冈抓住她的手，将它放回原处。

"怎么啦？不行啊？"

"嗯。今晚累了，我想好好睡一觉……"

雪子缩回手，又依偎在富冈怀里央求了一番。富冈想起曾经读过的一段记述：若想知道天然葡萄酒的酿造质量，并没有必要把一整桶全部喝光。重修旧好是不可能的了。现在富冈对除了阿世之外任何人的肉体都提不起兴趣，身体并不感到饥渴。富冈在不知不觉间沉沉睡去。

在阴森的梦境里，仿佛正穿行在昏暗的水底，富冈见到了阿世。她半睁着眼睛，舌头长长地耷拉在外面。那模样虽然可怕，却有一种说不出的妖艳。富冈在水中抱住她，感觉到她修长的腿绕在自己身上，她的手臂也缠上脖颈。富冈感到阿世冰凉的舌头触在脸上，不禁"啊"地惊叫一声。

富冈被自己的声音惊醒了。

雪子的身躯沉重地压在身上，被眼泪打湿的脸颊紧贴着富冈的脸。

四十五

翌晨富冈醒来的时候，雪子已坐在阿世的小梳妆台前化妆。外面雨过天晴，天空呈现着秋天常有的明澈碧蓝。

富冈躺在床上看雪子化妆。有种近似于悔悟的感受沉重地压着他，像要把他拖到泥沼里去。

雪子毫不介意地用着阿世的粉饼和粉扑。雪子的不拘小节让富冈心中很不痛快，他觉得女人这种动物实在是粗钝且不知羞耻。富冈心想，雪子竟然可以满不在乎地把死去的阿世的化妆品随便拿起来就用，这种不拘小节的行为或许是女人独有的作风。不过，比起雪子的所作所为，自己岂不更加令人厌恶？在阿世的床上度过这可疑的一夜让富冈感到懊悔，他不禁在内心里深切地反省起来。犯错的不是雪子而是自己。坐在镜子前的雪子显得瘦骨嶙峋。曾经浑圆的膝头瘦削了许多，平添了许多岁数。胸脯也单薄了。头发是一种缺乏润泽的焦黄色。额头宽得有些夸张，眼角也耷拉着。

富冈慢腾腾地起了身，像是害怕惊扰楼下，只见他轻手轻脚地下楼洗脸去了。雪子还在化妆，眼泪就突然涌了出来。昨夜她已清楚地知道，不管做什么都已无济于事。富冈连做梦都在喊阿世的名字，一切已无从挽回。雪子终于明白，对富冈而言，印度支那的回忆早已烟消云散。

十点过后，雪子带着满心的不快离开了。富冈推说太累，也不去送雪子。雪子也觉得累，累得浑身发软。她迷迷糊糊拖着就像泄了气的皮球一样的身体，高一脚低一脚地走到车站。想到今后该如何生活下去，雪子只觉得心中孤苦，就像掉入了一口深井。雪子心想，既然到了这般走投无路的地步，干脆横下心到伊庭那里去，暂且在大日向教当个秘书过活算了。

然后，又是无所事事的五天过去了。

伊庭来信催促，让雪子尽早过去。雪子决定去看看大日向教是个什么样的地方。富冈那里依然没有音信。富冈曾答应雪子，若是还剩下一丝情意，自己会主动去找她。想必这个约定他还是会遵守的。不管与富冈是否还有缘分，眼下只好去投靠大日向教。这么想着，雪子的心渐渐松动了。

这天的天气热得像是要把人都烤焦了。

雪子一路询问着，找到了位于池上的上町三区××号的大日向教。那地方的确如伊庭所说，买的不愧是银行家的宅邸，花岗石的门柱上安着铁格栅门，通往门厅的小路上铺着厚厚的砂砾。庭院中的树木修剪得整整齐齐，甚至还有一间白铁皮屋顶的崭新车库。雪子从侧门走进院子，看见一个教徒模样的干瘦的中年女人，头戴一顶大草帽，正在庭院中拔草。门厅的屋檐下挂着一块巨大的柏木匾额，上面题着"点睛"两个绿色的大字。拉开玻璃拉门，只见门厅的瓷砖地板上摆着一大排木屐。

门厅正面放了一架新灿灿的腾龙屏风。在屏风后面的桌前伏案工作的，是在妇科诊所曾见过面的大津下。她脸上抹了厚厚一层粉，身穿藏青色上衣和长裤，看样子正在写什么东西。这门厅进深很长，迎面吹来一阵冰凉的穿堂风。里间好像正要开始祈祷，传来一阵喧闹而杂乱的诵读声。

四十六

若不是听得见一阵阵仿佛远山中野兽低吼的祈祷声，这门厅几乎给人一种置身于乡下医院的错觉。大津下看见雪子，立即站起身来，说道："欢迎欢迎，教长大人等你很久了。"说着从鞋柜里取出一双新拖鞋，摆在雪子面前。

大津下表情严肃，一副沉稳的做派，仿佛坐在那里已经很多年了。

"怎么样，习惯了吧？"

雪子边换拖鞋边问。

大津下仿佛一个从娘家带来许多财产的媳妇，端了一副奇怪的架势。她并不回答雪子的问题，只说了句"这边请"，就带领雪子向走廊深处走去。走过那条只有三尺宽的昏暗走廊，来到拐角处的房间门口，大津下两手挂地跪下，向着屋里说：

"教长大人，雪子小姐到了。"

雪子觉得这阵仗实在荒唐。房间里伊庭"哦"了一声。大津下拉开木门，只见一个六十多岁的男人横躺在一条军用毛毯上，伊庭正伸出两手罩在男人身体上方。大津下从房间角落拿来一个单薄的茶色棉布坐垫，铺放在房间入口处，并示意雪子坐下，然后就悄无声息地消失在了木门外。这里的一切在雪子看来都非常奇特。躺在那里的老人紧闭双眼，嘴一张一合地喘息着。他有一张青黑的脸，头发乱得像枯草，额头上长了颗大黑痣。身穿开领衬衫和灰色长裤，光着脚。

伊庭穿着一件跟大津下样式相同的黑袍，也闭着眼睛。

"听好了啊……大日向之本愿乃不择老少善恶，唯向信心笃厚者施加庇护。其慈悲之心，志在扶助烦恼炽盛之众生。不以现世之善恶为念，只需念诵大日向之圣名，善者当无神佛之上者，恶者则不可畏。人之恶，以病恶为最轻者也。病恶乃人眼可见之恶，如见自我道程之路标。心之恶则眼不可见，手不能持，此乃地狱之恶也，可谓业障。病恶轻微，若日夜念诵大日向之圣名，较之任何修行更能吸取强大天力与地力。大日向之本愿即在于此。唯愿向病恶轻微者伸出援助之手……"

伊庭念念有词地说了一通，然后把颤抖的双手放在老人的肩膀上，接着又更加剧烈地抖动起来。老人张开嘴开始吸气。

"嘴再张开一点，张到最大！要把空气中的能媒吸进来。现在，大日向的能媒正从我手里大量释放出来……"

雪子一动不动地望着他们，心想伊庭是不是疯了。伊庭不时地睁开眼睛，弓着身子凑近老人的面孔。

"烦恼具足之众生，终究难离生生死死。请予怜悯！请予怜悯！请予去除病恶之正因！请赐予大日向之慈悲！"

这样的念诵又重复了几次之后，伊庭抖动的手停了下来，放在老人的头部。"请起。"伊庭说着，轻轻拍打老人的肩膀，一边扶他起身。老人露出浑身舒泰的表情，在毛毯上缓缓坐直了身子。伊庭从壁龛里的佛像上拿起一块白布擦了擦手。

老人舒展了身体，又跪坐在原地向伊庭深深行了一个礼。

"怎么样？舒服多了吧？"

"啊，舒服多了。真有神清气爽的感觉。"

"再继续做四五次，一定会大有好转。你的病不轻，不是一朝一夕就能治好的。我们大日向教绝对不会像社会上那些骗子那样，宣扬什么当场见好之类的大话。我们要看患者是否有毅力坚持祈祷，然后才能帮助他去除病恶。"

"我明白，不管多少次，我一定前来参拜。"

"您的诚意很好……"

"请问今天的清诊费我该供奉多少呢？"

"我们可不是医院。免费治疗，慈悲为怀，这是我们大日向教的信条……对没有钱的人我们分文不取。有钱的人呢，给多少都可以，我们会用于祈愿，为他去除诸恶。"

伊庭说着，不慌不忙走回书桌前。老人显得十分困惑。伊庭不失时机地把一册登记簿递到老人面前。

"这是我们之前收到的清诊费记录。您可以参考一下……"

老人毕恭毕敬地接过登记簿，放在膝上翻阅。一个身穿黑色裤裙的瘦弱少女端了茶来。

登记簿的第一页上写着前任某大臣的名字，清诊费为五万日元。那个大臣因战犯之罪已不在人世。登记簿上的署名是否真实，从字迹上看十分可疑。老人对着那本子看了一会儿，然后把本子放在毛毯上，拿起一旁小桌上砚盒里的毛笔，在登记簿上写下"五百日元整"几个字。

老人付了五百日元的清诊费，郑重地向伊庭询问了第二次诊疗的日期和时间后就告辞了。

听着老人的脚步声渐渐远去，雪子松了一口气。

"你们这生意做得也太容易了吧？"

雪子笑着说。实际上，伊庭直到最近还是一个跟任何生意都无缘的懒人，也不知刮的什么风，他竟然随便抖动一下双手，念几句可疑的祷词，五百日元就到了手。不得不说这生意实在太好做了。

若是往日的雪子，早该一脚踢开坐垫，冲到屋外去了。伊庭从书桌里拿出洋烟点上一支，盘腿坐下来。那盘腿的样式有个名字叫"河内山"，看起来格外粗俗。

"怎么样？这世道很有趣吧？没什么大不了的。人这东西，只要让他信服你就够了。变个戏法而已。有模有样地把大日向的能媒喷洒上去，病人就能活过来。像过去那样拿月薪的生活我大概已经回不去了……普通的百姓哪能有神佛加持，因为自己没有，就会想出点小钱，去买神佛的慈悲。掌握了这一点，我们就制造一种名叫大日向教的商品出售给他们。大家还不是欢天喜地地买回去……"

雪子大为讶异。伊庭战后的心理变化，和现在的自己也有共通之处。雪子要了一支烟点上。宽敞的壁龛里挂着一张字体奇特的条幅。景泰蓝花瓶里插着一枝赤松。约十帖大小的房间正中铺着一条军用毛毯。看得见套廊的拉窗前面放着伊庭的书桌，一旁放着一个中国式的小茶几。大概是天花板设得高的缘故，房间非常敞亮，通风也好。窗外的小庭院可能是中庭，狭窄的庭院里晾着衣物。

"万一有人觉得奇怪，引来报社记者你们怎么办？"

"那有什么？那判别还不容易？只要是形迹可疑的人，我们一分钱都不会要他的。"

"你们眼光那么厉害？"

"那当然了，做的就是这种买卖，是个什么样的人，我立刻就能看破。"

雪子觉得，这种类似于酒水买卖的骗人把戏大概很难长久。不过，战败以来，社会上到处都是丧失了目标的人们，所以也会有这样一些心理异常的人出现吧。

"身体怎么样了？"

"想让我也交几个清诊费请你治疗是吧？"

雪子抽着烟笑了。心想跟富冈之间的问题，在自己这方依然不能算是得到了解决，为了一时之需，先给伊庭打打下手也不坏。对从事一份正经像样的职业，雪子已经没有信心。不管大日向教是个什么玩意儿，若只求找一个生活依靠的话，比起在酒吧或咖啡馆当女招待，在这里给他们那神神道道的工作帮忙，可能更轻松一些。

对这世界上的一切，雪子都感到厌恶，甚至有心就此把富冈往死里诅咒一番。败给阿世的事实让雪子觉得即使活下来，自己也只会在懊丧的心境中备受煎熬。假如自己死了，富冈反而会感到惋惜吧。

"你怎么憔悴成这样……"

"嗯，多吃点好东西，好好休养一下，我也会像你一样发福的……女人嘛，如果没人为你花钱，怎么能漂亮起来呢？"

伊庭一边挖耳垢，一边无声地笑了。祈祷像是已经结束，传来一阵鼓声。不一会儿，大津下来叫伊庭。

雪子也跟随伊庭来到大厅，只见三十多个男女信徒在屋里围成一圈站着，迎接教主和教长。这里好像是新增设的房间，足有二十帖大小，铺着木地板，还闻得见木材的清新香味。祭坛上供着一尊三面佛，两旁挂着紫色的锦幕。锦幕后边是一面闪闪发光的新月形神镜。

在祭坛前方，教主成宗专造端坐在一把中国式的高脚椅上。他身穿僧衣样式的黑衣，胸前别着一枚带有新月和向日葵组合图案的金色徽章。

伊庭站到教主身旁，向信徒们行了一个礼，说道：

"各位免礼……"

信徒们闻声在地板上坐下来。雪子也在末席坐下。伊庭坐在一把藤椅上。这气氛好像小学校的礼仪课。教主敲响桌上的钲，口中念念有词，稍后，又把桌上的一张纸摊开，说道：

"今天，我给各位讲解第三章，大日向之神意。请各位信徒穿上法衣。"

信徒们各自把膝上放着的一件紫色无袖的衣服展开，披在身上。那披肩式的衣服，就像旧时商号的制服只剩下衣领部分的样子。

"第三章圣言曰……各方世界之境，归而为一，人者，以诚心相交为道。大日向之神，自地狱拯救之，以娑婆之业授之。若仰赖他力，又无真实报土之心，此中之人，将遭受地狱之往生……"

凉风从敞开的玻璃窗吹进来。园丁慢慢修剪庭树的声音听起来十分悠闲。

"人各有五十年之岁月，皆为牺牲修业累积之结果……"

雪子在木地板上跪坐得累了，悄悄换了坐姿。

四十七

富冈为清吉请了律师。因为除了这样对清吉尽一份力之外，他也没有别的方式可以表达对阿世的祭奠。雪子那里曾有信来，没完没了地要求再度重修旧好。然而富冈对雪子只有甚至超出陌路人的淡漠。最近雪子好像正热衷于某宗教。富冈觉得那也不坏。住在曾与阿世朝夕相伴的房间，富冈并无离开这里的想法。每天只是躺在床上，给农业杂志写稿。稿子写成后，多少能得一些稿费。富冈目前对这个无须见人的工作十分满意。那种有工作在身，每天总有一段固定的时间受到约束的生活令他感到窒息。朋友的公司那边，也不打一声招呼就再没去过。妻子邦子的来信还没开封就扔到了茶柜上面。对病卧已久的妻子，富冈现在不抱任何感情。对年老的双亲，明知他们过着坐吃山空的日子，富冈也无能为力，只觉得耐心和毅力都已耗尽。变卖住宅的钱大半都因木材生意失败而失去了。剩下的部分大约仅够节衣缩食度过一年半载，富冈也全都交给了家里。

躺在床上打开粗糙如草纸的稿纸，富冈开始写一篇关于漆树的随笔。有关南方的回忆，一切都仿佛只是在记忆的海洋里航行。

"漆树的产地仅限于日本、中国、印度支那、缅甸和泰国。"富冈用铅笔在开篇写下这样一行字之后，忽然感到脑子发麻。最近不时会觉得头晕，可能是没有按时吃饭的缘故。富冈越来越感到自己肉体上的衰弱。等写完这篇漆树的稿子，还得指望它挣一万日元的稿费。富冈不禁感到焦躁，大脑却不听指挥，心里渐渐生出"漆树的产地什么的，见鬼去吧！"的念头。

富冈突然笔锋一转，开始回忆往事：

战争期间，我在东京[1]首府河内工作的时候，曾到过一个名叫富寿的小城。

富寿位于河内西北，距离河内约一百三十公里。这里拥有足以称傲世界的漆树园。

漆树学名 Rhus succedanea，我国通常叫作琉球栌，在东京则称之为"开宋"。在富寿，就像日本的养蚕地区一样，这里的农家通常以栽培开宋树为副业。在过去的日本，安南漆别名壶漆，因其品质粗劣且价格低廉，漆器的老字号商铺大多对安南漆敬而远之。战争期间，日本漆产量不足，人们才争相进口安南漆。我在富寿的漆树园虽然只考察过数日，但我认为，现在的日本如果能够重视漆树造林，把它当作农家的一项副业来发展的话，日本的优质漆一定能远销欧美。安南漆干燥度极差，若不在技术上做进一步改良的话，那世界第一的漆树之城今后将令人遗憾地走上衰退之路。但是，安南漆低廉的价格是日本漆无法与之匹敌的。富寿的农民们把采割的生漆送到城里的集市上，将之卖给中间商。在富寿的生漆市场上，生活日用品也应有尽有。每逢集市，整个市场如同打翻的玩具箱一般热闹，颇有淳朴之美。来赶集的农妇和孩童们个个打扮得花枝招展。

写到这里，富冈放下了铅笔。对日本现在这种如同倒退回上个世纪的生活，富冈感到索然无味。远赴海外的心愿如今已化为

---

1 东京，这里指法属印度支那的旧行政区名。位于今越南北部一带。

空想。如此度日的话，将无法寻到一个可以逃离的地方。这才是我原本的归属之地，富冈一边这么想着，一边用小刀削着铅笔。视线忽然落在闪亮的刀刃上，写漆树随笔的心思也没有了。就算日本漆出口到海外，又能怎样？日本漆产量太低，根本无法与安南以及中国相比。富冈翻身躺下，一动不动凝视着刀刃。阿世已死这件事令富冈越来越感到心痛不安。阿世活着的时候，两人总是不停地争吵。然而清吉像一头猎犬突然跳了出来，一阵乱撞，把阿世这只"野兔"给掐死了。自己就像那藏在隐蔽处的猎人，凭着一时兴起把阿世虏获。想来是自己太过狡狯。清吉几乎可说是受到挑唆才犯下杀人之罪。富冈把刀刃在手腕处的动脉上比画了一下，但也并不想一狠心把刀子插进去。

从一大早就没吃东西，富冈感到恶心想吐。稿子写不下去了，于是缓缓起身，穿上一件脏兮兮的无领衬衫和一条黑色哔叽长裤，走下楼去。从楼下鞋箱取出阿世的木屐，套在脚上走出门外。天色已近黄昏，夕阳把街道照射得像白昼一般明亮。富冈漫无目的地走到车站旁，来到一家小酒馆前，掀开绳编的门帘走了进去。他想狠狠醉一场。叫了一杯烧酒，一口气喝干，又接着叫了第二杯。店里没有别的客人。从后面厨房里飘来一股烤鱼干的味道。一个店老板模样的中年人正在吧台后面低声训斥一个十五六岁的姑娘。姑娘面朝着墙壁的方向，看得见她的侧脸上气鼓鼓的表情。她不时地伸手把短发往耳后拢一拢。

"竟然敢对我甩脸色！你不知道这社会有多复杂，现在就跟男人鬼混！你昨晚在哪儿过夜了？"

富冈喝着烧酒，呆呆地听着父亲责备女儿。

"到底在哪儿过的夜？"

姑娘低头沉默着。富冈叫了第三杯酒。强烈的醉意袭来，心情似乎也开朗了许多。盘算着一个人看场久违的电影，好好消遣一番。那个小姑娘端来第三杯烧酒。小姑娘肤色浅黑，脸上没化妆。漂亮的大眼睛，模样十分端丽。不曾修过的眉毛又黑又粗，好像用毛笔书写的"一"字。小姑娘把酒杯放在吧台上，望着富冈微微一笑。她有一双水灵灵的眼睛。

三杯烧酒下肚，在一种似乎连人生观都全然改变的酣畅中，富冈走出那家小酒馆。醉意让他忘记了一切。富冈跌跌撞撞漫步在街头。今夜回去之后，要一口气把漆树的文章写完，然后要亲自把手稿送到农业杂志社。

富冈步行至三轩茶屋 [1]，走进一家电影院。那里正在放一部名叫《银座三四郎》的电影。男主角是个医生，苦于不能忘记过去的女人，时常借酒消愁。富冈醉眼蒙眬地坐在电影院的角落里，心想这真是个痞子气的医生。银幕上几个银座地痞正纠缠女主角，男主角跟地痞们对打起来，最后把他们一个个扔进河里。有个餐馆的姑娘似乎很喜欢这个痞子气的医生，但两人相遇总是吵个不停。这倒很像阿世。虽然长相并不相像，但性格跟阿世十分相似。因为喝醉了，富冈对电影的来龙去脉始终没弄清楚。他兴味索然地走出电影院，四周还有微微的光亮。

也不知几点钟了。近来因为没有手表，富冈彻底失去了时间概念。探头看了某家商店的时钟，将近八点。竟然这么晚了，漫无目的地闲逛了一阵，仍觉得酒没喝够，离酩酊大醉还差了几步。富冈折回电影院的方向，来到车站附近的市场，进了一家木板搭

1　三轩茶屋，地名，位于东京都世田谷区。

建的小酒馆。

富冈踉跄着走进店里，里面狭窄得像个小盒子。一个中年女人脸上抹着跟年龄不相符的浓妆，亲切地把自己的小坐垫铺在椅子上给富冈坐。

"大婶，来杯烧酒。"

"哎，您心情很不错嘛。已经在哪里喝过了？"

大婶说着斟了满满一杯烧酒，富冈慢慢地把酒杯凑到嘴边。店前随风摇摆的灯笼上，写着"佳木斯酒馆"几个字。

"大婶，您从满洲[1]撤回来的？"

"啊，是呀。您怎么知道？"

"噢，灯笼上不是写着佳木斯嘛……"

女人长得小鼻子小眼，眼圈发黑，额头的头发已经稀疏，脖颈上抹了厚厚的粉。她身上只穿了一件和服单衣，胸前系着带花边的围裙。柜台上放着干烧鱼、火腿片之类的吃食，还点缀了几个煮鸡蛋。富冈用手指夹了大盘里的一块火腿，放进嘴里大嚼。

"我的确是撤回来的。就这么孤身一人回来了，一贫如洗啊。别看我现在这副模样，我在佳木斯可是当了十年教员呢……人生可真是难以捉摸啊。这生意我做不惯，大家都说我这是外行人做买卖呢。"

"大婶您今年几岁了？"

"那，您看我几岁了？别看我这副模样，我还年轻啊。因为吃了太多苦，显老……"

---

1 满洲，旧时指中国东北一带，清末日俄势力入侵，称东三省为满洲。

"女人的年龄我也弄不清啊。四十岁左右？"

"唉，真叫人伤心啊！我看起来就那么像老太婆了吗？我这才三十五啊！我还想着今后要好好享乐一番呢……"

富冈一听三十五岁，不禁为女人的谎言吃了一惊。内心里其实以为她五十多了，这还特意为她少说了十多岁。

"哦？那真是失礼了。三十五啊……那还年轻嘛。前途大好啊。您说跟丈夫失散了？您这么漂亮水灵，真看不出来啊。"

女人嘿嘿地笑了起来，往小盘子里放了两片火腿递到富冈面前。

"是死别呀。自从在佳木斯分手后就再没见到。我丈夫在一个叫宝清的地方的协和会工作，我们当时就分手了。对以前的丈夫什么的，我早就无所谓了。"

第二杯酒端了上来。

富冈已经烂醉如泥。明知这世上所有人的人生都如同身处旋转舞台一般，但这世道也真可悲，竟然会在这里遇见一个曾远在佳木斯做教员的女人。富冈不时地伸出手去，一遍又一遍地说："喂，大婶！握个手！"

"大婶，您丈夫真的已经死了吗？"

"当然是真的啦。我在朝鲜遇见跟他在同一个协和会工作的人，我可是亲耳听他说的……而且是用猎枪自杀的。"

话题真是越复杂越有趣。富冈喝了第三杯烧酒后彻底醉倒，趴在了吧台上。

四十八

一直到秋天，雪子都在大日向教负责会计工作。大日向教的内幕犹如一团乱麻，简直到了无法言说的地步。教主专造对金钱十分吝啬，简直就是个守财奴。他总是为钱的事跟伊庭不断上演着激烈冲突。雪子对两人的性格了然于心，时时不忘为自己捞取适度的储蓄。

不论专造还是伊庭都随时挂在嘴上的一句话是：人生在世，金钱决定一切。有时雪子也不禁讽刺说："这哪是大日向教，明明是大金钱教嘛。"雪子的身体已完全恢复，皮肤也有了光泽，就像变了个人似的焕发着活力。大津下成了专造的情妇，雪子也在不知不觉间跟伊庭恢复了往日的关系。伊庭把老婆孩子送回静冈乡下，现在为雪子在教会附近买了一幢小房子。雪子对伊庭没有丝毫的爱，倒不如说她甚至是恨着伊庭的。在那宽约三间 [1] 大小的房子里，请了一个信教的阿姨照管。雪子独自住着，从那里到教会上班。雪子已经攒了大约十万日元。成日被灌输"人生唯有金钱可靠"的信条，雪子自己也慢慢开始懂得理财。大日向教的信徒日渐增多，如今已拥有相当的势力，正变成街区内的一大招牌。

雪子难免会不时地想念富冈，然而几次给他去信都石沉大海。和富冈之间，无论如何都无望恢复往日的爱情，想到这一点，雪子才发觉现在的生活对自己其实毫无幸福可言。虽然过上了要什么有什么的好日子，但雪子总是沉浸在一种饥渴的心态之中。

1　间，日本旧制长度单位。一间约等于一点九米。

一个雨夜，雪子从教会回来，脱去黑色制服，换上半长的夹衣，在起居室跟信徒阿姨一起吃饭。雪子的目光落在了火盆旁边的晚报上，上面印着一条农业杂志的广告。广告里有"漆的故事 富冈兼吾"的字样。雪子想起某时在阿世的住处，富冈曾给自己看过那本农业杂志，她立刻吩咐阿姨到附近书店去买了一本来。

　　富冈的文章虽然稍嫌生硬，却十分浅显易懂。文中提及的那些两人共有的安南旧事让雪子不禁心潮起伏。读着这篇《漆的故事》，恨不能立刻跑去见他，但内心里还有一个正跟阿世的亡灵较劲的自己，不肯事到如今还主动上门去拜访富冈。然而雪子也知道，平日里心中的饥渴，若是见不到富冈，将无法消解。雪子心想：对他的落魄，我数落得太过分了。不管阿世对他来说是多么难能可贵的女人，我也决不能输给她。为什么不论富冈还是自己，都在一步步走向崩溃呢……也许两人都过于沉溺在遥不可及的旧梦之中，才会变得如此相互厌倦。隔在两人之间的若只是阿世的问题，那么当初两人也不会落到决意寻死的地步。自从那桩事件以后，时间已过去了两个多月。这时候，富冈也许已经从阿世亡灵的阴影下解脱出来了。

　　"阿姨……你看这个名字，他是我过去的恋人呢。"

　　正在收拾碗筷的阿姨把杂志拿在手上，顺着雪子的手指看见了目录。阿姨名叫阿繁，原本靠卖鱼为生，在战争中失去了两个儿子，老伴也在今年春天过世了。因为接踵而来的不幸，她开始信奉大日向教。伊庭看中她能够守口如瓶，便提拔她到雪子家来做了女佣。

　　"这个字怎么念？什么的故事呀？"

　　"漆的故事。这个字念'七'，就是托盘呀、汤碗呀上面涂的那层漆啊。"

"您以前的男人原来是做漆器生意的吗？"

"不是的。他是农林省的官员，很大的官呢……打仗那会儿，我在农林省当打字员的时候，被军方派到印度支那。我在那里遇见了他，我们相爱了。"

雪子说着说着，心中伤感，不觉间眼角也湿了。

"战争结束后，我们吃尽苦头，各自回到国内。也不知道为什么，在南方爱得那么激烈的两个人，被国内的风猛地一吹，关系反倒疏远了。有一次，他说'两人一起去死吧'，我们就到伊香保去寻找殉情的地方……"

阿繁一边用抹布在矮桌上慢慢地擦着，一边倾听雪子诉说。

"我们在伊香保钱不够用了，他找到一个酒馆老板，把手表卖给了他。然后他就中邪了，跟店主的老婆有了暧昧。男人这东西，都打算去殉情了，心里还会有那样的迷茫吗……为了这件事，我对他完全失去了信任。——从那以后，我就破罐子破摔了，日子难熬得简直喘不过气来。我根本不喜欢伊庭。不论是谁，饿着肚子，就只能自甘堕落。心里饥渴得就像一匹狼那样。就算是相亲相爱的两个人，都处于一种饥饿状态的时候，两人也会开始变得厌恶对方吧……就好像乘坐平静海面上的船不会晕船，但如果是暴风雨中的船，不管你多想有一趟美好的旅程，也还是忍不住会想吐……就是那么回事吧……虽然我又回到伊庭身边，现在也没有什么好吐的……我还是讨厌他！他比我还坏呢。我自己也变坏了，可是他这人比我还坏啊！教主也是个坏人。阿姨你被他们欺骗了啊……"

"啊，我明白。可我要是不信仰大日向神就没法活下去。

我信仰的不是教主大人和教长大人。他们两位的事也没什么大不了的啊……"

"信仰大日向教，但是不信仰教主和伊庭"，雪子被阿繁说得心上一热，感觉自己之前那些自以为是的想法几乎被推翻了。

"就是这样啊。我只相信眼睛看不到的大日向神。"

"可是，哪儿都找不到一个名叫大日向的神啊，对不对？"

"不是的。有一次，我看着我的手指甲，忽然就想，就算你能发明多气派多方便的东西，可哪怕是自己的一个手指甲，也有它的灵验在里面。人的指甲其实比原子弹还可怕。我真的是这么觉得的。我就想啊，人的身体里一定有神在。不管怎么说，那些科学家，他们连一个手指甲也发明不出来，不可能做得这么好……这指甲是自然而然地从爹娘那里生出来的啊。如果没有神，这个世界也不会有人生下来吧……人天生就有这样那样的烦恼，所以我非得要相信着什么，才活得下去。雪子小姐，您也别迟疑，请直接到您心上人那里去，把心里话详详细细对他说清楚了就好。您说是不是？男人呀，他们不那么迷信，活得也不容易。只要女人好好对他说，他还是会懂的吧。我说的好好说其实并不是要说些什么，你只要坐在男人身旁，照护着他就够了……"

雪子嗤嗤地笑了。这么发自心底的笑好像还是第一次。

四十九

《漆的故事》好歹挣到了稿费，富冈总算得以苟延残喘。拖欠的房租付了一小部分，剩下的钱勉强可以维持大约两个月的生活。富冈现在习惯了孤独的生活，开始动手给农业杂志写一篇从前就打算要写的稿子，内容是关于一个农林技师的回忆。他打算着以这篇稿子为主，写一部有关南洋林业的回忆录。在印度支那的时候曾做过大量的研究笔记，可惜一本都未能带回来。如果能够循着当年的记忆把这篇稿子写好，而且杂志社愿意出版的话，富冈想把它赠给死去的加野。同时他还暗藏着一个心愿，想把这部回忆录献给那些已经化作了印度支那的泥土的人们。

不论属于哪个阶层的安南人，都对自然有着强烈的信仰。他们认为一切自然或社会现象都与神灵息息相关。神灵的活动左右着人生在世的一切遭遇，而且祸和福都由神灵的告示所决定。这也是安南人的生活信条。

富冈回想起刚刚抵达大叻林业局事务所的那一天，局长向他介绍了加野。加野桌上放着一块小小的木片。

"富冈兄，您见过真正的枷罗木吗？"

说着，加野把那块小木片凑到富冈鼻子前，然后又笑着说：

"我来到战地，无法触及女人的肌肤，所以开始研究香木。很风雅吧……"

富冈打算从抵达印度支那后第一次见到枷罗木的回忆写起。日本的所谓枷罗木在中国叫作沉香。这也是从加野那里了解到的知识。富冈有一次到西贡的农林研究所去，在位于植物园附近的卢梭街的林业部长办公室里，见到一块鲣鱼干那么大的枷罗木。莫朗部长说，法语称之为 bois d'argile。中国早在汉武帝的时代就开始使用沉香，印度、埃及、阿拉伯等地也是自古就有。安南人的神灵崇拜从随处可见的寺院也可窥见一斑。寺院里时常用枷罗木焚香。据说枷罗木与同重量的黄金等价。安南南部出产的是最上等的枷罗木，富冈还记得刚认识雪子的时候，曾把一块小指大小的枷罗木片放在她的枕头下面。在一处安南寺院，僧人为了报答富冈送的鼻炎药，特意分了一小片枷罗木给他。富冈觉得安南人的宗教与熏香之间似乎存在着某种神秘的关联。

稿子进展到约两百页。随着稿子的进展，富冈开始明白，雪子的问题其实跟印度支那的那片土地并无干系。反倒是安南女佣和孩子的记忆唤起了他心中的思念。到如今，只因那片土地的气息惹人怀想，印度支那的景色才会如此难忘吧。

这段时间富冈到看守所去探望清吉的次数也越来越少。这一个月以来还未曾去过。富冈觉得在一个个转换不定的焦点之下，自己仿佛一粒还未完全燃烧就散落在巨大的社会齿轮之外的灰烬。身为囚犯的清吉，拥有自由之身的自己，两者之间其实并无不同。倒不如说，囚犯清吉才是真正的善人，而像自己这样被放置于社会的人才是真正的犯人。这么想来，富冈对刑法的所谓良心也不禁感到怀疑。杀死阿世的元凶分明是自己，被捉拿的却是那充当了猎人走狗的清吉。他莽撞无谋地为自己的人生选择了一条死路。富冈每当想到清吉的事，就会为无法保持良心的平静而焦躁不已。清吉的犯罪是行动上的犯罪，而自己的犯罪难道不能称之为行动上的犯罪吗？

富冈对清吉感到最为意外的是，每次去探监，他都是一副神清气爽的模样。律师曾说清吉是个阴郁孤独的人，富冈觉得无法相信。——即便不特意去考虑清吉的问题，富冈在工作忙碌的时候，眼前也会浮现他的笑容。猎人的狗被关了起来，猎人去探望，那狗却若无其事……细想他的那副表情，富冈不禁感到一丝恐惧。

加野当初被西贡宪兵队逮捕的原因也近似这猎人与猎犬的纠葛。如今加野早已成为冥府中人。他最后卧病在床的时候，富冈不曾去看望过一次。两人还未和解，加野就在寂寞中死去了。

只有雪子到横滨去看望过加野。听雪子说，加野为刺伤她的事道了歉。回想过去的种种，对于自己的卑怯，富冈感觉心上仿佛已结了一层疮痂。

天黑之后，富冈克制不住地想喝酒。以一天写五六页纸的速度，南洋林业的回忆录一时半会儿还变不出稿费来。酒瘾上来的时候，富冈就变卖阿世的家具和衣服。卖了茶柜，卖了旅行箱，最后连阿世的衣服也卖光了。那个眼睛水灵的姑娘所在的小酒馆已去了七八次，富冈和姑娘也混熟了。有两次，姑娘还到富冈的住处来收酒钱。

富冈写稿写得烦腻，取下墙上挂着的汗巾，打算到很久没去的澡堂洗个澡。透过墙壁传来一个女人略带嘶哑的笑声。短短一瞬的遐想把那笑声变成了阿世的声音。那是在深夜的伊香保，两人手牵手顺着狭窄的石阶向下走的时候，阿世发出的矜持笑声。富冈正竖起耳朵倾听墙那边的笑声，只听有人喊"叔叔"。是酒馆那个大眼睛的小姑娘。她怀揣着两三本杂志正从门口朝屋里探头看。

"怎么是你啊……"

"您一个人？"

"哦，是一个人呀。什么事？来催酒债吗？"

"我来玩儿呢。"

"哦……"

富冈心想，这孩子胆子真大。姑娘立刻跑进屋来，把手里拿着的脏兮兮的木屐放到了床底下。她肆无忌惮地在床沿坐下，没什么好笑的事，却笑得花枝乱颤。啊，就是这笑声。富冈也跟姑娘并肩坐下来，把手搭上她的肩搂住她。姑娘一脸无邪地微微张着嘴，用大眼睛仰视着富冈。端详着才发现她长了一张南方人种的脸。在印度支那，这样的长相随处可见。富冈一边这么想着，一边感慨万千地凝视姑娘浅黑的面庞。

"我爸把我骂得太狠了。我想吓唬他一下，就从家里跑出来了……"

"你净干坏事，你爸爸担心你才骂你的，不是吗？"

"是他神经衰弱啊。我妈说要跟我爸分手，他成天急得要死呢。我上次在派出所过的夜。夜里的派出所可有意思了……"

"在哪里的派出所过夜了？"

"很远的地方。警察叔叔很和气，人很好的。"

富冈觉得姑娘的心理实在无法理喻。

五十

冬天到了。

富冈在穷困之中把关于某农林技师的回忆写成了一部近五百页的书稿。然而这次却失策了。富冈被告知，由于出版界的不景气，书暂时不能顺利出版。富冈大失所望。不安定的生活就像站在峭壁之上，随时有可能滑落下去。实在支撑不下去了，富冈只好去职业介绍所找工作，又求助于农林省时期的朋友。

但两者都不合富冈的脾性。躺在冷得没有一丝热气的房间里，富冈难免会不时地想起雪子，然而这只会让他鄙视自己。自从夏天以来就不曾付过房租，房东已经下了逐客令。老母亲从浦和找到这里来，诉说邦子的病情以及生活的窘困。正月初始一个下雪的早晨，富冈接到邦子亡故的电报。他把床铺卖给旧货商，就匆匆赶回了浦和。邦子被悲惨的生活折磨得没了人形，以一种近乎自杀的方式告别了人世。

邦子长期衰弱，再加上得了瘰疬性腺炎，必须开刀才能治疗。大概医生也不敢给这个贫穷且瘦弱不堪的女人动手术，只是嘱咐要让病人呼吸新鲜空气并服用鱼肝油。后来病人的腹股沟也长了脓疮，必须做手术把排脓的导管插入体内才能治疗。然而即使病情危急，邦子仍然一声不响地忍受着病痛，也不做手术，最后在惨不忍睹的状态之中咽了气。

家里连买棺材的钱都没有了。富冈丝毫感觉不到阿世死亡时的那种不舍之情，只感到自责和自我厌恶。自从战争结束后，自己就没把邦子当作妻子对待过。而现在整个家竟破落到连棺材都买不起的地步。

雪从一早就不停地下着。

不用说请和尚来为死者念诵枕经[1]，连把遗体运到火葬场的钱都没有。富冈毅然决定去找雪子借一笔钱来应急。他穿上父亲的旧外套，一大早赶往东京，按照雪子信上的地址找了去。门牌上写着伊庭的名字。这是一幢小巧的二层小楼，漆过油漆的院门里，结红果的珊瑚木上积着一层雪。富冈的手刚伸向木格门，屋里的狗就狂吠起来。富冈鼓起勇气打开门厅那扇镶着毛玻璃的木格门。

1　丧葬习俗。将死者纳棺之前，在其枕畔为其念诵佛经以安抚亡灵。

没想到，雪子怀抱一只白色的小狗从门厅尽头的二楼走了下来。她穿了一件黄色短外套，下面配一条黑色长裤。雪子看见富冈一副潦倒相，惊得倒吸一口凉气。她站在门厅里，一时不知说什么才好。

雪子比起夏天的时候，模样已大不相同。她长胖了许多，身段变得年轻而丰满，又恢复了在印度支那时的风韵。小狗是一只纯白的长毛犬，正伸出红色的舌头，神经质地朝着富冈吼叫。雪子在小狗脑袋上猛敲了一下，说道：

"哎呀！我说是谁呢……"

看见雪子面貌大为改变，富冈也露出惊讶的表情。雪子立刻抱着狗上了二楼，只听得拉门被狠狠关上的声音。不一会儿雪子回到楼下，把富冈请进起居室。雪子背朝富冈，忍不住吐了吐舌头。富冈终于穷困潦倒地找上门来。想到这里，胸中涌起一股近乎疼痛的快意。

这个男人是为借钱而来，雪子当即看破了这一点。掀开柔软的桌被，打开电源开关，雪子尽量不看富冈的脸，柔声说道：

"天冷，请坐到暖桌里来吧。"

富冈听话地坐进暖桌，外套却依然穿在身上。他紧紧盯着雪子的脸说：

"你完全变了啊。"

"怎么变了？"

"变年轻了。"

"是吗？其实也没那么容易……"

雪子在富冈对面坐下来。她好像刚洗过澡，手上的肤色十分红润。硕大的陶瓷火盆上，铁壶冒着热气。纸拉窗旁边放着带三面镜的梳妆台，一旁的小柜上摆着一个玻璃盒子，里面是一个渔家女装扮的偶人。

"我来的目的你知道的吧？"

富冈本打算在门厅就直截了当地开口借钱，但是等坐进了暖桌，不知怎么地就错过了开口的时机。富冈把雪子的生活环境仔仔细细地端详了一番。二楼传来激烈的狗叫声。"伊庭君呢？"富冈问。

"去教会那边了。"

"你一个人？"

"嗯。现在请了一个帮忙的阿姨，她去买东西了。"

"真有福气啊……"

"怎么会？你这么觉得吗？"

雪子表面上不动声色，内心里却在冷笑道：我这也叫有福气？

"战争结束以来，男人都不行了，反倒是女人坚强起来……"

雪子一边泡茶，一边无动于衷地应道："是吗？"眼角瞥见富冈的模样，他像是老了两三岁，样子全然变了。这就是自己一直以来朝思暮想的富冈吗？雪子对自己的冷酷感到不可思议。

"邦子她，昨天去世了。"

"啊？您太太去世了？"

雪子震惊得睁大了双眼。富冈太太之前曾见过两次，她的容颜此刻浮现在眼前。自己成天缠着富冈的时候，在五反田的富冈家附近碰见她的情景至今难忘。雪子到了现在，眼泪才猛地涌了上来。富冈本是抱着无赖汉的心态，跑到过去的女人这里来讨钱，一看雪子奔涌而出的眼泪，不由得吃了一惊。旧日与这个女人同甘共苦的种种记忆忽然在富冈荒芜的心田里复苏了。富冈不知说什么才好，只是呆望着哀哭不止的雪子。

雪子哭泣并非为了富冈的事伤心，而是因为想起了当时自己那如同野狗一般的惨相。不过，一旦发现自己的眼泪对富冈有着意外的感染力，雪子拿过梳妆台上放着的湿毛巾，捂着脸痛痛快快地大哭起来。

富冈惊愕地望着痛哭的雪子，感觉心跳正逐渐加速，毛巾上的香气也带着诱惑的气息扑鼻而来。富冈走近痛哭不止的雪子，抱住她的肩，伸手把毛巾抽去。原来雪子竟如此深爱自己，富冈大为欣喜。搂着雪子柔软的脖颈，富冈激烈地亲吻着。闻见一股清新的香气，感觉就像在触摸一个未知的女人。富冈性急地搂住雪子丰满的腰肢。她就像一个接受治疗的患者那样，顺从地任由富冈摆布。于是，一段唯有两人共有的秘密回忆，在意外的地点，循着共通的过程，完成了至高无上的心灵之痛的分享。

五十一

时钟报了十二点。富冈顺便洗了个热水澡，感觉自己仿佛从五六天不能洗澡的贫穷生活中解脱了出来。小巧的浴槽镶着天蓝色瓷砖，里面放满了热水。用白色的外国香皂清洗着身体，富冈不禁悲哀地想起死去时枯瘦如柴的妻子。透过小窗眺望纷飞不停的雪，富冈感觉似乎窥见了人类社会的断面图一般。那是一幅摄人心魄的图景。自己的心已无处可寻。如同彷徨在空旷雪野上的孤寂，吸附在了现实的脚底。煤气热水器咝咝地燃烧着。

柔和的水蒸气弥漫在脸庞周围，富冈对着镜子把胡子刮了。

安全剃刀看来是伊庭的所有物，抱着一种堕落到底的心态，富冈动作利索地刮着胡子，刀刃贴在脸上有股透心的冰凉。在难以把握的世象变幻之中度日，最后落到这步田地，从中体会到的卑微对富冈而言可谓苦涩万分。人其实极其单纯。只因某些细小之事，现实生活会在转瞬间改变。身处其中者反而能泰然处之，往往可以立刻振作起来恢复笑容。——雪子抬头看了看时钟，阿姨的迟迟不归让她松了一口气。阿姨外出办事向来迟缓，今天更慢得超出了预想。雪子必须在下午一点到教会去跟大津下换班。雪子已下定决心，今天一定要把那个金库中的所有现金全部偷走。

教主成宗专造的寝室里有一个大金库，里面藏着教会的全部财产。接待室的小金库里总是留有二三十万现金。近来大日向教的生意越来越兴隆，还募集到大量捐款，清诊费也在不断增加。修行室里，当季的水果、蔬菜以及布料也多得堆积成山。

雪子准备好午饭，再把伊庭平时喝的三得利威士忌也摆上桌的时候，富冈带着红润的脸色，精神焕发地走出浴室。富冈用惊奇的眼神望着动作利落轻快的雪子，同时带着一种盗贼心理，观望着两人共有的欢愉正悄然而生。狗在二楼大声吼叫着。富冈钻进暖桌，感到轻微的晕眩。接连喝了两三杯威士忌。酒的滋味刺激了全身，消沉的意气因此开朗了许多。

阿姨终于回来了。见有陌生的客人，阿姨显得有些不知所措，但是从雪子对待客人的态度来看，阿姨也明白这就是那位写《漆的故事》的先生。雪子从柜子里取出两万日元，心里也觉得有那么一点可惜，但还是大方地用报纸包好，给富冈塞到坐垫下面。富冈用眼神表示了谢意。

一点钟，前往教会的雪子与富冈一起出了门。雪子脚步放得很慢。她问富冈：

"你今后打算怎么办？"

"什么怎么办？你看我这副模样，还能怎么办？这笔钱恐怕也不能很快还你。不要紧吧？"

"啊，不要紧。别说钱的事了。你还住在目黑的那间房子里吗？"

"嗯。"

"哎，我想再见你一面……"

雪子有些依依不舍。既然邦子已经去世，那么跟富冈在一起就不必再顾虑旁人了。然而现在面对正要去买棺材的富冈，还不能拉住他谈和好的事。富冈听雪子说还想再见面，也完全了解她的心情。但不知为什么，对于一起谈论接下来的事，富冈只觉得厌烦。更不用说在自己没有生活能力的现在，对雪子根本不能提出任何要求。

在田园调布的车站，两人欲言又止地道了别。

雪子穿着伊庭的长筒雨靴，沿着积雪的道路来到教会，与大津下换了班。大津下今天要和教主两人去热海。雪子坐在电热坐垫上，面对庭院里的雪景一时看得入了迷。雪已经停了，铅灰的云层间露出一片寒意逼人的煤油色天空。富冈的贫困虽叫人同情，但是丧失了生活能力的男人魅力似乎也大为消减。若以当时的心情，只想把身后的金库里的钱席卷一空，然后跟富冈一起逃走。然而现在心情却格外平静。心想还有两三个小时可以用来考虑这个问题。接待室里亮着灯，伊庭正和几个亲近的信徒在教主房间里喝酒。讲堂里，二十多名虔诚的信徒在用功修行，他们坐在冰冷的木地板上祷告着。

电热坐垫的温热顺着下身传上来，雪子微笑着回想起富冈当时那粗蛮的力道。深深刻印在体内某个点上的快意，也许将永远流连在心里。这让雪子无法对富冈保持平静。雪子渐渐觉得，深爱富冈并被他的一切深深吸引，其实是自己为了制造自身的血液所做的女人的最后挣扎。而且这份爱恋只有向富冈才能心安理得地索取。奔腾在心里的波涛把雪子引向身后的金库。面朝金库，雪子的手像鹰爪那样伸了出去。尽管平日现金像潮水一般涌入金库，但对雪子而言，每天过的是平凡而枯燥的日子。烦恼似乎永远也拂拭不尽，她只想退出这儿的奇特生活。死守在这样一个角落里，对雪子而言实在过于孤寂了。

雪子装作不经意的样子，翻看当天的捐款账簿，发现竟有大笔的捐赠。打开金库，里面放着近六十万的成捆钞票。

只四五天时间，金库里就积存这么多钱其实并不值得大惊小怪，但是今天这些钱在雪子眼里，却值得寄予相当的期待。大津下已经清点金额，报告了教主和伊庭。所以这些钱并不能随便动用。然而雪子无心在傍晚把钱交上去。藏在成宗寝室里的大金库不可能每晚打开，平时开金库总是在每个星期天晚上。今天星期天，是成宗和伊庭一起偷偷算账的日子。今晚因为教主不在，大金库也许会在星期一才开。那样的话，就可以有两天时间的富余。

雪子空想着各种托词。等自己出逃之后，阿姨会不会向伊庭报告家里曾经来过一个奇怪的客人？雪子胡思乱想得累了，便去讲堂看了看。电蜡烛照得祭坛上一片通明，修行的信徒们正在放声祈祷。

"各方世界之境归而为一，人者，以诚心相交为道。世界之人，各修行不足，唯迷惘唯彷徨也。大日向之神，自地狱拯救之，以婆婆之业授之。若仰赖他力，又无真实报土之心，此中之人，将遭受地狱之往生。法莲华经……诚惶诚恐，凡大日向神惠泽之处，黑暗消逝，白日生辉，彷徨于暗黑之中者得解脱……"

雪子听着信徒们的念诵，在木地板上坐下来。她闭上双眼，默默合掌祈祷，可是心中的焦虑依然像一团乱麻，久久不能恢复平静。觉得眼前总有一捆捆唾手可得的钞票在晃来晃去，而神的身影不论是在头顶还是眼前都不曾出现。连伊庭口中的大日向教的所谓能媒也没能见识到。

哪里都没有神。在这宽敞的木地板上，只有一群仿佛聚集在挪亚方舟上的人，那情形看起来十分阴森。伊庭通红着脸走进讲堂。他脸上容光焕发，身材显得十分壮硕。在讲堂里巡视了一圈，对正在祈祷的信徒们张望了一番之后，他拉开走廊一侧的玻璃门，朝庭院里吐了一口唾沫，然后又狠狠把玻璃门关上。看见雪子坐在入口处，伊庭露出满意的神色，然后又慢吞吞地走回里间去了。伊庭大概只是把信徒们当作一群无须劳神的幼儿，他渐渐远去的背影里透着一股自信。雪子望着被电蜡烛照耀得明晃晃的祭坛，在紫幕的那一边，有一面闪亮的镜子。那里说不定会有神的身影出现吧？雪子目不转睛地看着，却连个鬼影也没看见。庭院草坪上的雪正渐渐融化，呈现着光琳[1]式的圆纹。外面好像起风了，玻璃窗发出"嘎吱"的声响。

一想到富冈，雪子不禁对今晨的欢愉感到一阵揪心的思念。

1　尾形光琳，活跃于江户时代中期的画家、工艺美术家，尤擅屏风画，风格大胆新颖，代表作有《燕子花图》屏风等。画中常有代表水流的圆形水纹图案出现。

五十二

邦子的葬礼完毕之后，富冈在浦和又住了约五天。葬礼一旦结束，富冈得以卸下肩上的重担，不由得松了一口气。一文不值半文地变卖了邦子的被褥以及随身物品，对死者的回忆也随之统统清理掉了。长久以来，妻子邦子在富冈眼里已是一个外人。对阿世的回忆充满着苦涩。对邦子，却是一种干爽利落的心境。葬送邦子的同时，有关她的一切也从富冈心中消散得无影无踪。身为富冈的妻子，邦子的人生里几乎只有寂寞。富冈从印度支那回国以后，她也只是有名无实的妻子。富冈当年把身为朋友之妻的邦子掠为己有，两人度过的幸福岁月转瞬即逝，结婚不到两年，富冈就被军方派遣，踏上了前往印度支那的旅途。假如没有这场战争，也许邦子和富冈都会安于平凡的官员生活。然而富冈远离日本本土五年之久，再度返回时，两人之间已经产生了无法消除的隔阂。不论对邦子还是富冈，这场战争都是一个不堪承受的重负。或许因为夫妻感情已化为一片荒芜，相互之间似乎都缺乏再度接近和重新开垦的热情，才最终迎来悲哀的结局。富冈埋葬了邦子，越发感到一身轻松。

年迈的双亲提出要回上州[1]松井田的老家，说是打算帮工做些农活以度余生。富冈于是把浦和那座牛棚般的小屋以现金十四万日元的价格卖给了一个在国营铁道上班的男人。富冈把那笔钱全部交给了父母，然后把两位老人送回了故乡。父亲的胞弟在松井田当农民，他家里有间仓库曾租借给前来躲避战祸的人，

---

1 上州，日本群马县一带的旧称。

于是就让老夫妇在那里安下身来。

富冈回到东京那天是个晴天。一进屋，只见站前小酒馆的那个姑娘已经来了，正裹着富冈的被子在看杂志。

那姑娘舒坦的睡相就好像是在自己家里一样。看见富冈进屋，姑娘咧嘴一笑。她自从年底来玩过一次之后，一直不见人影，不知什么时候，竟然把头发也烫了，脸上还化了妆。有一次趁着酒劲，富冈有意无意地吻过她。仅仅是这么一段关系，姑娘竟然又找上门来了。

"刚才呀，有个漂亮的姐姐来过了。我把她赶走了……"

富冈一听"漂亮的姐姐"，一时想不出会是谁，然后才明白过来，是雪子来过了。

"什么样的姐姐啊？"

"可不得了呢。穿着时髦的条纹外套，脚上还套着丝袜呢！手上提着一个锃亮的黑皮包。然后，她在这里抽了一根烟就走了。"

"她说什么了吗？"

"嗯。她问我：'你怎么会跟富冈认识？'我告诉她：'我跟富冈先生可要好了。'然后她就皱着鼻子笑了。我一生气，干脆铺开被子躺下了。"

"她走的时候有没有留下什么话？"

"她说还会再来。不过她一个劲儿问我是不是一直在这里。我就告诉她说'当然啦'，她的脸色变得很奇怪。那样的女人，我最讨厌了。样子冷冰冰的。她在屋里转来转去地看了个遍。也许她再也不会来了。我这么做不行吗？"

"你这家伙太过分了……"

"哦？那是富冈先生喜欢的姐姐吗？"

"她是富冈先生的太太啊。"

"哎？你瞎说。人家都说富冈先生的太太被杀死了，我全都知道呢。"

姑娘从被窝里起来，脸上露出狡黠的笑容。她上身还穿着外套，裙子却脱掉了，下面只穿了一条脏兮兮的短衬裙，浑圆的膝盖冒失地露在外面。富冈移开视线，伸手拧开电暖炉的开关。屋里没有床显得更加寒冷，连个可以安坐的地方都没有。富冈在书桌前坐下来，桌面上放着姑娘的粉盒，香粉撒得到处都是。旁边还放着已经变硬的劣质口红，以及缺齿的红木梳之类的东西。雪子看见了，一定以为自己是个不思悔改的浪荡子吧。想到这里，富冈只有苦笑。

"喂，叔叔要开始工作了，你回去吧！"

"我现在呀，已经无家可归了。直到昨天，我待在鹭宫的一个名叫养静园的地方，我这是逃出来的。那儿可真没劲啊。成天尽让人家糊航空信封，手上的冻疮都长成这样了。——我想起了叔叔，就逃了出来。要是回家去，我又得被赶出来……除了这儿，我真是没地方可去了呀！"

"养静园是什么？"

"就是像我这样的小阿飞去的地方呀。大家都得糊那些个带着红蓝条纹边儿的信封。一开始还觉得很漂亮，又好玩，到后来就腻味了。那个又像理发店招牌，又像棒棒糖的红蓝条纹映在眼睛里，沙子似的去不掉。大家都担心会不会变成色盲呢。"

富冈感觉精神疲惫不堪。或者说对生活中的一切都已精疲力竭。往日那种宁静的官员生活叫人怀念。那是自己曾经轻视的平凡生活，现在想来却不得不说，那是自己最美好的时光。在那段平凡的官员生涯中，虽然有过各种各样的烦恼，但当时的烦恼绝不像现在的烦恼这么肮脏。有时也会有强烈的苦闷，甚至发出痛苦的呻吟。

自那以后，岁月已经过去了十年。而现在，富冈内心深处感觉到的，是一个连呻吟的气力都已丧失殆尽的自己。自己的生活变得如此无谓，就像霉菌一般，与此同时，自己却只是冷眼旁观着吸附在这霉菌之上的、霉菌般的人生。看着眼前这个脸上还长着毛茸茸的汗毛、香粉都抹不匀的小姑娘，富冈仿佛从她任性的睡姿里看到了战败后社会一隅的色彩。这个姑娘也处于疲惫之中。

然而对现在的富冈而言，这姑娘也是个令人困扰的存在。

"哎，我送你走吧，回家去好不好？"

"不要啊。我就想待在这儿。"

"你到底为什么不离开这里？"

"你别嫌我烦嘛。我什么也不做，就待在这里不行吗？"

"不行。叔叔送你走，你今天还是回去的好。"

富冈面无表情地说。姑娘躺在那里沉默了一会儿，然后不情愿地起来，套上扔在枕边的裙子，拿上她的小包袱走了。她把门砸得山响，富冈回头看了一眼。总觉得姑娘把某种阴郁的东西留在了室内，姑娘离开以后，富冈一时呆站在那里，心里难过极了。对那姑娘来说，正当韶华的年纪似乎毫无用处。以她的孤独、无知、敏感和暴躁不安，她究竟是怎么想的，才会那样成天放浪街头呢？在富冈看来，她只是个难以理解的小恶魔。估计那姑娘最后的结局不是进监狱就是自杀……富冈忽然烦躁得想呕吐，他朝着摊在地上的被褥踹了一脚。

忽然想起邦子入殓的时候，那单薄得像一块薄饼似的遗体。

富冈脚踹在被子上，对邦子的追忆却刺痛着眼底。她竟然也死了。没能享受到丝毫的幸福，像一块破布似的死了。往棺材盖上钉钉时本应体会到的生死两隔的痛楚，直到现在才袭上心头。

五十三

雪子只带了几样轻便的随身用品，也没跟阿姨说一声就离开了家。雪子已不打算再回这个家了。抱着不惜毁掉自己的生活的决心，雪子做的第一件事是乘着出租车去了富冈的住处。在那里遇见一个疯疯癫癫的姑娘，雪子改了主意。离开富冈的住处，坐上约好的出租车，雪子直奔品川车站，从那里坐上了前往静冈的火车。其实并没有可去的地方，只是姑且买了到静冈的车票。

就像一趟心血来潮的旅行，雪子带着一颗茫然的心，眺望着黄昏时分冰冷的窗景。也曾想回静冈老家去看看，但又懒得去见那些相熟的人。

车晚上八点左右到达三岛。雪子决定从那里转车去修善寺看看。各处车站的广告牌上写着许多旅馆的名字，雪子读着那些旅馆名字，一时兴起，决定在一个名叫长冈的地方下车。从行李架上把旅行包拿下来，雪子下了车。或许因为晚上看不清楚，长冈似乎是个普普通通的小城，给人的感觉就像走在东京郊外一般。让一个揽客的老人带领着，雪子住进一家名叫山吹庄的旅馆。旅馆还比较新，建得十分粗糙，但对雪子来说，住哪里都无所谓。雪子没等脱下外套，就立刻让人往富冈那里发了电报。

旅馆十分安静，看来没什么客人。雪子把上了锁的旅行包放到博古架顶部的小橱里。换上旅馆的棉袍，泡了温泉，雪子依然无法安下心来。携带六十万现金逃走的负疚感虽然有过，但雪子对伊庭或是成宗并不感到惧怕。就算有价值六十万的幸福，事到如今，已是六十万金钱也无法赎买的幸福。她感觉一切都太迟了。

洗完澡，坐在摆好的饭菜面前，心中的饥渴依然无法得到满足。雪子走出旅馆，街上刮着寒风，不论走到哪里，道路都是一片漆黑。雪子在街边水果店里买了几个橘子带回旅馆。无论如何都要让富冈来一趟。雪子又写了电文托付给女佣。即使旅馆的人觉得奇怪，雪子也不在乎了，她故意半开玩笑地告诉女佣，自己是在这儿等待恋人的到来。雪子曾抱着一种发了横财的心态，甚至觉得从此可以跟富冈携手迎来快乐人生。然而现在，金钱在手的幸福把雪子逼到了更加痛苦的孤寂之中。

夜深了，雪子久久不能入眠。躺在还留着浆粉气味的床单上，听着窗外寒风的呼啸，对富冈的思念仿佛火焰熊熊燃烧起来。半夜里醒来两三次，雪子打开顶橱拉门，一次又一次地确认旅行包是否还在那里。

一直到天亮，雪子也没能睡安稳。

雪子发出第四封电报之后，富冈才来到长冈的山吹庄。雪子正在吃晚饭。"您有客人来了。"掌柜的特地赶来通报。他的话音才落，就看见富冈身穿旧外套，也没戴帽子就来了。他直接走进屋里，一副怒气冲冲的样子。富冈刚坐下就说："你发电报说什么'不来的话就死'，你也太不讲理了吧？"

富冈还是听话地来了，这让雪子很开心。两天来的不安也想与富冈一起分担。雪子立刻叫人拿了酒来。一边为眼前的愿望得到满足而雀跃不已，一边迫切地等待着富冈洗澡回来。被女佣打趣着，雪子并不觉得好笑，却一直笑个不停。

富冈洗完澡，在餐桌前坐下来，问道：

"你什么时候来的？"

"昨天晚上。我发的电报吓到你了？"

"嗯。邻居太太被吓坏了。"

"我很希望你能来嘛。有许多事想跟你好好谈谈。我离开伊庭那儿了。"

富冈并未露出吃惊的样子。

"你打算怎么办？"

"什么怎么办？因为实在无法忍受我才跑出来的啊。我临走时做了一件很坏的事……"

就像个天真的孩子在讲述自己的恶作剧那样，雪子把自己如何偷了六十万现金跑了出来的经过告诉了富冈。

"伊庭这时候还没报警吗？"

"他才不会报警呢。他们做的都是些见不得人的事。挖空心思赚钱的宗教嘛。把我交给警察的话，不得给他们教会捅娄子吗？——他们才不会做这种打草惊蛇的事呢。不过六十万而已，对他们也就相当于弄坏了一台车子罢了……这是他们凭空赚来的，这钱可不干净！"

"你会遭天罚的……"

"大日向教的天罚的话，我可不在乎，反正神灵不在那儿。伊庭如果真愿意把那幢房子给我，这么点钱也不算什么……"

"有钱的人可真有钱啊。宗教这东西，碰对了还真是一本万利啊。"

富冈喝了两三杯就醉了，心情也渐渐放松。雪子说了一堆成宗和伊庭的坏话，也是出于一种想要开脱罪责的心理。富冈想，或许也是命中注定，才会与雪子有这么长久的交往。阿世、邦子都死了，只有她活了下来，而且还要斗志昂扬地活下去。这一次，也许轮到自己被这个女人逼上绝路。

"世界之人，各修行不足，唯迷惘唯彷徨也。"回想起这句经文，雪子自暴自弃地横下心来。就算明天被伊庭捉住，也还是沉迷在今天的迷妄中来得更加快乐。吃完饭，女佣撤走了杯盘，雪子又让她拿了几瓶酒来。

"回想伊香保的事，我们俩竟然都好好地活下来了……"

"从那以后，这人生真是多余啊。"

"你那么觉得吗……不过，对你来说是一段变化多端的生活不是吗？还出现了阿世那么个人物……"

富冈一声不吭。

"阿世如果不是那样死了，我想我会更幸福吧。一看你的脸，就觉得阿世的亡灵附在上面，我气不过啊。不是因为喝醉了我才这么说，是因为一直没有这样的机会，两人单独在一起想说什么就说什么。不是吗？我恨阿世。即使到了现在也恨得要命。那女人真可恨啊……"

"你是为了说阿世的事才把我叫到这里来的吗？"

"不，不是的。我想都没想过……只是，一看到你，看到你阴沉的脸，就觉得那个女人的亡灵还附在你身上的某个地方。——在伊香保，我们为什么没能痛痛快快地死掉呢？"

"现在，死得了吗？"

"是啊，你呢？"

"死不了……"

"是吗……是啊，我也开始觉得死不了了。"

"我们都没有死的必要了。是岁月把事情自然而然地安排成这样了。"

"嗯？这话是什么意思？"

"没什么，本来就没什么道理可讲。"

"你的意思是说，从此我可以和你在一起？"

"在一起？这事啊，恐怕是不行了。我来这一趟，是打算明天就走……"

雪子像是喝醉了，眼前雾蒙蒙一片，大颗的眼泪不停落下来，打湿了衣襟。听到富冈说不能在一起，雪子满脸委屈，抽抽搭搭地问：

"为什么？"

"到头来，都是我在给你添乱，你问我为什么，我也没有明确的理由。世道如此啊。我听说你偷了教会的钱，也不知怎么，我总觉得很内疚。我暂时不需要老婆也不需要女人。接下来我想认认真真做自己的工作。我们俩不如就这么痛痛快快分手吧。"

雪子只觉得那六十万的钞票突然像一块沉重的大石从头顶压下来，心中一阵剧痛。

五十四

听到"不如就这么痛痛快快分手"这句话，雪子不禁盯住了富冈的脸。他竟然说出"不需要老婆也不需要女人"这么无情的话来。不论是基于何种考虑，这也不是应该在自己面前说的话啊。雪子一时间沉默了。

富冈渐渐露出跟平日不一样的醉态。

他把胳膊肘支在桌上，端起酒杯往唇边送。他的眼睛望着雪子，眼神却是一片空洞。那是过去不曾有过的冰冷眼色。雪子心想，这大概才是这个男人与生俱来的表情。他用手梳理耷拉在额头上的头发时，总有顺手揪头发的毛病。脸颊枯瘦，眼角有些溃烂。棉袍的前襟敞开着，露出红黑的胸膛。他啪啪地拍打胸脯，这在雪子看来，也是过去的富冈身上不曾有过的举动。雪子用一种就好像初次相见的眼光凝视富冈，感到一种诱惑女人的男人味儿扑鼻而来。也许就是这体臭吸引了女人。雪子向富冈劝酒，自己也渐渐醉了。

雪子很想烂醉一场。如果携款逃走的激情得不到共鸣的话，今早自己的想法是否太轻率了……即使从未想过跟富冈在一起就能万事大吉，雪子仍然不愿对富冈放手。

醉意渐浓，雪子觉得浑身的肌肤酥麻又疼痛，好像食用河豚中毒的感觉。雪子很想趁着醉意，无所顾忌地痛骂富冈一顿。每当从沉醉之中回过神来，雪子又开始诉说印度支那的往事。

"我呀，决不会像你那样。我还没有绝望。我要活给你看。大不了你随便找女人好了。在河内的难民营里，我读过一本名叫《贝拉米》的小说。你就像那里面的主人公……他是个无家可归的流浪汉，靠踩着女人的肩膀往上爬。不过，你只是把女人当梯子踩……"

富冈没读过那部小说，但是雪子那句"把女人当梯子踩"让他十分恼火。富冈抓住雪子的手腕，一把将她拉过来。

"你就是为了说这些才把我叫来的吗？你当我是什么人？就算你带了一千万来，我也不会动心……不要以为偷了教会的钱，就可以摆出一副教训人的嘴脸……你当初真要是舍不得我，为什么还要去伊庭那里？"

"你！你说什么呀！你自己净干些不负责任的事……"

富冈松开了雪子的手。

"你何不干脆也把男人当梯子踩呢。"

富冈一转身躺下，闭上了眼睛。也不知为什么，忽然联想起在顺化曾投宿在位于钱场桥附近的格兰德酒店。在顺化停留数日，为的是拜访顺化山林局的马尔孔先生，请他转让一些材木种子。那个在格兰德酒店盛气凌人的自己，如今穷困潦倒得不成样子，竟然暗自指望着女人偷来的六十万日元……富冈在心里对自己冷笑着。心想雪子说自己把女人当梯子，或许还真是这样。

富冈最近得到一个农林省的旧友的关照，正谈起是否愿意到最南边的屋久岛去工作的事。富冈对重返原先的公职生活并不太积极，但既然没有其他谋生手段，重回老窝也是没办法的事。

另外还有两个工作的去处。其中一个是到位于和歌山县高池町的林业试验场去当一名技师。

与其在高池町的林业试验场当技师，富冈更想去位于南端的孤岛——屋久岛的林管所。朋友又建议说，如果高池町的林业试验场不合意，位于和歌山县的伊都郡九度山町的高野林管所也有一个职位可供选择。富冈临别时只说，到时无路可走一定上门求助。当时富冈也觉得与其无所事事地待在东京，倒不如下定决心再次投身山林。只是自己虽然愿意前往远在南端的屋久岛，但要扔下病妻和双亲前往，就必须做好相当的准备。然而现在邦子已经过世，双亲也迁回了松井田，正可谓一无牵挂。哪怕明天就走，朋友也一定会为富冈办好前往屋久岛的调令。

屋久岛是个什么样的地方，富冈全然不知。只听说那里出产原生的屋久杉。

他直觉那里简直就像一座无人岛。朋友告诉富冈，屋久岛几乎全靠林管所在维持着。那里民风淳朴，雨一下就是一个月。朋友笑着说："你可要想清楚了。"

富冈越发觉得既然官复原职，屋久岛要比和歌山县的高野山一带更好。在地图上看，屋久岛形状浑圆，位于种子岛附近。

富冈闭上眼睛，考虑着去屋久岛的事。雪子爬到富冈身边来，把脸埋在富冈怀里。

"为什么你的心思飞得那么远呢？为什么你突然变得这么冷淡？因为我去了伊庭那里，你生气了？"雪子问。

"不是的。我已经无所谓生气不生气了。战争结束后，大家都变成了这种心态……都没有了以自己的基准来判断对错的能力。不再自己创造目标，而是依靠旁人……是这个国家的性格造就了我们。即便我们想追寻过去的美梦，两个人靠你手上的那些钱过一阵安逸有趣的生活，又能怎么样呢？我们就像没有根的浮萍一样，两人并不会因此就能有什么结果……"

"那就死了算了。本来在伊香保就该死的，却没死成。要是钱用光了，就一死了之吧。你那时候不是要我也一起死吗？"

"死可是很痛的。"

富冈忽然想起《群魔》中关于自杀方法的那一段。如果一块房屋那么大的巨石从头上砸下来，会觉得痛吗……想象着站在万吨巨石之下的感觉，强烈的恐惧袭上心头。痛苦并非因为巨石本身，而是对巨石的恐惧所致。富冈觉得，现在不论以哪一种方式去死，都有一种近似于面对巨石的恐惧。

"死是很痛的！"

"死了，就不会痛了吧？"

"要是死得顺利还好，如果一时死不了可就痛了……"

"痛我可以忍受。被你厌恶我忍受不了。"

雪子拽住富冈棉袍的衣领，像要把他拉起来似的，一个劲儿地摇晃他。

"我没有厌恶你啊。正因为喜欢，才说不如趁现在大家改变一下人生……你可以回伊庭那里，也可以用这笔钱谋一份职业。阿雪啊，世道都变成这样了，我们的浪漫故事也已经随着战争结束一同消失了。你年纪也不小了，别再继续做你那小女孩的美梦了。其实我不在你身边的时候，也时常梦见跟你在一起，有时甚至感到一种忘我的陶醉。人就是这样的。——好了好了，把脸转过来。让我们今晚聊他个通宵。我们都不想不明不白地分手对吧。我不是因为讨厌你才跟你分手。要是讨厌你的话，我怎么会厚着脸皮又跑到这里来……"

富冈缓缓起身，拿起已经冷掉的瓷酒瓶，给自己斟了一杯酒。

女佣突然进屋来铺被。

富冈请她拿热酒来。女佣铺被的时候，两人在套廊上放着的椅子上坐下来。套廊非常冷。

被子铺好之前，两人就那么隔着桌子默默对坐着。不一会儿，被子铺整停当，把整个房间都占满了。火盆和茶几挪到了壁龛一侧，酒已经放在那里。火盆里添了新炭，正冒着蓝色的火焰。

两人隔着火盆坐下来。

"不管是什么，请说吧。"

"别那么追逼我，我也没有什么大不了的话要说……别要死要活的，我们应该已经从那种状态走出来了。"

"你可真是只顾自己。"

"为什么这么说？"

"也没有什么为什么。我可是抱着死不足惜的决心跑出来的。"

"死不足惜啊？那可不成。很抱歉我做不到……好像是《马太福音》里说过：'你们要进窄门。因为引到灭亡，那门是宽的，路是大的，进去的人也多。引到永生，那门是窄的，路是小的，找着的人也少……'我想说的是，我们两个都经过了通往毁灭的门前。我刚才说的那种对巨石的恐惧，我已经受够了。"

"那，我就一个人去死。"

富冈一笑，冷冷地小声说道：

"随你的便吧。"

五十五

翌日，两人将近中午才醒来。富冈躺在被窝里读报。关于国营铁道即将在二月举行罢工的消息刊登在了醒目的位置。富冈兴味索然地把报纸扔在枕边，长长地打了一个哈欠。雪子呆望着白色窗帘上的斑斑污迹。富冈又将回到那间屋子，而自己却无处可去。这么一想，雪子越发忧心忡忡。她把自己的手从被子里伸出来，放在上午金色的阳光下细细打量。

富冈抱着枕头趴着身子，拿过一支烟点上。

“你几点从这里走？”

“啊，差不多两点的电车吧。”

“一定要回去？”

“你呢？”

“我回哪儿去？哪里也没地方可去呀。”

富冈在吸烟，一边望着烟雾发呆。雪子不愿回到伊庭那里去。假如当初是抱着随时还能回去的心情跑出来，现在也不必这样死缠着富冈，只当是一时的冲动，即刻回到伊庭身边去就完事了。想死的心虽然没有，但是决定不再回到伊庭那里去，对雪子而言是非常重大的一件事。雪子已不想多说什么。心里期望富冈至少再在这里多停留一天。暗地里，雪子对富冈已经死了心。想到今日一别将会是永久的分别，眼泪自然而然地涌了上来。

富冈知道雪子在哭，却故意佯装不知。富冈也察觉到雪子心中的想法。富冈把香烟摁灭在烟灰缸里，站起来走到雪子身边，紧紧搂住她。

昨夜的酒醉得有些异常，两人互相埋怨一通后就睡下了。果然，两人真正的分别是很难以这么干净的方式实现的。

“两个人现在这样抱在一起，可是再过两三个小时，我们就要比陌生人还要冷漠地分手了吧。”雪子在富冈怀里幽幽地说。两人就像晕船了似的，有几分恍然。

“你也要振作起来啊。”

“嗯。”

“本来不想说的，我准备要回去上班了。”

“啊？”

“因此再过一周左右，我就要去上任了。”

"上任，去哪儿？"

"从鹿儿岛坐船去。屋久岛。靠近国境。"

"屋久岛？有那么个地方吗？"

"那里的林管所有个职位。去五六年，或许一辈子。我想去那儿，想到山里生活……"

雪子抱住富冈的肩膀哭了。

"不要！怎么会去那么远的地方……要不，带我一起去吧。"

"那怎么行！那个岛太荒凉。首先你不是可以在那种地方生活五六年的人。我每年应该可以到东京来一次，到时候，我们可以再见面。虽然现在还不知道能不能实现，总之我想进山工作。"

雪子呆住了，心里空想着若是自己追随富冈去了那个屋久岛会是怎样的情形。

"上次在你那里遇见的那姑娘，你是不是又要跟她好了？"

雪子忽然冒出一句。

"姑娘？"

"是啊，在你房间，那个漂亮的小姑娘钻在你被窝里呢。"

"噢，那是附近一家小酒馆的女儿。是个小阿飞。"

"你引诱她了吧？就像对阿世那样……"

"别瞎说！"

"一个人到那么远的地方去，不像你会做的事啊……"

"是一个人啊。我是要一个人去啊。"

"一个人呀。不过，真好啊。男人总是能找到容身的地方。女人呢，常言道，大千世界无女人安身之处。"

"你可以回伊庭那里啊。"

"你觉得那样对我最好吗？"

"那还有别的什么办法吗？"

"我决不再回伊庭那里去了。要是回去的话，我这次跑出来岂不成了儿戏？你也别太小看我了。——我还想，你现在一个人了，这次一定要跟你结婚。这么满心期望着才跑出来的。虽说自从回到日本，我和你都有过各种各样的困惑，甚至破罐子破摔地做了不该做的事，这一点两人应该算同罪吧。既然我们已经从宽门之前经过了，那我们就不应该分开，而是一起寻找窄门，一起努力才对啊。——你说，不应该沉湎在旧日的梦幻里，但是你又说跟我分开了，会在梦中想念我。看来你才是一个沉湎在往事里的浪漫主义者。难道不是吗？为什么你明明已经单身一人，却还要和我分手？我想不明白。如果你讨厌我，请直接说……那样的话，我会照你说的那样，也许回伊庭那里，也许不回……我们为什么不能结婚，我想不通。"

富冈沉默着。他不能照实说，是因为阿世的问题在心里还没有得到解决。盘算着等去屋久岛的事定下来，就可以把薪水匀出一部分给阿世的男人请律师。想来阿世其实是雪子与自己之间的牺牲者。如果把话说得那么清楚，富冈知道雪子一定会气愤不已。除了含糊其词地把心情深藏起来之外，富冈别无他法。

两人稍后去洗了澡，坐下来吃延迟的早餐。时间距伊香保之行刚好过去了一年。富冈半蹲在梳妆台前梳理头发，不意看到镜子深处雪子正用愤怒的目光逼视着自己。

"你看起来很幸福嘛。"

"是吗？"

"跟我分了手，一身轻松了是不是？"

"是啊。"

"你这人太冷酷，从来都是……"

"我吗？"

"啊，就是你。事到如今，我还是觉得加野太倒霉了。"

"你想念他了吧……"

"嗯。很想念。他为什么死了呢？谁死了谁划不来。"

"所以说，勉为其难也还是活下来的好啊。"

"从现在开始寻找窄门也太迟了吧。"

"不迟啊。"

"对了，钱，要不你拿走十万吧？"

"愿意给我十万？"

"嫌少？"

"没有啊，很不错嘛。"

"二十万也行啊。"

"反正是别人的钱，你口气还真大啊。"

"本来就是不义之财……做宗教生意的，钱来得容易极了……"

"大概因为那是通向窄门的入场券吧。"

"是啊……"

雪子从顶橱里把旅行包拿下来。富冈把梳子往梳妆台上一放，说道：

"我什么都不要。只要有了工作，就什么都不需要了。这钱对你很重要。"

"为什么重要？我根本不需要钱……"

"你不能这么说。钱对一个人来说是最大的保证。"

"说起来，你想一个人去屋久岛的心情，我非常了解。不知道我猜得对不对，我想一定是这样的……阿世的事，你心里还有牵绊对吧？或者，是你太太的事？"

富冈背靠壁龛坐着。女佣端来热茶。富冈让女佣去打听电车的时间。

五十六

富冈既然要走，雪子也无心再在旅馆消磨下去。两人退了宿，一起坐电车到三岛，然后换乘了直达东京的火车。

富冈不忍心扔下无处可去的雪子，只好考虑将她带回自己的房间。两人在品川下了车。

在山手线电车的站台上，两人不禁相视而笑。雪子直接跟富冈回到了他的住处。

与伊豆相比，东京的冷可谓寒彻骨髓。寒风呼啸的现实让两人都陷入了黯淡的心境。

一进屋，就看到农业杂志寄来的明信片。信上说，想把那部回忆农业技师的稿子分数次刊载。富冈的心情顿时明朗起来。

屋里的电炉已不能随便使用，雪子放下行李，就到附近的木炭供应站去买高价炭。富冈拿出手稿，随手翻着读了起来。邻居太太送了一张名片过来，说是一位姓伊庭的先生来过。

富冈把名片装进衣兜里，不想让雪子看到。不一会儿，雪子买回了木炭以及其他各种物品，脸上红扑扑的，还提了一大瓶酒。富冈觉得雪子实在可怜。

对于女人那抱着孩童式幻想的内心世界，富冈感到十分扫兴。

前方面临重重的矛盾。富冈自己也不明白每次不由自主背叛女人的缘由。自己对女人的癖性令富冈感到恐惧，这是自我中对自我的恐惧。富冈心怀了一种罪人的愧疚。

女人不论遇到什么事都不会回头观望，而是一心向前，凭着孩童般的天真去诱惑男人。

伊庭既已来过这里，这个住处也不安全了，必须尽早前往屋久岛。出发之前，该如何处置雪子，这对富冈而言是个难题。

"你不想再回原来的部门工作吗？我可以帮你托人问问。你一个人租间房子，自由自在地生活不好吗？还可以学习，也许还可以找到结婚的对象……"

雪子瞪眼看着富冈。

那表情好像在说：请不要再提这事了。以雪子走上绝路的心境，早已不需要昨天或明天，她唯一拥有的只是现在。同时，那六十万现金也让雪子变得极其大胆。用这笔钱，怎么也应该可以闯出一条路来。若有闪失，雪子哪怕单身一人，也要到屋久岛去。现在的雪子对这个男人的气息已无法抗拒。

那是一种不论伊庭还是加野身上都没有的男人的体臭。雪子只想像个疯子似的紧随其后。与其现在在这里跟富冈分手，那还不如从品川车站下车就直奔伊庭那里。

雪子就好像从很久以前就住在这间屋子里似的，无拘无束地做起饭来。

富冈无奈，只好从衣兜里把名片拿出来，雪子看了大惊失色。

"啊？伊庭来了吗？什么时候来的？他怎么会知道这里呢？真奇怪啊……"

"人家是神嘛，当然知道这里……"

"别开玩笑，他为什么知道啊？你住在这里的事，我跟谁都没说起过。"

"是不是阿世出事的时候知道的？"

"不会的。他应该不知道。就算他知道那件事，也不可能知道这里啊。"

雪子觉得伊庭的出现实在不可思议。富冈则有一种被追讨的紧迫感。

"我说啊，反正我现在一身轻松哪儿都可以去，请你带我去屋久岛好吗？要是待腻了，我可以一个人回来。哪怕一个月两个月，请你带上我吧！那样的话，我也可以死心了。"

富冈本来无心带雪子去南国上任，只因伊庭的出现，使富冈有了冒险的想法。

翌日上午，富冈早早赶到朋友家，拜托前往屋久岛的事宜，并请朋友尽快办妥手续。然后顺路又把手稿送到丸之内的农业杂志编辑部。

为了等那位相熟的记者来上班，富冈在编辑部等了一个多小时。记者来了以后，向富冈说起一桩怪事。说是昨天上午，有人来打听《漆的故事》的作者的地址。富冈这才恍然大悟。雪子曾经说起过把刊登着那篇《漆的故事》的农业杂志买来阅读的事。所以伊庭才会想到凭着那本杂志来寻找自己的住所。

雪子决定一整天都待在外面。拿着随身行李，雪子接连看了两三场电影。因为她知道，在富冈外出的时候，要是遇上了伊庭，一定会被带回去。

只要能跟富冈一起去屋久岛，雪子就已心满意足。甚至连阿世男人的律师费都是雪子付清的，现在她已没有任何贪欲。

夜里很晚了，雪子才回到富冈的住处。第二天，雪子又拿上行李出门去了。

这样的日子持续了大约一个星期。第七天，伊庭给富冈寄来一封快信。信中说，希望找个地方见一面，请指定地点。刚好也在那一天，富冈的工作正式确定下来了。

富冈把快信撕了。雪子虽然也非常担忧，但又想既然富冈去屋久岛的事已经定下来，就不必理会伊庭那封咄咄逼人的快信了。

富冈忙着到各处去做临别的问候，以及修改手稿，等等。从伊豆回来了两个星期，才终于清理了房间，把行李收拾好并托运了。

直到离开东京那天，富冈还在想着把雪子留下来。可是事到如今，由她出了阿世男人的律师费，自己也不好意思一个人上路了。别无他法，就只好顺其自然。当年在南方野营的时候，这种顺其自然的精神变成了一种习惯。那些搬运木材的马来人每当遇到什么不意之事，总是说"阿帕、波莱、波阿特"，意思是"没办法"。以富冈的现状，没有比这句话更适合的了。

简直就是没办法。自己一边不想碰雪子的钱，一边让雪子为所有的一切付账。对自己的卑贱，富冈苦闷不已。报纸上曾经连篇累牍报道过的那场二月里的罢工已经被迫中止，然而整个社会更加骚动不安起来。富冈觉得仅靠着听天由命的彻悟已经难以在东京生活下去。自己的生活中正不断衍生着各种各样的误会，想来也是这现代东京的生活所致。

生活在各种龃龉之间，富冈觉得自己的躯体仿佛正化为一件无用之物。想要洗心革面从头来过，就必须换一处新天地。富冈以往总是处在被动的烦恼之中，感受着自身与社会的偏离。不论东还是西，整个社会仿佛一条迅速转动的传输带，在耳畔轰隆而过。不安的气氛暗示着新一轮世界大战的迫近。在这惶惶不安的状态下与雪子继续往日的旧情，富冈实在难以承受。然而这割也割不断的情缘已经像霉菌一般繁衍在富冈的生活之中。

两人从东京出发时已是二月中旬。他们坐上了夜行列车。

五十七

Il a le diable au corps[1]。——我已被恶魔附体。加野在大叻时，常常引用这句话。问他恶魔是谁，加野用下巴指了指雪子。

火车之旅漫长而乏味。面对一路吃个不停、毫无困顿之色的雪子，富冈十分惊讶。

清晨，车到京都。如果没有雪子，富冈很想下车，在京都哪怕停留一天也好。

也许是突然有了许多钱的缘故，在京都站，雪子又跑到站台上去买了食物来。富冈从车窗探头往外看，雪子那裹着外套的背影一看就是个过了盛年的女人，看起来十分寒碜。她像是在买香烟。雪子回头朝这边看了一眼，脸色苍白而干涩。

列车过了大阪、神户，经过舞子海边的时候，海面泛着深灰色的波光，苍白地反射在车窗上。

雪子竖起外套衣领陷入沉睡之中。开往博多的三等车厢非常拥挤。连走道上都坐着人。

1　法语，"他已魔鬼附体"。

车里到处是食物残渣。正午时分，没有暖气的车厢里因为拥挤竟有些闷热。富冈呆呆望着雪子睡肿的脸庞。同居的这四五天里，雪子显出了黑眼圈，嘴唇也干裂了，裂纹里透出凝固的红色。雪子的眉毛高耸着，小小的鼻头上浮着一层油脂，眼睑不时会神经质地抽搐几下。

恶魔睡着了。其实恶魔只是在装睡而已，富冈的眼光落在哪里，她知道得很清楚。雪子闭着眼睛笑了。富冈慌忙把视线移开。

"你又想说我什么了吧？"

雪子睁开眼睛，拿起腿上的橘子开始剥皮。冬季枯黄的田野、只剩下烟囱的工厂废墟，以及山川河海都纷纷退去，在轰隆声中刻印在车轮之下。

抵达博多是在深夜里。天上下着雨。

两人疲惫不堪，却还是立刻换乘了前往鹿儿岛的列车。只想累得更彻底，累得完全麻木了才好。不安渐渐占据了雪子的心。夜雨闪着光，打在肮脏的玻璃窗上面。雪子一次又一次，做着断断续续的梦。梦见从西贡经夷灵前往大叻的旅途，恍然感觉到汽车在兰比安高原上的颠簸。

每次醒来，夜行列车在雨中奔驰的现实都让雪子越来越感到不安。原来日本竟也出乎意料地广阔。富冈像个病人似的沉睡着。

这也是一段漫长的旅程。一旦远远离开东京，与伊庭共同生活的回忆也变得零散而破碎。在熊本，雨稍停了一阵。车厢中的面孔不断变换着。人们的谈话也变成了九州口音。周围已经没有了与两人相关的事物。雪子把酸胀的脚伸到富冈的两腿之间，然后闭上了眼睛。

想到周围不会再有危险袭来，雪子幸灾乐祸地想象伊庭怒不可遏的模样，心想：来到这里，你也不能再把我拖回去了……那就祝愿大日向教更加生意兴隆吧。

大津下今后大概仍将抹着厚厚的粉，继续静坐在金库前吧。雪子不时地抬眼看看行李架，留意着放在上面的旅行包。现在的自己，唯一可依靠的就只有这个旅行包了。

到达鹿儿岛是在早晨。正下着暴雨。出租车把他们带到港口附近一个叫千石町的地方，介绍他们住进一家小旅馆。

从二楼窗户看出去，只见樱岛像一块巨大的幕布挂在眼前。雨中的樱岛笼罩着紫色的烟云。

雪子累极了，在散发着海腥气的榻榻米上伸展双腿。

富冈向女佣打听通往屋久岛的船几时出发。女佣说，一旦刮风下雨，船几天都不能出航。富冈让女佣去询问屋久岛的船次，然后和衣躺在了榻榻米上。

横卧着也能看见樱岛。海面呈现着漆一般的蓝色。小船拥挤着，横七竖八地停泊在码头。女佣端来茶水，富冈向她要了啤酒。

“我们竟然到这么远的地方来了。从这里乘船，还要一个晚上才到。真像被流放了一样啊。要我一个人，肯定来不了。”

“今后可是要生活四五年啊。”

“是啊……”

“怎么样？要回去的话，现在回头正好。”

“你还在说这种话？”

“你不是说一个人来不了嘛？”

“难道不是跟你两个人才来的……你不觉得我是个苦命的女人吗？”

"要让我感恩戴德，我可吃不消啊。"

附近传来收音机刺耳的噪声。雪子脱下外套，把旅馆的棉袍披在肩上，朝走廊外风雨交加的景色看了一眼。

"我才不要你感恩戴德呢。我没那么小心眼。不过，对你来说，不也比谁都没有强，对不对？我要是在屋久岛住不下去了，就到这里来，在餐馆做个女佣也不错。女人嘛，反正就这么点本事。如果被抛弃了，也只能接受现实，在这种地方也要把日子过下去……"

"我可没说什么抛弃不抛弃的。"

女佣拿来了啤酒。

把冒着泡的啤酒一饮而尽，富冈这才感觉活了过来。

女佣告诉他们，船大约两天之内都不能出航。在这样的地方一住两天实在无聊，但船不走也没有办法。富冈来到走廊上，眺望风雨中的海面。

"你跟杂志社说起去屋久岛的事了吗？"

"嗯。"

"伊庭会很恼火吧。"

"他会不会追来？"

"怎么会！这笔钱又不是多么了不得的数目。"

"不，这可是很大一笔钱啊……弄不好会惊动警察吧。"

"没事的。"

嘴上说着没事，雪子转回房间，喝下自己那杯啤酒。冰冷的啤酒一直渗进胃里，不知怎么的，渐渐觉得浑身不舒服。

"夫人，您要不要洗个澡？"

女佣来告知洗澡的准备做好了。

雪子还从未被谁称作过"夫人"，不由得瞪大眼睛看了富冈一眼。

　　"夫人，您先去洗澡吧。"

　　富冈嘲讽地说。他已经累得浑身无力，还不想去洗澡。说是想到船运公司去买船票，顺便打听出航的日期，富冈借了旅馆的油纸伞出门去了。他顺着通往船运公司的那条空荡荡的道路，一直向海边走去。或许因为只自己一人，富冈的心情十分畅快。假如现在船立刻就要出航，还真想一个人登船而去。来到船运公司，那是一幢涂着蓝油漆的木板房。果真如旅馆所说，船要到暴风雨平息才能出航。估计要等到后天。富冈买了两张到屋久岛的二等船票。在乘船登记簿上，富冈把雪子的身份填写为妻子。

　　回去时，富冈又到闹市区买了一瓶威士忌。回到旅馆，只见雪子躺在被窝里，脸色苍白，正不停地发抖。

　　"怎么了？"

　　"好冷啊。浑身不停地发抖。帮我叫医生好吗……"

　　雪子抓着富冈的手臂，身体细微地颤抖着。那阵势绝非一般的伤风感冒。她嘴唇上还渗着血丝。富冈伸手摸了摸雪子的额头，并没有发烧。如果病倒在这家旅馆，还真不知怎么办才好。富冈请旅馆的人帮忙去叫医生。给雪子盖上三床被子，但她仍然叫冷，全身颤抖不止。医生总也不来。富冈出去买感冒药，心里有种不祥的预感。

　　给雪子喝下一剂感冒药，又让她喝了热茶，身体的颤抖依然停不下来。一个多小时以后，来了一位年轻的医生。女佣帮着雪子把外衣和衬裙脱去，请医生看过，然后注射了强心剂和维生素。医生说休息两天应该就能恢复，富冈这才放了心。但又觉得雪子的症状与去世的邦子的病症非常相像。富冈仿佛从雪子的脸上看到了类似的征兆。

雪子服用了镇静剂之后沉沉地睡去。对于遭遇的这一桩桩事件，富冈感觉自己仿佛被命运推搡到一扇紧闭的门前。邦子病倒时，医生也曾说两三天就能恢复，结果是两三天后也没有好转。这家旅馆似乎是"二战"空袭之后才建成的板房建筑，只有五间客房，竟也住满了客人。隔壁传来喧嚷的谈笑声，只有富冈和雪子的房间沉浸在阴郁的气氛中。

富冈也不换上棉袍，就在雪子枕边打开那瓶威士忌喝了起来。风雨更加激烈，整座房屋不时被风吹得摇摇晃晃。因为没有通电，随着黄昏逼近，室内的黑暗越来越沉重。樱岛巍然呈现在窗前，有种紧逼而来的感觉，仿佛就要朝着屋里倒塌下来一般。

五十八

原先只是感觉漠然地走到了这一步，但雪子的突然病倒使富冈深受刺激。

第二天是个万里无云的好天气。

雨过天晴，风力依然强劲。天快亮的时候，女佣来给火盆添炭，顺便报信说，那艘名叫照国丸的船将在上午九时出航。但是雪子的病情依然不见好转。她昏昏沉沉地睡着，睡梦中仍在咳嗽。听着雪子的咳嗽声，富冈感到一种皮肤擦伤般的疼痛，随后，是一种近似牙痛的感觉。

从走廊窗口望出去，拂晓的天空正渐渐转亮，看起来格外寒冷，樱岛仿佛已溶化在石油色的晨曦中。海岸上是成排的仓库，尽是些破旧的木房子。仓库屋顶上露出一根根船桅，就好像一排栅栏。街头还残留着几盏灯火，在街道歪斜的影子上方，黎明的月亮苍白地亮着。富冈面对依然沉睡在黎明中的海港，木然地眺望着。今早就这样出发恐怕很难，只能下决心改乘下一班船。富冈走到枕畔的火盆旁边，蹲下来点燃一支烟。这时，雪子睁开了眼睛。

"怎么样？好点了吗……"

雪子像是想做个笑脸却笑不出来，只能瞪大眼睛仰视着富冈。富冈把手放在雪子的额头上摸了摸。那额头意外地冰凉。雪子圆睁的眼睛里流露着无以名状的寂寞。那是富冈不曾见过的表情。富冈突然觉得心痛，他蹲下身来，把自己的脸贴在雪子脸上。

"船延期了，你别担心。我这就去把票改签，你放心睡吧。心里一着急，日子更难熬……听话，你这是累坏了。一定是让雨淋得着凉了。"

富冈一字一句慢慢说道。雪子睁大眼睛点了点头。富冈拉过雪子的手，贴在自己的脸颊上。在大叻那家法国人开的外科医院，被割伤手臂的雪子接受手术的时候，富冈也陪伴在侧。雪子此刻的眼神与那时一模一样。印度支那的记忆在富冈的胸中伴着痛楚复苏。还记得在那家医院，两人一同遥望湖上黎明的天空，一同沉浸在仿佛冥冥中注定的旅情之中，同时还伴随着一丝近乎恐惧的不快。富冈暗自反省，或许这段恋情之所以发生，只因雪子也是自己身在旅途偶然邂逅的女人。那么与安南女佣阿蓉逢场作戏的恋爱又算什么呢？这么说来，那大概也算得上一种旅情。富冈不禁暗自冷笑。女佣阿蓉那小麦色的肌肤和娇柔的面容此刻又鲜明地浮现在富冈眼前。只因不可能再次相见，她在富冈心目中与死去的阿世一样，是值得怀念的。然而现在想来，在印度支那的生活并不能用"旅愁"这么单薄的字眼来概括。更像被宣告了死刑的人，无论对谁都会变得友善，无论对谁都会怀着深切的寂寞去企求人心的温暖。当时生存在日军独裁政权之下，连自由的孤独都得不到容许，所以自己才会指望着通过雪子的身体来满足心灵的渴望。是自己当时随心所欲的行为导致了今天的结果。富冈满心愧疚，不禁用力握紧了雪子的手。

"你想一个人坐船走，对不对？"

雪子无力地问。

"别胡说！你真以为我会一个人去坐船吗？"

雪子像个孩子似的点了点头。富冈就像对待亲人那样，用手指为雪子抹去眼角的泪水。然后又拉过雪子的手，怀着鼓励的意思，用力握了两三下。富冈松开雪子的手，向端茶进来的女佣询问了时间。

"七点左右吧。"

女佣看了看手表，把手表凑到耳边。

富冈去了楼下，门厅的时钟七点刚过。——富冈到轮船公司改签船票，把时间推迟了四天，并决定乘坐从这里出航的照国丸。富冈顺便到港口去逛了一圈。白色的照国丸从烟囱里吐着白烟，船上的起重机正在忙碌地装卸木材。码头上是一排做乘客生意的水果店。来到九州南端却看到水果店里成堆的苹果，富冈觉得奇怪。为雪子买了几个苹果，请店家装在一个染成绿色的果篮里。富冈走到客船近旁，乘客们已经在排队等待。几乎每个人都抱着一个玻璃做的金鱼缸。照国丸就好像一艘通往印度支那的航船。趁着这错觉，富冈禁不住地想，要是能与雪子坐上这趟船的话，应该会是一次多么愉快的船旅。然而这艘舒适的船，航路只到屋久岛，再往前，就是在这场战争中定下的境界线¹。比屋久岛更远的地方，这艘船一步也无法前行。那片南国的黄色海域是这艘船所不能拥有的航路。码头上乘客和挑夫们你拥我挤地喧嚷着，稻草、木屑和苹果皮散落在栈桥上。

这场败仗也可以说是日本的一场零敲碎打的革命。富冈这么想着，一边呆呆地望着起重机吃力地吊起货物。通知出航的汽笛拉响了，然后是口哨的声音。几个女人和孩子在送客的人群中穿梭着兜售纸带。富冈也买了一卷红色的。事务长身穿样式古旧的制服，穿过舷梯走到栈桥上。乘客们开始上船，舷梯旁站着身穿白制服的侍者和警官。

乘客们带着大包小包的行李，拥挤着上了船。

九点稍过，汽笛拉响了第二声。船开始缓慢地离岸。栈桥上送客的人们放声呼喊起来，那些放好行李的乘客三三两两地站到了甲板上。一卷卷纸带像小鸟一样从栈桥飞向甲板。红、白、蓝、绿、黄，彩虹般的纸带在风中剧烈地抖动着。富冈把红色纸带扔向一个正朝着栈桥挥手的七八岁男孩，然而纸带却打在一个办事员模样的女人的额头上。女人伸出双手接住了富冈的纸带。她是个皮肤黝黑、衣着破旧的女人，但长相十分可爱，身穿一件褪了色的蓝外套。女人把纸带举得高高的，一副唯恐纸带断裂的样子。富冈似乎对船离岸的缓慢速度失去了耐性，扔下拉了一半的纸带，

---

1 一九四五年日本战败后，冲绳被美军占领，至一九七二年返还日本。鹿儿岛海域以南即冲绳海域，所以当时的屋久岛相当于日本领土的最南端。

穿过栈桥，回到轮船公司这边来。心里仿佛失去了前行的目标，也不知应该踏上哪一条道。富冈突然想起来似的回头一看，船竟已远远离开了。栈桥上纸带散乱了一地，还有几个送行的人在挥手、帽子或手绢。浑浊的海面上，鲜明地漂浮着花花绿绿的纸带。

富冈问路后去了邮局。

给屋久岛的林管所发了电报，又买了明信片，写给住在松井田的父母，报告来到鹿儿岛以及正在等船的情况。宽敞的邮局里人不多。富冈在六角形的大桌旁坐下，拿起桌上备着的笔，不意瞥见邻座一个年轻女子正在电报纸上写下"东京"两个字，富冈不由得感到分外亲切。这个女人将要发出电报的那个名叫"东京"的大都会，对富冈而言，已如世界尽头一般遥远。

对于富冈，东京是一片值得怀念的土地。若没有阿世的事件，自己大概也不会落到这种近乎自杀的、自我放逐的绝望境地。清晨的邮局打扫得一尘不染，光线照进来，室内就像海底一般，安静而平和。邻座的女人到安着铁格窗的柜台发电报去了。她的鞋跟已经磨损得有些歪斜，黑外套也穿得走了形。富冈把明信片投进邮筒，离开了邮局。

五十九

在旅馆附近找到一家小钟表店，富冈走近陈列柜，对着那些表端详了许久。全都是瑞士表的仿造品。富冈看中一块标价三千六百日元的，打算买来作为屋久岛的纪念。富冈进店请店员把陈列柜里的手表拿出来给他看。在印度支那买的手表在伊香保时就已卖给了阿世的男人，那之后富冈过着没有手表的生活，十分不便，所以一直想要一块手表。富冈拿起手表贴在耳上，秒针咔嗒走动的声音听起来非常清脆。样式也是圆而薄的形状，富冈毫不犹豫地买下了这块表。

回到旅馆，雪子已经等得不耐烦了，她哭丧着脸，看到富冈手上的苹果篮子才松了一口气，并把手伸出了被子。富冈连忙到雪子枕边坐下来，拿刀为她削苹果。

"我顺便去看了船。很不错呢。去屋久岛的船，这艘应该是最好的。乘船的人都拿着金鱼缸。屋久岛是不是没金鱼啊……"

富冈一边削苹果，一边说起去看船的事。

"那船是白色的。你生着病，我想不妨奢侈一点，就换了一等舱的票。听说船上不管饭，最好带上两顿吃的。据说途中经过的种子岛上医生倒还多些，屋久岛却没有……"

"那么落后啊……"

"嗯。真有点担心呢……"

"要是在船上身体受不了，种子岛也不要紧，你就把我放在那里好了。"

"与其在种子岛下船，那还不如留在鹿儿岛更方便。下趟船如果还是赶不上的话，你就留在这里住院，或者找一家小旅馆住下来，慢慢养好身体再去。不管怎么样，鹿儿岛是个城市，办事也方便。"

雪子望着富冈正在削苹果的手，眼光落在他手腕上。富冈戴着那块配了皮带的新手表。

"你买手表了？"

"哦，刚才在旅馆附近买的。"

"我看看……"

富冈伸出左腕，雪子一动不动地盯着表盘。新表很像在伊香保卖掉的那一块。雪子说："这表很不错啊。"她没问价钱，富冈也没说。这是用从杂志社得来的稿费中剩余的钱买的，富冈丝毫不觉得有何不妥。但雪子似乎以为这手表相当昂贵，脸上露出些许疑惑的神色。

"要是坐上了那趟船，这会儿，我们已经在海上了吧……今天风浪很大吗？"

"风很大，但海面很平静。那船就像要到外国去似的，还拉彩带了呢。"

"那一定很漂亮吧。"

"嗯，有点土里土气的。也是不能去外国的人的一种向往吧……"

那些装饰着人们的所谓寂寞或甜蜜的彩带再次闪现在富冈眼底。手表的事依然令雪子难以释怀。不知富冈打的什么主意，去买一块高价的手表来，雪子觉得他太薄情。富冈削好苹果分给了雪子半个。

雪子忍着牙床的酸痛咬了一口，苹果竟意外地柔软，虽然味道并不好。富冈清脆有声地嚼着苹果。

"这苹果放太久了……"富冈说着，"噗"地把苹果渣吐出来。好像是旅馆养的鸡，这时候高声啼叫起来。外面又开始零星地飘雨。

上午医生来给雪子打针。年轻的医生为雪子检查了胸部和背部，然后对富冈说：

"要是能照一次 X 光就好了……"

雪子心里一惊，在旅途中一病不起是现在的雪子最不能忍受的事。来到这里还要跟富冈分开的话，还不如当初留在东京的好。雪子有预感，这场病带来的痛苦很有可能会危及生命。比起这场叫人担忧的大病，撤退回来时染上疥疮还算是轻微的。雪子心想，这年轻的大夫不要对富冈说些什么多余的话才好。

不论对富冈还是雪子，同样难以忍受的四天时间终于过去了。漂泊旅途的四天里，那位年轻的医生非常热心地陪伴着两人，成了他们的好朋友。中日战争时期，他在华北野战部队做过军医。没想到他的年龄跟富冈差不了几岁。他依然独身，说是正在父亲开的医院做帮手。可能是没结婚的缘故，他显得非常年轻。还得知他毕业于福冈医科大学。又从旅馆女佣那里听说，医生爱好音乐，自己能组装电唱机，以收集唱片为乐。医生姓比嘉，祖上是琉球人。有一天，听着近处收音机传来的音乐声，比嘉静下来侧耳倾听，他眯着眼睛陶醉地说："我喜欢这支曲子。"富冈觉得这段音乐好像在哪里听到过，也一起静心聆听。雪子隔着浴衣不停地揉着刚刚打过针的手臂，一边听着收音机的乐声。富冈和雪子都不知道曲名。

"是谁的曲子？"雪子直率地问。

"德沃夏克的《新世界交响曲》。"

医生回答说，一边慢悠悠地收拾好注射器，在脸盆里洗了手。

富冈很羡慕医生的音乐爱好，同时也为在这偏僻的九州尽头邂逅了一位善良的医生而感到欣慰。敦实的身材让他看起来不像一位医生，他有一双温和的小眼睛，洁白整齐的牙齿令人难忘。富冈说起自己在屋久岛的林管所有一个职位，正在去上任的途中，并说起曾经由军方派遣，在印度支那的林业局工作过一段时间。

医生一听富冈要去林管所工作，似乎顿时对富冈好感倍增。他又向富冈谈起少时的梦想，说自己曾经打算报考北海道帝国大学。"屋久岛没有医生实在令人担忧，万一有什么事，能不能发电报请您来给病人看病？"富冈说。医生满口答应下来。

"屋久岛没有医生，这我也听说过。那里应该派遣林业管理部门的医生到山里才对呀。我以前曾考虑过在屋久岛开诊所的事。但是听说那里不通电，一年到头都在下雨，我就怕了。不能听唱片多寂寞啊，难道就只能靠空想过日子？听说最近林管所里每隔几天供一次电……人这东西，终归还是以自己为中心。嘴上说什么'医乃仁术'，流放海岛，连唱片都不能听的生活，我还是受不了啊。——下次一定找机会前去拜访……不过，说实话，以夫人的身体状况来看，湿气那么重的地方恐怕不妙……既然是工作，也不能要求太多，您的住处最好选地势高的地方，生活要尽量有规律一些……时间实在太仓促，没能慢慢为她治疗，等您去到岛上，用明信片也没关系，请一定把夫人每天的身体状况告知我。"

比嘉医生尽量用不让病人担忧的语气，做了各种嘱咐。雪子已经忘了德沃夏克的《新世界交响曲》的曲调，对"新世界"这个词却印象深刻，觉得这似乎预示着自己和富冈的新开始。比嘉医生的诚恳让雪子对他满怀好感和敬重。

富冈记得好像是在陀思妥耶夫斯基的《罪与罚》中读到过一句话，大意是说，无论是谁，如果没有同情，终究难以生存下去。富冈觉得眼前这位医生给人一种十月革命前的俄国人的感觉。医生甚至为雪子准备了急救的药品以及注射用具。第四天清早，富冈和雪子坐车去搭乘照国丸的时候，意外地看到赶来送行的比嘉。他忙得连帽子和外套都顾不上穿戴。对于身在旅途、连个抛彩带送行的人都没有的富冈和雪子来说，这实在是个意外。让年轻的医生赶来送行，不论富冈还是雪子，都是想都未曾想过的。

一等舱的船室里放着双层床，毛巾也洁白崭新。长椅前面放着桌子和板凳，墙上挂着镜子，水壶稳稳地嵌在墙里。整个房间约四帖半大小，宽敞而舒适。雪子在下床躺下来，一起上船来的比嘉从皮包里拿出注射器，用酒精消毒后，往雪子手臂上注射了营养液。医生手指的冰凉触感让雪子总也不能忘记，让她有一种初恋般的温柔感受。

雪子无力走到甲板上去，就让富冈送比嘉出了房间。船开了好一阵，也不见富冈回来。

富冈站在一等舱的甲板上，手里一直握着比嘉抛来的绿色纸带。栈桥上人头攒动，乱糟糟一片，就好像打翻了的玩具箱。富冈举着一截纸带在头顶挥舞，直到栈桥渐渐远去。比嘉站在栈桥尽头挥舞着白手绢，随后微微行了个礼，就大步流星地离开了。他摆动着皮包离去的背影在富冈看来十分值得信赖。

船行至海上，在朝阳的微光中，樱岛显得格外小巧，泛着健康的紫色。从旅馆窗口看见的樱岛仿佛一块直逼眼前的巨大幕布，而此刻从海上望去，樱岛就像一个小巧的摆设。三等舱的乘客们从洞穴般的船舱里爬出来，坐在甲板的木椅上晒太阳。金鱼缸在甲板上放得到处都是，似乎是购作礼物之用。每个金鱼缸里的金鱼都闪着金色的光。

海面上风平浪静。

背阴处的风冷得几乎穿透外套。但在向阳处让阳光照着，又感到十分温暖。抬头就能望见一管巨大的烟囱正不断冒出滚滚浓烟，烟雾朝着西边散去。阳光下的海面泛着白光，富冈把手中剩下的那截绿色纸带扔向风中。这几个月来，心中有种被磋磨的疼痛，一旦来到广阔的海上，那缠绕于肩头和脚下的命运锁链仿佛被吹散了一般，只感到一身清爽。望着沉默的海水，不禁想起一句格言：饶舌令人后悔十次，沉默令人后悔一次。富冈比较着陆地与海上的不同，沉浸在思考之中。

雪子背部感觉着船的摇晃，心里十分畅快。乘船任其前行的感觉与从印度支那返回时非常相似。比嘉医生舒缓的动作和话语以及略带药味的体臭，让雪子非常难忘。他的长相也很像加野。对于自己情愫繁杂的心态，雪子自己也想不通，但她还是像一头反刍的牛那样，一直在心里快乐地描绘着在屋久岛山中迎来比嘉的情形，空想着两人危险的邂逅。

六十

下午两点左右，船到了种子岛。

透过舷窗，看见波光粼粼的海面上，出现了一座地势平坦的黄色岛屿。富冈抽着烟，遥望那座仿佛拉长了身子孤零零躺在那里的海岛。雪子昏昏沉沉地熟睡着。富冈恍然意识到自己已来到了远方。

远远看见狭小的港湾里，小船密密麻麻地停泊在一起。临海人家黑白相间的屋顶就好像剪纸一样，在富冈看来十分新奇。

船慢吞吞耗费了许久，才进入种子岛的西之表港。听船员们说，船暂且要停靠在种子岛，到晚上九点才会离开。富冈百无聊赖，无心在这地方耽搁，只想尽早到达终点。

远远望去，种子岛就像一座无人岛。有一种临阵许久，却等不到敌人来袭的空虚。面对无人的岛屿，叫人实在无从感慨。然而听说散布于这片海域的大隅诸岛之中，种子岛是唯一有文明的岛屿。而自己即将奔赴的地方比这里更加荒凉。富冈茫然地望着渐渐靠近的港口。整座岛像一座秃山，呈长条形延伸。或许是岛上没有高山的缘故，整座岛平缓得好像随时可能沉入大海。

"这是到哪里了？"

雪子微微抬起头问。

"到种子岛了。"

富冈支着下巴回答。

"海港还不错吧？"

"嗯，地方很小巧。要不要起来看看？"

"不看也罢……反正哪里的港口都差不多吧。"

"这港口比想象的热闹呢。有好多小船。印度支那的叫什么地方来着？有个跟这里很像的村子。"

"跟印度支那很像吗？"

"也不是很像。我记得有个类似的村子。好像不管去到哪儿，只要是日本人建的港口都这么死气沉沉的……"

听到一阵"嘎啦嘎啦"下锚的声响。船正向着港口的小栈桥逐渐靠近。似乎是来迎接的人们，在明亮的栈桥上犹如蚂蚁聚集，拥挤的人群已在等候船的到来。

随着船身步步靠近，来迎接的人们的模样也一个个看得清楚起来。他们的服装与东京、鹿儿岛的并无太大不同。也有年轻女人穿着近来流行的红色夹克衫。看样子每个女人都烫了头发，年轻男人都梳着油亮的飞机头。

不一会儿，舷梯放下，那些手提苹果、金鱼缸的乘客们顺着舷梯陆续下了船。狭窄的栈桥被波浪摇荡着，人群像松散的蚁团急匆匆地从上面走过去。富冈把外套搭在肩上，去了一等舱的甲板。

朝岸上望去，转眼间，蜂拥的人群便朝着坡地上的市镇四散而去。白砂铺就的路面在夕阳下反射着暗淡的光。海岸边杂乱无章地盖着一些房子：像是镇公所的木头房子、三层楼的破旧旅店、车行，以及酒馆。船为什么要在这样一个地方停泊到晚上九点？富冈觉得不可思议。即便要装卸货物，也未见栈桥上出现什么大不了的东西。

两人也不上岸，就在船舱里一直待到了晚上。傍晚时分，甲板上点亮闪闪发光的灯饰，喇叭里开始播放闹哄哄的流行曲。

甲板和走廊上，有人穿着木屐跑来跑去，不时传来酒吧小姐娇滴滴的说话声。有好几次，她们甚至打开富冈和雪子的房门，肆无忌惮地朝里面张望，让两人吃惊不已。

"屋久岛也会是这样的地方吗……"

雪子缩进毛毯里，不安地问道。那支名叫什么布鲁斯的轻浮的流行歌，一遍又一遍地在甲板上响起。

翌日，早晨八点左右，屋久岛开始进入视野。

富冈他们将在安房港上岸。船航行到宫之浦，这一带的海岸浪涛汹涌，还没建码头，船只能停泊在外海，再用舢板运送乘客。望着大隅诸岛尽头这座棋子形状的孤岛，富冈想到这将是自己一路跋涉之后的栖息之地，不禁感慨万千。

幽蓝的大海上，仿佛盖着浓绿色天鹅绒的郁郁葱葱的群峰耸然屹立在晴空里。

屋久岛位于种子岛西南三十二海里，面积约五百平方公里，形状浑圆，海岸线平滑而舒缓。岛中央耸立着九州地区的最高峰宫之浦岳，海拔一千九百三十五米。另外还有永田岳、黑味岳，一同构成群峦叠嶂的八重岳山脉。气候的垂直变化显著。海拔一千至一千五百米的山麓上生长着繁茂的屋久杉林带。

富冈衣袋里的一张纸条上，抄录着屋久岛的简单介绍。这里有着种子岛无法比拟的浓绿和圆润。望着岛上久违的深绿，富冈的心情也畅快起来，丝毫没有被流放孤岛的悲哀，反而感到一种可以洗涤身心的森林的召唤。富冈走向甲板，迎着寒冷的海风，不知厌倦地遥望着耸立眼前的海岛。种子岛仿佛一座横卧的岛屿，而屋久岛则屹立于海面之上。如果是在黎明昏暗的海上，眼前蓦然出现这样一座岛屿的话，一定会感到突兀吧。

碧蓝的海上浮起一座密林丛生的岛屿，这景象本身就彰显着大自然的神奇。船离开了波涛汹涌的海域，引擎声再度轰隆响起。海浪依旧起伏不定。

小小的舢板像一片树叶挣扎在起伏的浪涛间，向着宫之浦苍凉的海岸划去。

雪子缓缓起身，平整了一下头发，脸上有种不抱任何奢望的表情。她把小镜子放在毛毯的皱褶间，对镜整理蓬乱的头发。干枯的发丝胡乱地在脑后翘起，用手绢扎好，又吃力地往脸上抹了点润肤膏。涂着白油漆的板壁上，海水的反射透过玻璃窗照进室内，像一团光焰在不停地晃动。

雪子固执地不去看窗外的景色。种子岛坚持着没看一眼，此刻屹立眼前的屋久岛也不想看。或许对雪子来说，不论是怎样的一片土地都无所谓了。准备下船的时候，富冈看她一副慵懒的样子，心想这大概是身体的不适所致。

上午十点左右，船进入了安房港的海域。

狭小的舢板摇晃着穿过巨浪，向着富冈他们的大船划来。不觉间下起了小雨。

富冈紧紧搂着雪子病弱的肩膀，从倾斜的舷梯走下去。身穿白色上衣的侍者从舷梯下伸手接住雪子。舷梯忽高忽低地晃动着，几乎被海浪吞没，走在上面十分危险。雪子好不容易才抓住了侍者的手，缓缓滑落到舢板上。在草席包裹的货物旁边，雪子蹲了下来。一抬头，从货物的缝隙间看到的是一座魔怪般阴郁高耸的小岛。雪子睁大了眼睛，久久凝望那座岛屿。就像一座无人的荒岛。实在太荒凉了。雪子在内心里抱怨着，这座高耸的黑色小岛令她感到一种压顶而来的沉重。

不久，舢板乘着巨大的波浪离开了大船。舢板晃得人头晕目眩。小雨在不知不觉间转为细密的中雨，坐在舢板上的数名乘客全都被雨淋得湿透了。雪子头上盖着富冈的外套，膝盖下面寒气嗖嗖直往上蹿。在昏暗的外套下面，雪子剧烈地咳个不停。

舢板划进那片只有巴掌大的海湾，船身终于平稳下来。润湿的白色沙洲就像被雨洗刷过一般。海湾里的水流碧绿通透，海底的岩石、藻类以及空罐头都看得清清楚楚。

沙洲上游连接着河流，在高高的堤防上，架着一座巨大的吊桥。那拱形吊桥的结构看起来极其坚固。

沙滩上，四五个人在等待着舢板的到来。其中两名是从林管所前来迎接富冈的人。

他们一个撑着油纸伞，另一个身穿雨衣。富冈付了船费，从舢板上跳到了白色的沙滩上，又回身把裹在湿外套里的雪子抱下船来。林管所来迎接的人见状，立刻踩着嚓嚓作响的沙滩向富冈这边跑来。

"一路上累坏了吧？夫人还生着病，真难为你们了……"

其中一个中年男子打着油纸伞为雪子遮雨。他的眼神里有一种与城市人完全不同的质朴。沙滩一直延伸至堤岸。雪子疲惫不堪，多次在沙滩上停下来喘息，只觉得透不过气来，浑身烫得像着了火一般。

吊桥上方巍峨的山峰不知什么时候隐藏在了乳白色的云雾中。

登上堤岸，穿过长长的吊桥，他们被带到一家叫安房的旅馆。旅馆挂着"见晴亭"的招牌，建在一处低矮的山丘上面。狭窄的水泥坡道旁边，连接着吊桥的一根根粗壮的钢缆盘结在铁柱上。

旅馆身兼大米供应站和车行的功能，外形并不像一座旅馆，且气氛阴沉。一行人在昏暗的外间脱了鞋，踩着因下雨变得发黏的楼梯来到二楼客房。

旅馆十分简陋，环顾室内，四面全是板壁，连一面土墙也没有。

富冈请那个身穿短外套的女佣立刻为雪子铺好被褥。雨下得很急，就像无数细流从天而降，从走廊向外望去，海和山都被掩藏在了层层云雾之中。就像一面云雾的墙壁，连近前的景色也被遮住了。

白色的云雾里还夹着一股黄烟，那是从庭院中的浴室里冒出来的。

请女佣铺好被褥之后，在光线较好的一个房间里，富冈和前来迎接的人交换了名片。女佣端来了温吞的茶水和红糖做的糕点。

"听说这里雨水很丰沛啊。"

"是啊,一个月里几乎都是雨天。所以才会说屋久岛一个月有三十五天在下雨嘛……"

穿雨衣的男子说。脱下雨衣,才发现他是个年轻人,给人的感觉像个学者。

六十一

穿雨衣的年轻人姓田付。姓登户的是那个撑油纸伞的中年人。两人都是事务人员,并不担任山林方面的工作。据他们说,每天有两趟小火车从山里往返,并为富冈预备了一处小小的居所。但考虑到有病人在,现在就去恐怕不方便,五六天内最好还是住在这家旅馆比较妥当。富冈也表示赞同。然而所有的一切都太冷清了。

雨不停地下着,令人郁闷不已。一根根粗粗的雨丝呈乳白色。

两人离去之后,富冈在铁澡盆盛着的污浊热水里洗完澡,就钻进了自己的被窝,浑身疲惫不堪。雪子的咳嗽依然止不住,满脸通红地咳个不停。她吃了止咳药,睁着眼睛躺在昏暗的房间里。

感觉就像两人受了刑罚,被扔弃在这里一样。雪子有预感,或许自己将在这里死去。如果要死,希望能死得痛快一些。听说这雨将会每天下个不停,看来今后自己将很难熬过在这座岛上的生活。侧耳倾听,感觉雨仿佛下到耳朵里来了。

这是一个没有玻璃窗、只有纸拉门的房间。纸拉门上糊的纸像口袋似的,耷拉在木框架上。每人只有一床被子。床单上残留着浆粉的气味，枕头硬得像树根一样。一把坑坑洼洼的铝茶壶放在火盆上，沸水正咕嘟咕嘟往外冒。可能因为火盆里干结的灰硬如贝壳，沸水落在上面也不见灰烬扬起。雪子望着热气，像是要把房间的冷寂看穿。板壁下的壁龛里插着一枝类似秋菊的花，在花的上方挂着三盏油灯。空旷冷清的房间让雪子感觉仿佛又回到了过去的生活。富冈打着鼾熟睡着，简直叫人羡慕他内心已平和到可以安然酣睡的地步。

听着倾盆大雨嘈杂的声音，雪子深深叹息。心想即使身体康复，在这里又能怎样？然而就这么回东京，也没有任何指望。

入夜后灯亮了。

女佣送来晚饭。菜是干烧红蟹，没有任何蔬菜。雪子烧到近四十度，浑身被汗湿透了。没有换洗衣服，只好借了旅馆那带着浆粉气味的浴衣换上。

富冈笨拙地为雪子在手臂上注射之后，在病人枕边坐下来慢慢喝酒。也没有下酒菜，只有米饭，装在一个涂漆的饭盆里。米饭堆得高高的，撑得盆盖都盖不上了。这里应该是个米饭不够吃的地方，这情况实在令人费解。富冈不禁暗自苦笑。

酒是甘薯烧酒，凑近闻有股刺鼻的臭味。两个酒瓶温在茶壶里，富冈没想到竟是甘薯烧酒。问女佣有没有清酒，回答说，这岛上没有。

既然什么都没有，就只好将就一下。那烧酒也喝得富冈微微地醉了。醉意蒙眬之中，得以忘掉了昨天之前的事，渐渐陷入一种一直以来就生活在这里的错觉。雨转为暴风雨，雨水从导水管泻下的声音激烈得如打击乐一般。这里不需要任何思考，似乎只需为生存而存在就足够了。富冈头脑里一片空白，只顾不停地喝酒。不论何地都有神的支配。下雨或刮风都是神的旨意，在严酷的大雨中，岛上的人们质朴地生活着、奋斗着。为了生存，决不向暴雨示弱。然而即便如此，这雨也实在下得太久了。嘈杂的雨声仿佛隐含着敌意，朝着富冈的心上袭来。女人在高烧中苦苦喘息。这是一个冷酷的神的世界，但决不能就此败退。既然流落至此，这里就必须成为自己最佳的栖身之地。已经到了这种地步，就不会有奇迹。转念又想，这女人也许会意外地死在这里。富冈在醉乡中回想两人长久以来的艰辛，不觉中眼角润湿了。对自己这样一个男人，到底为什么会有人愿意倾注如此热情？阿世径自死了。与阿蓉则早已天各一方。邦子没能挨过贫困的折磨。只有雪子，一面与病魔搏斗，一面仍跟随自己来到这里。在港口，林管所来迎接的人的那一声"夫人"，让富冈忽然回想起当年担任公职的时候，自己曾拥有过的健全的家庭。雪子擅自处置掉的那个孩子的面容，到了现在，才复苏在富冈的脑海，随之而来的是自责的煎熬中不堪承受的悲哀和想念。

雪子在高烧中发出呻吟，不时呼唤医生的名字。富冈看着不忍心，为她把额头上贴着的湿手巾反转了一次又一次。心想如果明天还不见好转，就给比嘉发电报。

潮湿的榻榻米以及好像喷了一层水雾的板壁，这一切都给富冈一种不祥之感。

第二天，雨停了。却是梅雨时节那种暗淡的早晨。富冈到林管所去做了赴任前的问候。所长正在宫崎出差，由登户带领他看了林层分布地图以及其他文件。顺便去看了位于林管所附近的小学旁的宿舍。这里也是一栋没有土墙的木板房，小小的平房建成四方的田字形结构。庭院里有一棵多人才能合抱的榕树，气根如钟乳石般垂下来。还有几株枝繁叶茂、挂了绿色小果实的芭蕉。绿意盎然的景色丝毫没有冬季的萧瑟。雾气般细密的雨再次弥漫开来。富冈决定明天进山，并委托登户给鹿儿岛发一封电报。中午时分，富冈回到旅馆。

雪子的热度依然未退，富冈按照比嘉的嘱咐，试着给她注射了青霉素。雪子看上去神志清醒，她开玩笑地说：

"能死在你身边，我也心满意足了。"

"死有什么了不起的。要死的话，随时都可以死。可是既然来到这里，谁还会说这种丧气话！"

"雨下得真烦啊……"

"已经小多了。"

"哪怕只看一眼，好想看到晴朗的天啊……"

邻室像是有什么聚会，隔扇那边传来四五个人交谈的声音。小雨之中，山脉清晰可见。山的形状宛如一块竖立的砚台。富冈发现病人额头上的湿手巾竟然烫得像煮过一般，他震惊得握着手巾一时不知如何是好。旅馆的人好心建议说，把辣椒粉用水调和，抹在胸部可以有所缓解。富冈请女佣去买了辣椒粉来，用水调和了抹在纸上，再把纸贴在雪子胸部。隔一段时间后把纸揭下，下面的皮肤已变得通红。

富冈把脸贴在那片皮肤上，向神佛祈祷：请再让我们重生一次吧。

六十二

　　每当雪子开始不停地喘粗气，富冈便紧握她冒着热汗的手，头一动不动贴在榻榻米上，默数她的呼吸。

　　"无知的人哪，今夜必要你的灵魂。你所预备的,要归谁呢？"富冈祈祷着，忽然想起这样一句话，不禁觉得很不吉利。忘了是在哪里读到的句子，现在却突然浮现于脑海。紧握着女人的手，同时又有一种祈愿她死的心理。富冈急躁地想驱逐这种想法，不时在病人耳畔低喊："雪子！雪子！"雪子微微睁开迷茫的眼睛，无力地环视四周。富冈把耳朵贴在雪子心口，听到还算沉稳的心跳声。又为她把了把脉，这样碌碌无为地苦熬着，富冈感觉自己几乎要发疯了。连耳朵里似乎也充斥着雨声。这样的夜晚，就好像回到了身在兰比安高原的某一天。两人之间曾有着奇妙的关联。富冈觉得自己这些年来在波澜起伏的苦斗中渐渐失去了人性，仿佛一直有着空洞般的心灵。一个躲藏在长着肉身的假人身后，借着魔鬼的心脏在走动的怪物。富冈自己也不禁心惊胆寒。

　　比起对雪子的怜惜，富冈更对自己感到不知所措。直到傍晚，雨依然不停地下着。

　　天将黑的时候，雪子昏昏沉沉地睡去了，烧也退了一些。也许是每四小时注射一次的青霉素发挥了作用。效果虽然微乎其微，但雪子的身体对这种药有所反应，已让富冈非常高兴。富冈累得精疲力尽。入夜，他又在雪子枕边喝起了甘薯烧酒。随着醉意一点点蔓延，富冈渐渐开始厌恶眼前这个正张着嘴熟睡，如一滩烂泥的病人。如果说雪子的命运中也投射着自己的倒影，那也仅是过去的回忆罢了。现在想来，那驱使两人好像私奔一般流落至此的双方的决心未免太过疯狂。对于回忆本身，女人总是恋恋不舍。对所谓的回忆和命运，女人终归是满怀着误会……富冈想起自己很久以前曾刻薄地对雪子说："我看你像是出生在练马萝卜的产地吧。"眼前的她一脸臃肿的睡相，看起来像个浪荡的女人。加野曾说雪子长得像那个叫三宅某某的女演员。仔细端详，她更像那种出生于歌舞伎世家，长相却丑陋又蠢笨的女人。

富冈大口喝着臭烘烘的烧酒，心中却比往常更加舒缓。女佣来问是否需要帮助，富冈用呆滞的目光看了她一眼，回答说不必了。酒醉令他浑然忘却了回忆、命运以及那些暧昧模糊的事。就像把全身置于疾风吹拂之中，富冈把自己当作下酒菜，冷眼观察着自己。

其实不必偏偏跑到这样的地方来，只因不想在东京乞食为生……虽然说技艺可在危急时救人一命，但进入深山之后，能否做好那份隐者般的工作还是个未知数。带雪子一路同行，无可避免地成了女人制造回忆的伴奏者。也许雪子携带的那笔钱对自己也多少产生了吸引力。无论如何，那是神灵的钱财，想必一定神效显著。神的公平甚至是残酷的……听着雨水从导水管中奔流而出的声音，富冈一整夜都遏制不住地想喝酒。

爱恋女人的气力已经丧失殆尽。把七八个空酒壶摆在壁龛上之后，富冈怀着一种对女人的无谓了然于心的爽快，醉倒在了雪子身旁。半夜里，喉咙干得像要冒烟一样，感觉鼻血也几乎要流出来了，富冈摸索着拿起火盆上的茶壶凑到嘴边。雨势渐弱，听得见雨滴断断续续的滴答声。

一看表将近四点了。富冈点燃酒精灯，拿起了注射器。

富冈觉得头晕。

这也是一种惯性，富冈心想。那些护士的心态应该也是如此吧。对病人虽然漠不关心，却可以出于习惯在深夜里醒来。仅此而已。病人则是一副理所应当的样子，皱着眉头，露出痛苦的表情。

"感觉怎么样了？"

"嗯，好多了。"

"雨停了啊。"

"这地方怎么这么能下雨啊？我简直受不了了……"

"嗯……"

"这雨真是没完没了啊！"

"不就像你一样，成天回忆起往事不也是没完没了？"

"是啊……也许真是这样呢。"

"两人都是狼狈不堪呢。"

雪子微微地笑了。

收拾好注射器，富冈点燃一支受潮的香烟，皱着眉头深深吸了一口，就把手伸向摆在壁龛上的空酒瓶。

仿佛看到阿世的幻影在眼前闪过。富冈把一个个空酒瓶往嘴里又灌了一遍。

"你那么想喝吗？"

"嗯。就是想喝。"

"要不是生病，我也想喝呢。你说，我们两个，怎么会想到跑这里来呢？"

"我工作就安排在了这里有什么办法？"

"为什么一定要到这么远的地方找一份工作呢？"

"那是因为，在东京已经活不下去了啊。你才是呢，等身体好一点，就回东京去吧……怎么样？"

"回去了，做什么呢？"

"我不知道。你总可以做点什么吧……"

雪子闭上眼睛。就好像未愈的伤口被触碰了一下，感觉到自己的病痛似乎非同一般。比嘉反复说应该照 X 光，雪子没有答应。虽然比嘉说有便携式的机器，但雪子不希望自己的胸腔受到诊视。

"现在几点了？"

"就快天亮了。五点多。这岛恐怕真是一年到头都在下雨吧。"

"应该不会吧。"

"在这地方，我不进山就没有办法工作。宿舍那边，我昨天也去看了。你一个人恐怕……我去了山里，大约一个星期之内都回不来……"

"我也进山不行吗？"

"那无论如何是不行的吧。"

"也是啊。不过要是不下雨的话，我觉得这里是个很不错的地方。应该不会总是这样每天下雨吧……这种时候，要是加野在就好了……"

"你要去冥府找他来吗？"

"要是去找了就不回来了，你会松一口气吧？"

"当然会松一口气啊。反正女人哪儿都有嘛。"

"是啊，女人就那么回事。不管多么厉害的女人，在男人看来都是那么回事……跟女人想的根本就不一样。说什么女人哪儿都有，真气人啊！"

"气不过的话就快点好起来。身体好了才能跟男人斗啊。用女人最大的武器……"

"你这人说话太狠了。从来都那么刻薄。要是让那些女议员听到了，一定会来找你算账的。"

"女议员……那些个女议员，我从来不觉得她们是女人呀。连有女议员这么个东西都忘了。"

阿门（确实如此）。雪子气愤着，一边伸出放在胸前的手去摸索富冈的手。

六十三

总不能一直在旅馆住下去，第四天，趁着雨停的间隙，雪子被放在担架上送到了宿舍。岛上的居民们用诧异的眼光盯着担架。

上空露出了久违的蓝天。太阳也出来了。道路两旁密密层层的树木在阳光下闪闪发亮。天空的色彩非常耀眼，雪子几乎睁不开眼睛。那是一种碧蓝而温暖的色彩。

担架沿着蜿蜒曲折的路，高低起伏地前行。雪子在没有人声的地方睁开眼睛，只见鸡群咯咯惊叫着逃进了路边的人家。这里没个镇子该有的样子，村落中的房屋只有极少数敞开着板窗，像极了印度支那的安南人村落。雪子转头左看右看，满眼好奇地观望着四周。每一户人家的板窗都是关着的。一种形似榕树的巨树把路围得像一条隧道，出了树木隧道，立刻传来富冈的声音。

"啊，辛苦各位了……"

正门"嘎吱"一声开了。担架磕碰着被抬进屋里。天花板上满是污迹，墙上贴着报纸。这就是宿舍吗？雪子瞪大了双眼。

富冈到中午就要乘小火车进山，预定在山里住一晚上，明天傍晚回来。一个据说是战争寡妇的带孩子的女人被请来做帮佣，富冈不在的时候，就由她来照顾雪子。

也不知是从哪里弄来的，屋里铺着还算干爽的条纹布面的被子。在鹿儿岛买的毛毯用来做了床单。榻榻米光秃秃的，没有缝边。方形火盆上，一个全新的铝茶壶正往外喷着热气。

吃完从旅馆送来的午饭，富冈打上绑腿，做好了进山的准备。他头戴防雨帽，披了一件已经穿脏的雨衣，肩上背一个扁扁的双肩包，俨然是一名老练的山林管理官的模样。登户身穿滑雪服前来迎接，富冈嘱咐过女佣之后就出发了。天气好得叫人惊讶。

"天气这么好的日子，难得一见啊……心情也跟着清爽了。夫人，粥煮好了，要不要喝一点？"

女佣脸色枯黄，就好像肚子里长了寄生虫一样，眼睛有点发青。她叫都和井信。据她说丈夫已经战死九年了。

雪子一点食欲都没有。

她只是睁着眼望着窗缝间露出的一线蓝天，心里还留着富冈半开玩笑的那句话：女人哪儿都有。他一定会一直这么坚韧地活下去。雪子也意识到，自己已经活不了太久了。附近山上野鸽子在啼叫着。从窗缝间看得见砚石一样、暗青色的陡峭山壁。

"小杉谷离这里很远吗？"

雪子问阿信。阿信正在挤椪柑汁，她抬起有些浮肿的脸，回答说：

"是啊，大概两个半小时的路程吧。到途中的太忠岳也得一个多小时……不过，听说小杉谷现在雪下得很大。先生一定会冷吧。"

小杉谷的采伐点一带海拔七百米,平均气温不到十六度,从十二月到翌年三月前后一直有积雪。

屋久岛群峰险峻的地形,使得天气变化多端,一天之内晴天雨天交替而来,加之这里也是台风的必经之路,一年到头都可能受到暴雨侵袭。当地的财政因此越发困难,治水对策也难以顺利进行。

岛上的收入主要来自五月的飞鱼,还有甘薯、甘蔗和林业。

屋久岛以屋久杉闻名,但这里的杉材无法采用河川漂流的搬运方式,只能依靠小火车运送。

杉树一年到头都有雨雾环绕,因长年吸收水汽,很难在水中浮起。用小火车运送到山外的杉木,在装船的时候如果不小心落入水中,整根杉木都会沉入海底,因为它的重量超出了海水的浮力。

"这么暖和的地方也会下那么大的雪吗?"

"会呀。小杉谷一直到三月都可以滑雪呢。"

"你上去过吗?"

"没有,我只去过半道上的太忠岳。"

天空突然暗下来。

宛如砚石耸立的山顶开始被云雾缭绕。雪子望着山顶云雾的流动,不觉陷入一种无以名状的悲哀之中。心想如果看着这样的景色长大,一定不会长成自己这样的人。一度体验过奢侈生活的雪子,已经无法忍受天花板的污迹,以及贴着报纸的板壁。只要回到东京,就能置身于文明之中。然而,池袋的那间小破屋的生活又如何呢……如今回想起那个名叫乔的男人,雪子不由得心生眷恋。记得乔抱了一个大枕头来送给雪子，还在枕边为雪子轻唱那首收音机里听来的《勿忘我》之歌——"心爱的人儿啊。虽然花儿已凋零，这花儿曾经蔚蓝，这花儿曾经艳丽。就像当年，相依相偎，美好的回忆，打动我心扉。"

后来富冈看到那台小收音机，要求雪子换到播放舞曲的频道，雪子却偏要听战争法庭的电台直播。收音机里，一个日裔美国人口音的声音在说：

"阁下当时是出于何种考虑呢？"

收音机里那彬彬有礼的语调，刺痛着富冈的心。他要雪子让他听美国爵士乐。雪子怒冲冲地叫道："这场审判，我和你都应该是受审者之一。——我同样也不想听这样的审判，可是，一想到有人实际受了制裁，那我倒要听听战争到底是怎么一回事。"雪子觉得，跟乔在一起的时光仿佛已经是十年前的事了。这时候，那个洋人也许也已经回到故乡。两人之间虽然难以用语言交流，却可以用肉体去了解对方的心。富冈为此讽刺雪子的时候，雪子回敬道："跟你在印度支那宠爱阿蓉是一样的。"

雪子沉浸在重重思绪之中，怀念着过去的一切。现在想来，因为无须揣测对方的内心，与乔的关系反倒来得明朗，并且不必一本正经地去谈论责任之类的问题也让人感到轻松。

六十四

富冈登上小火车的车头，在司机身旁坐下来。小火车发出"轰隆"的巨响，沿着窄小的轨道开始向上爬行。富冈觉得自己的身体就好像被吊在半空中一样。视野下方，是晴天下碧绿的安房川，河流闪耀着向密林深处蜿蜒而去。今天刚做好的名片装在胸前的衣袋里，上面"农林技官"的头衔令富冈有种不安的惭愧。

"喂，不来一支吗？"

司机吃惊地看了富冈一眼。下面就是悬崖峭壁。有一种类似凤尾蕨、名叫桫椤的植物让富冈感到新奇。在大吩的深山里，到处繁衍着这种蕨类植物。它与本土的全缘贯众有几分相似。富冈点了一支烟，塞到司机握着方向盘的手中。

位于右下方河谷里的安房村渐渐掩没在树林深处。小火车就好像飞奔在空中。车头后边连接着四节无盖的敞车，上面载着成袋的米、蔬菜、邮件以及盐包。一同前往山中林管所的五六个伐木工人缩着身子坐在米袋上。登户也跟他们坐在后面，他们正大声交谈着。

屋久岛上由林管所管辖的土地约两万公顷，全部是国有林。这面积若在印度支那的话，还不及私人领地的大小。然而在这座小岛上，几乎就是在没有土地的地方寻求土地。虽然仅是两万公顷，但对现在的日本来说，已是一处难得的宝库。朝鲜、台湾岛、琉球列岛、桦太¹以及满洲，全都因战败而失去了。而今日本只剩下躯干部分，为养活家人，不得不搜遍自家厨房的每一个角落。

"山里很冷吧？"

"今年据说全国都是多雪的天气，山里下得很厉害。大伙儿都说很反常呢。"

"真应该做好过冬准备再来啊。"

---

1 桦太，库页岛南部旧称。

"去到山里，有预备的衣服。"

"你说，这岛从东到西大概有多长？"

"噢，据说东西约二十四公里，南北约十五公里……距离鹿儿岛九十七海里。安房的村镇很暖和，但是山上非常冷。"

司机操着军人的腔调做了介绍。左边的山脉有的地方露出刺眼的红色土层。小火车已经爬到了相当的高度。连呼气都是白色的。

山上黑压压的雨云开始翻腾，大颗的雨珠落了下来。富冈回头一看，敞车里的几个人都穿上了雨衣或撑起了油纸伞。

到达太忠岳的时候，风雨越发猛烈。为给敞车盖上篷布，小火车停了下来。四周寒气袭人。

到达小杉谷时已近黄昏，山色昏暗，冰冷的雨夹着雪落下来。亭亭如盖的巨大杉树形成的茂林中，伐木点的小屋如村落般聚集一处。

富冈跑进林管所办公室去烤火。登户为他介绍了办公室的成员。今天偏巧遇上发电所出故障，天花板上挂了一盏大油灯。

事务官姓堺，是个满头白发的老人。"过去这里几乎都是朝鲜劳工，现在全都换成了日本人，都是从满洲、朝鲜回来的撤退人员。这个岛有五份《赤旗新闻》[1]送来。即便是这么偏远的地方，也有了点民主主义，情况也复杂了。——真是世道变幻啊……叫声越大的人越得势。我这样的老人在这山里已经没用了。富冈技官您要记住，比起怎么伐木，首先要能言善辩才行。"堺老头一边笑着说，一边从富冈那里要了一根烟，凑近炉火点上。

---

1 《赤旗新闻》，日本共产党的党报。一九二八年创刊。

玻璃窗渐渐黑了。低矮的屋檐上垂着一根根冰柱。

六十五

　　出了西贡市区，道路自然而然地通向嘉定。这里驻扎着大量日本军队。从这里进入边和市的路上，沿途的村庄到处是甘蔗田、果园，还有茂盛的椰子和槟榔。穿过几个小村庄，跨过架在同奈河上的两座铁桥，就到了美丽的边和市。雪子曾与加野、富冈三人在这里的一家小旅馆里住了一晚。那是一家法国人开的旅馆，店名叫作"普瓦松旅馆"[1]，旅馆招牌上只画着一条巨大的鱼尾。

　　刚好是在空袭之后，城里的发电厂被毁。黄昏时分，三人在火焰树花朵盛开的庭院里用餐。从远处的花丛里，传来野鸟奇特的鸣叫。浓郁的花香扑鼻而来。庭院的草坪在黄昏的微光照射下，显出润湿的绿色。雪子穿着白皮鞋的脚尖，在木桌下跟富冈的脚嬉戏着。

　　闷热难眠的夜里，牛蛙在远处凄惶地叫着。雪子仿佛感到富冈的体重正一点点压下来，压得她难以呼吸。

　　房间外一片幽静，雪子听到外面有人轻轻转动门锁的声音，然后，门开了，借着屋外的光亮，只见富冈高大的身影忽地消失在室内的黑暗之中。雪子躺在白色蚊帐里，故意用力地扇着扇子。两人唇齿间还留着刚才在草坪上喝的雪莉酒的味道。这家旅馆里

1　普瓦松，即法语 poisson，意为"鱼"。

294

还住了另外两队军人。雪子和富冈悄然无声地凝视着对方眼中的暗影。透过野兽般锐利的眼光，两人的隐秘爱恋背离了这场战争，脉脉地交汇在一起。

窗外大树上果实落下的声音把两人吓了一跳。周围安静得就像身在井底一般。雪子难忘在高原边和旅馆的那一夜，当时的情形不时仍重现在梦中。直到现在，只要静心回想，抚摸富冈浓密头发的触感就会在手中复苏。

第二天，两人若无其事地坐上颠簸的汽车，从油曳开始，经过分岔点夷灵之后，是一段大约四十公里的绸带般曲折回转的公路。雪子和加野并排坐在后座，安南司机和富冈坐在前排。加野看上去心情十分烦躁。规划整齐的橡胶林中，强烈的阳光从枝叶间倾泻而下，汽车穿过林间通道，奔驰在夷灵高原上。

先在设有林业试验所的庄崩稍作停留，富冈和加野在那里办理完各自的公务，然后汽车又开始沿着铅灰色的寂静公路前行，一路发出沉重的喘息。安南司机说，这一带时常有野象跑出来。大叶紫薇的巨树黑压压连成一片，整个林带显得格外阴森。

睡梦中的雪子微笑着追逐梦中的幻影。那段青春时光将永不复返……当时的一切也已无法重现。不论富冈还是雪子，如今来到这国境南端的屋久岛，两人都比当时年长了许多。——耳畔喧嚣的雨声在雪子听起来就好像树海的风声。一旦发觉那是飞溅的雨水打在窗玻璃上的声音，雪子不禁深深地失望，仿佛坠入了深渊一般。

就像挪亚面临的那场洪水，把整座房屋都浸透在了水中。闭上双眼，心脏的搏动声正穿透自己的肌肤，异常清晰地传入耳中。

那搏动声不时地停止，然后又怦怦响起。耳朵贴着枕头，心脏的搏动听起来就像人的脚步声那样响亮。

仿佛要把四围的空气劈开一般，雨猛烈地下着。雪子努力地舒展手脚，脑子里有个不祥的空想：自己的寝棺里会有多大的空间？然后，暗自期待着昨日进山的富冈归来，雪子将全身的气力都集中在了等待之上。

比嘉迟迟不来。雪子忽然想往静冈写封信。本打算写给继母，想来想去又改变了主意。来帮忙的都和井信对雪子的食物毫无用心的迹象，端来的多是糨糊一样的粥，再加一个梅干。偶尔有一个生鸡蛋，也只是搁在盘子里就算完事了。雪子恍惚觉得都和井信和富冈之间总在眉来眼去。雪子心想，必须从这女人手中挣脱出来，渐渐生出一种终将被她害死的恐惧。

都和井信正一动不动地坐在枕边看书。雪子不时地抬眼望着她。她给人一种意志坚强的印象，不愧是为战死的丈夫守寡九年、耐得住孤独的女人的模样。但她的胸部和下巴上润泽的肌肤却又散发着芳香诱人的女人气息。

雪子很想问她在读什么书，但又懒得出声。伸出在毛毯下热得出汗的手，举在眼前端详着，雪子恍然感知到自己的生命将就此终结。

都和井信把书放在一旁，走到门外去了。书是富冈从安房旅馆借来的一本关于家庭医学的旧书。因为雨雾笼罩，今天看不到那座砚台般峭立的八重岳。雪子看着向门外走去的都和井信，她白色的脚底格外扎眼。这里的女人们总是赤着脚。也许是多踩沙地的缘故，她们的脚底意外地干净，进屋时也不用水清洗，就那么直接走进屋内。

自己就此死去的话，富冈也许会跟都和井信结婚，在这里住下来……雪子可以料想到未来这种可能性。空想着两人如此这般走到一起的过程，这时胸中猛地喷涌出一股黏稠的东西。胸口痛得雪子几近窒息，剧烈地挣扎着蜷起身体。她用两手捂住口鼻，那黏稠的东西仍不停地喷出来。无法呼吸，也发不出声音。被褥、毛毯、枕头，都被黏稠的血污弄脏了。

　　雪子知道自己即将死去。另一个冰冷的自己坐在自己身旁，正与死神苦苦纠缠。死神现身于雪子的分身面前……死神正跳着胜利之舞，宣告所有一切正在离开这个女人的身体。交错的思绪中，雪子仿佛听到加野的轻声呼唤，她微微摇了摇头。至今为止的生活之中，已没有任何让雪子不舍的牵挂，即使现在富冈陪伴在身边，自己单独搭乘的通往冥府的列车也已经开动了。肉体的破坏作用在转瞬间贯穿了自己最后的生命。自己的死最初究竟是从哪里开始轰然倒塌的？雪子非常想知道。苦苦挣扎之后，雪子感到口渴。在身体健壮如牛的年纪经历的那些漫长旅程，此刻像霓虹般纷呈于眼底。向着未知世界消逝而去的混乱不安以及割裂的痛苦显现在雪子的指尖，她像要敲击钢琴键盘那样张开了十个手指。空洞的肺部好像被浓稠的血块塞满了，呼吸十分艰难。

　　不知是谁的影子在枕边晃来晃去。那影子让雪子烦躁不已，她抬起满是血污的脸，想要避开那个影子。然而那个黑影就像一道毁灭人类的闪电，伴着阴森的光芒，在雪子额头上不停地晃动。

　　雪子感觉到轰隆的雨声中挪亚以及罗得的审判正降临在自己身上。在轰响的洞穴那方，雪子看见一个女人的寂寞身影，那是一个不曾被谁爱过的女人，此刻正化为一道空虚的回响。丧失生存资格的自己，到此已无从挽回。当初的自己究竟为的是什么……印度支那的种种往事，如今已不堪回首。雪子竭力想把浓稠的血块吞回喉咙，就像一个被活埋的人，呻吟着发出求生的哀叹。雪子还不想死。头脑中像冰块般冷彻清晰，身体却不得自由。

六十六

　　山上罕见地下了一场沙石俱下的暴雨。富冈把下山的时间推后了一天，凑在办公室的火炉边，跟山上的五六个同伴一起喝着甘薯烧酒。富冈缺乏回到山下宿舍的勇气。随着醉意渐深，人也变得薄情，觉得雪子的病情其实无须介怀。

　　八重岳的山形令富冈回想起印度支那吴哥王城的巴戎寺，于是断断续续地聊起当时的见闻。

　　"山石上耸立着石砌的佛塔，塔身上是巨大的人面浮雕。宫殿内到处是倾斜的石柱和倒塌的石梁。那山石上废墟的前庭里有一棵巨树，支撑着一面倒下的石壁。那棵树和这里枯朽的杉树简直一模一样。吴哥遗迹的王城里祭祀着湿婆的象征，其实就是男女生殖器结合在一起的形状，名字好像是叫林迦……虽然各种文明不断发展，但这湿婆大自在天可以说是人类最大的文明吧。原子弹大概也是从这湿婆大自在天的秘密之中诞生的……"

　　山里人喜欢闲谈。他们一边用心地倾听着富冈聊起海外山林考察的旧事，一边把火炉上茶壶里烫着的烧酒一瓶一瓶地喝干了。

富冈现在已经习惯了甘薯烧酒的臭味。与在东京喝过的烧酒不同，这里的烧酒喝多了也不会头疼，口感也意外地好。话题不知什么时候转到了女人身上。做饭的老太太和年轻姑娘们咯咯笑着，为男人们撕鱿鱼干，往鲐鱼干上抹酱油。富冈醉了。醉得把手表贴在耳朵上，也听不见秒针的声响。如果不喝醉的话，就会感到难以忍受的心痛。也许不是精神不能忍受疼痛，而是身体已无法承受。一个矮个儿姑娘浑圆黝黑的手腕在富冈眼前掠过，吸引了他的视线。富冈已经很久没有触碰过女人的肌肤。姑娘圆滚滚的脖颈、丰满的腰肢甚至紫黑色的脚背都让富冈的小腹感觉到阵阵抽痛。姑娘身穿藏青底碎白花纹的劳动裤和绿色外套。山上残留着经年的积雪，小屋外面下着雨，雨滴像冰碴一般，足以刺痛脸颊。即使生活在如此寒冷的山中，那姑娘连布袜都不穿，光着脚奔忙在各处小屋之间。

那姑娘富有弹性的躯体刺激着富冈的视线，如果没有旁人在场，富冈真想立刻把她按倒在地。心里产生这样的念头是一种久违的感觉。姑娘的长相在某个部分很像阿世。但是，自己应当是埋葬了过去的一切才走到了这里。富冈爬上蚕架一般的三层床，匆匆脱下皮夹克，在毛毯上躺了下来。姑娘的笑声还一直萦绕在耳旁。

一时间，富冈落入香甜的睡眠之中。他在五点左右醒来。油灯已经点亮了。楼下有人在叫富冈。从栏杆间探头一看，下面的人告诉他说，镇上来了电话，你夫人病危了。富冈披上皮夹克，顺梯子下床，在火炉边穿好登山靴。

"小火车走不了吧？"

"能走。反正下山只是往下滑而已。我找人陪你去。"

管杂务的老人包揽了一切。周围已经完全暗下来。各处小屋忽闪着油灯的光亮。雨在不知不觉间变成了雪。富冈把向姑娘借来的披肩盖在防雨帽上，包住脸和脖子，然后坐上约一块榻榻米大小的小火车。加上一个正好要搭乘明天入港的船回鹿儿岛的学生和一个操纵车舵的年轻伐木工，车厢便塞满了。富冈和学生交替着举起马灯，伐木工就着灯光转动车舵。

小火车发出雷鸣般的轰响，顺着陡峭的山路向下滑去。小火车不时地悬空而起，年轻的伐木工一边控制着车速，一边故意吓唬两人说："嗬嗬，差点就翻跟斗了……"轨道在伸手不见五指的山谷一侧延伸，马灯的灯火沿着轨道飞快向前滑去。安房镇下着密而急的小雨。

富冈终于赶到宿舍的时候，已是夜里十点多。雪子已经死去。屋子里挤着七八个人，都是富冈和雪子不曾见过的面孔。是他们守护了雪子的临终时分。富冈向周围的人们道谢，然后在雪子枕畔坐下来。他对着油灯灯光下雪子略微浮肿的遗容凝视了许久。有人为富冈脱下身上湿透的外套。

雪子的手还没有握在胸前。富冈就像为妻子邦子做过的那样，把雪子开始僵硬的手轻轻放在胸前相握。冰冷的手上还留着干结的血污。女佣大概只把脸上擦干净了。富冈看着雪子手上的血迹，眼泪突然奔涌而出，哽咽住了。阿世的死、邦子的死，现在又是雪子的死。富冈用力摇晃雪子的身躯，然而雪子的身体已没有任何反应。赶来照看的人们开始陆续离去，他们撑开油纸伞返回的声音，从窗外道路传进屋里。

"什么时候开始恶化的？"

都和井信并不清楚雪子什么时候开始恶化的。当时自己正在读那本家庭医学书，感觉到病人直勾勾地看着自己，那脸色十分可怕，仿佛自己在读什么章节也被她看穿了一般。都和井信怀孕了，但又不想把孩子生下来，偶然看到病人枕边的家庭医学书，便拿起来翻看。书里写着合法堕胎的各种办法。她想近期到鹿儿岛去找个合适的医生，盘算着大概需要多少费用，不知不觉陷入了沉思。一低头无意间看见病人的脸。病人半睁着眼睛，脸有些浮肿，在都和井信看来，那是一张令人毛骨悚然的恐怖面容。独自陪伴在这样一个非亲非故的病人身边，都和井信有些不堪忍受，她突然站起来，赤着脚冒雨跑回了自己的家。

都和井信搪塞了几句。听者当然也明白她是在搪塞。然而事已至此，怎么说都无济于事了。雪子到这岛上来，几乎就是在赴死。富冈让前来照看的人们都回去了。本想只让阿信留下，看她流露出不肯久留的样子，富冈便让她也回去了。

雪子看起来死得相当痛苦。周围的血污刺激着富冈的眼睛。

富冈失去了气力。他把隔壁房间火盆上滚烫的开水倒在铜盆里，再把毛巾浸在里面。富冈为雪子擦拭了面庞。从雪子总是放在枕边的手提包里拿出口红，为她抹在唇上，可是怎么也抹不匀。用毛巾擦拭眉头的时候，富冈不禁拨开雪子的眼皮，想看看她睁眼的模样。雪子的嘴唇仿佛动了一下，好像在说："让我安息……"雨还在猛烈敲打着木板屋顶，那噪声令人窒息。究竟如何是好呢？那几乎要穿透天花板的嘈杂雨声让富冈有一种被追讨的感觉。雪子的眼睛还闪着生命的光芒。富冈再次认真地观察雪子的眼睛，又把油灯凑近，静静地凝望。

那是一双满含企求的眼睛。富冈仿佛从死者的眼神里听到无尽的抗议之声。从手提包里取出梳子，为死者梳理了浓密的头发，并帮她束好。而今死者对生者已不指望任何关心，只是默默地任由摆布。

手表指着十二点。

雨一刻也不见舒缓，伴着激烈的声响，占据了整个夜晚。后半夜里，富冈突然开始猛烈地腹泻。痛苦地蹲在厕所里，富冈颓然把脸埋在双手之中，像个孩子似的呜咽着哭了出来。人到底是什么？到底应当怎么做人？经历过种种曲折之后，人终将从这个世界悄然逝去。一列是神的孩子，一列与魔鬼为伍。

厕所窗口只遮着一块铁丝网，雨滴从外面飞溅进来。烛火在脚边摇晃，剧烈的腹痛让富冈有种身在地狱的感觉。腹痛伴着厕所的臭气，几乎要把富冈的皮肤撕裂开来。

自己根本无法从这个狭窄的框架向外逾越一步。富冈觉得这种不可能是上天对自己的报应，这种不可能已抵达如同客西马尼[1]般的境地。正因为雪子之死本身就像一场不期而至的灾难，雪子的死的意味更让富冈哀怜不已。这样死去与在东京被汽车撞死并无不同。若是长期患病之后的死亡，死者尚能够静心体会这受难之梦的深意……富冈按着小腹，跌跌撞撞地回到房间，把毛毯围在腰间。因为不知朝哪边才是北枕[2]，富冈把死者的枕头移动到靠墙一侧，让她安然平卧在那里。新被子上，放着一把种子岛

---

1 客西马尼，位于耶路撒冷，在《圣经》中，耶稣被犹大出卖后在这里被捕。
2 北枕，日本丧葬习俗。守灵时，死者的枕头以北向为宜。源自释迦牟尼涅槃时头朝北面朝西的传说。

制造的剪刀 [1]。

在这座岛上，两人都无亲无故，富冈不在家的时候，是来到这里才认识的人们守护了雪子的死。富冈觉得不可思议。不知会在什么时候遭遇这样的灾祸。而那些守护雪子死去的人们的灾祸则又蕴含着人世的妙味。富冈从厨房拿来今晚请都和井信买好的烧酒，烫热后喝了。把死去的女人搁在隔壁，独自一人自斟自饮的心境里，有一种宗教式的清朗，富冈胸中也因此豁达起来。

总有一天，自己也将迎来同样的结局。富冈这么想着，但也无意与雪子一同死去。随着醉意渐浓，心情越来越焦躁不安。富冈深感这人性的焦躁于自己其实是一种救赎。醉意蔓延至全身，富冈对自己的生命本身感到一种难能可贵和白得了便宜的兴奋。空气中仿佛有死者的灵光闪过，富冈默默凝望平坦的被褥。死者安然不动地躺着。

三个女人之中，要数雪子最亲近自己。然而此时雪子冰冷的躯体已没有了任何回应。

两人旧日的回忆掠过醉眼蒙眬的脑海，富冈感到眼里有一股热流正向外奔涌。醉意越来越强烈，富冈大口地喝着烧酒，肚里就像快要被烧焦了。因为没吃东西，酒精在体内迅速地蔓延。富冈一边喃喃自语一边喝酒。

起风了。风吹灭了雪子枕边的烛火。

富冈摇摇晃晃地站起来，点燃一根新蜡烛，放到雪子枕边。死者的脸像面具一样没有表情。那是一副被弃置在孤独之中的面

1　日本的丧葬习俗。在死者身上放剪刀等利器，作驱邪之用。

容，直叫人看得满心凄凉。富冈伸手去触摸雪子的额头，但是死者了无生气的冷漠立刻让富冈的手缩了回来。没有新手巾，也没有纱布，富冈把一叠绵纸像盖屋顶一样，盖在雪子脸上。

六十七

一个月过去了。富冈请了一个星期的假，来到鹿儿岛。早春的鹿儿岛干爽少雨，简直就是一个别样的世界。富冈首先来到以前住过的那家旅馆。距上次还没过多久，女佣们全换了新面孔。这次又住进与雪子住过的那个面海的房间，这巧合令富冈感到不可思议。

为了修理被雨淋坏的手表，富冈去了买手表的那家店。然而负责修理的店员却因负伤正卧床不起。富冈无奈，只好把手表送到别的钟表店去修理。从钟表店回来，富冈顺道去拜访了比嘉医生。比嘉刚好在家，他还记得富冈。来到充满药味的房间，富冈向比嘉报告了雪子的死讯。比嘉遗憾地说，当初就觉得雪子的病情不是太稳定，曾想让她做 X 光检查。

没有了病人雪子，富冈感到两人之间有种说不出的压抑。富冈在这一个月里越发沉溺于酒精，容貌发生变化，几乎成了另一个人。他一支接一支地抽烟，房间里渐渐变得烟雾腾腾。主人端来了咖啡。富冈怀着一种时隔多年与文明相遇的感觉，喝下一口香醇的咖啡。比嘉说："放一曲您夫人喜欢的德沃夏克的《新世界交响曲》吧。"说着，把唱片放上亲手组装的电唱机。

听着唱片，富冈不经意地对比嘉说起，雪子大概从更早以前就弄坏了身体，自己却没有察觉。

"怎么样？要不您也做一次检查？酒喝得很厉害吧？"比嘉笑着说。

只需听着音乐，富冈就得到了精神的慰藉。傍晚，比嘉说要去参加一个聚会，富冈与他约定再会，便离开了医院。他其实无处可去。富冈心想，人生各不相同，各人有各人的演绎，岂容他人置喙。在遥远的海岛上，富冈曾经十分想念比嘉医生，而现在却有些意兴阑珊。他不过是个普通的、循规蹈矩的医生。所谓 on ne se soigne jamasis trop——再怎么明哲保身也不为过。富冈走进一家旧书店，想买本小说带回去。现在想读的是左拉。记得曾向在大叻林业局工作的那个混血儿打字员借阅过一部左拉的《小酒馆》。顺着黄昏的街道，来到热闹的天文馆大街。富冈把电影院挨个逛了一遍。狭窄的道路上，混血儿模样的人群像河水一样拥挤着向前奔去。这样的文明世界对现在的富冈来说甚至是令人厌倦的。走进背街，富冈找了一家有女人的小餐馆。女人们化着油腻的浓妆。富冈看中一个穿红色晚礼服的女人。那女人开始伺候富冈喝啤酒。富冈仿佛第一次感觉到啤酒竟如此美味。没有雨，干爽而芳香的夜风带来久违的舒爽。女人长了一双眯缝眼，藏在厚厚的眼皮下面的眼睛不时地闪现妖媚的眼色。她有着乳白色的手背。然而在彩灯的灯光下，也看得见女人红裙上的斑斑污迹。一个弹吉他卖唱的人走进狭窄的店里，脖子上系着一条红色领巾。

女人像打机关枪似的说着一种口音浓重的方言，赶走了弹吉他的人。她说话的声调有点像雪子。被埋葬在雨水浸湿的泥土下的雪子的面影，依然刻印在富冈的心上。那么强韧的一个生命竟然也毁灭了。如今在这里，所有一切诱惑的麦芽又开始萌发。那不知悔改、随心所欲的亚当……神撒下了无数种子，却只依靠"自然而然"的力量来培育，直到收获。富冈转眼间喝干了半打啤酒，然后让女人拖拉着上了二楼。

深夜里，女人送富冈回了旅馆。这女人意外地老实，除了寄存在旅馆的钱，富冈放在钱包里的钱竟然还余下许多。那都是雪子当时留下的那笔钱。富冈和衣钻进干燥的被窝，一面追逐着自己那岩石般越来越沉重的思考。

富冈连返回屋久岛的气力都没有了。却又不忍心把雪子那土葬的遗骸孤零零地留在岛上。并且事到如今，即便回东京又能怎样……

富冈想象着自己宛如浮云的身影。那是一片不知将会在何时、何处，消逝于瞬息之间的浮云。

附录

《浮云》一九五一年初版作者后记

  创作着这部《浮云》，迎来了两度正月。因为拖得实在太长，数度几乎要放弃。对这部作品有着不安、厌恶、蔑视、反省。与一部作品牵扯三年，要说不会产生这样的心境那是假话。不过，像这样总算完成了后再看，又觉得我所指望的心境上的重新出发，在我的工作上是一个转机，意义也十分重大。

  这部作品亦是某个时代的我的体现。是好还是坏，应该由读者来评判，但我在写完这部《浮云》之后觉得非常疲惫。周围环境变化万端，速度飞快。在孜孜不倦地做着如此朴素的工作时，历史不断地旋转变化而去。不过，这部作品对我而言，也是最为艰难的工作，所以我一直心无旁骛地沉潜于其中。我想写的是那种流动在被众人忽视的空间中的人的命运，没有条理的世界，无法说明的小说之外的小说，不受任何人影响的、经我思考的道德。这些才是我所意图的。所以，不需要两位主角生来的履历、家世或故乡之类的描述，这些都被故意舍弃了。对我而言，重要的是两位主角相遇之后的事情。神就在近旁,却不断摸索着神的所在。我在这部作品中想要描绘的是我自身的生的虚无。社会的道德感只在毁灭人世的审判之时起作用。我感觉这二十世纪越来越衰老疲惫了。

走到一切幻灭的尽头,从那里再次萌生的东西,就是这部作品的主题,"浮云"这个标题由此而生。

战争期间,我曾用八个月的时间游览了南洋的岛屿,对那一带有所了解,所以选择印度支那作为背景。末尾的屋久岛是在《浮云》动笔一年多后旅行过的地方。我在岛上度过了多雨而郁闷的数日。

即便如此,我所意图的东西是否在这里得到了充分的描绘?自己无从知晓。但我感到无悔并且自以为尽了全力。我在创作这部作品期间,在正面意义上感受到了强烈的创作冲动,写成了数个短篇。其中先驱性的作品有《晚菊》《牛肉》和《夜猿》。

这部《浮云》最初是写给昭和二十四年(一九四九年)十一月号的《风雪》杂志的,连载途中,因《风雪》停刊,遂将后篇转至《文学界》连载。

特向六兴出版社的吉川晋先生、《风雪》的冈岛勤先生、《文学界》的铃木贡先生长久以来给予的厚爱致以诚挚的感谢。

一九五一年三月三日

林芙美子于下落合

图书在版编目（CIP）数据

浮云 / （日）林芙美子著；吴菲译 . -- 北京：北
京联合出版公司 , 2023.6
ISBN 978-7-5596-6855-4

Ⅰ . ①浮… Ⅱ . ①林… ②吴… Ⅲ . ①长篇小说－日
本－现代Ⅳ . ① I313.45

中国国家版本馆 CIP 数据核字 (2023) 第 062400 号

浮 云

作　　者：［日］林芙美子
译　　者：吴　菲
出 品 人：赵红仕
策划机构：明　室
策划编辑：陈希颖
特约编辑：刘麦琪
责任编辑：龚　将
装帧设计：汐　和 at compus studio

北京联合出版公司出版
（北京市西城区德外大街 83 号楼 9 层　　100088）
北京联合天畅文化传播公司发行
北京市十月印刷有限公司印刷　新华书店经销
字数 224 千字　880 毫米 ×1230 毫米　1/32　　10 印张
2023 年 6 月第 1 版　2023 年 6 月第 1 次印刷
ISBN 978-7-5596-6855-4
定价：52.00 元